舒泥·著

草原现代时

知识产权出版社
全国百佳图书出版单位
—北京—

图书在版编目（CIP）数据

草原现代时/舒泥著．—北京：知识产权出版社，2024.8. —ISBN 978-7-5130-9434-4

Ⅰ．I267

中国国家版本馆 CIP 数据核字第 20240CE571 号

责任编辑：高　超　　　　**责任校对：**潘凤越
封面设计：商　宓　　　　**责任印制：**孙婷婷

草原现代时

舒　泥　著

出版发行：知识产权出版社有限责任公司	**网　　址：**http://www.ipph.cn
社　　址：北京市海淀区气象路 50 号院	**邮　　编：**100081
责编电话：010-82000860 转 8383	**责编邮箱：**morninghere@126.com
发行电话：010-82000860 转 8101/8102	**发行传真：**010-82000893/82005070/82000270
印　　刷：北京建宏印刷有限公司	**经　　销：**新华书店、各大网上书店及相关专业书店
开　　本：720mm×1000mm　1/16	**印　　张：**18.5
版　　次：2024 年 8 月第 1 版	**印　　次：**2024 年 8 月第 1 次印刷
字　　数：255 千字	**定　　价：**88.00 元

ISBN 978-7-5130-9434-4

自 序

悠扬的牧歌、不老的勒勒车和奔驰的骏马、淳朴的生活、在天高云淡的远方——这是人们对美丽草原的向往。草原的形象存在于书本、绘画、摄影作品和纪录片中，也存在于人们的想象中。

四十年来，草原经历着现代化的沧桑巨变，正迈上新的征程。

现在的草原是什么样的？牧民的生产、生活是什么样的？是否“还”是一首古老的牧歌，或者是否还“是”一首古老的牧歌？二十年前，我自己也曾淹没在这样的迷惑不解中，所以我开始探索答案。

《草原现代时》希望展现现在的草原、现在的牧民生活，此情此景、此时此地。写作总是要花时间的，写好了，时间也过去了，生活就变了，但笔下的草原总归不再是一个僵化的印象、一首唯美的诗。牧民们定居了、盖房了、打机井了、开拖拉机了……他们的骏马怎样了？他们的家园怎样了？他们的古城怎样了？他们的孩子在怎样长大？这不是一场猎奇，也不是一项科研，这是草原的牧民在面对现代化隆隆的车轮时的真实状态——他们追求进步又感到困扰，努力又伴着心痛，坚守又有所改变。有人主动竞争求生，有人被动卷入而不自知……

随着对草原了解的深入，草原从我的诗和远方，变成了开门七件事。牧民生活的柴（牛粪）、米（肉食）、油（黄油和羊油）、盐、针头线脑、机械车辆、汽油水电都从哪里来？又如何支撑起他们的生活？这些成了本书探讨的话题。

我观察到蒙古族牧民一直在努力跟上现代化的步伐，在地广人稀缺少基础设施的土地上，靠整个家庭的力量构建起现代生活。我认识的蒙古族牧民不一定都是好骑手，但都是荒野上的好司机；不一定还转场游牧，但仍保留着随时奔赴远方的能力。同时，那些已经是好司机的牧民始终保留着成为一个好骑手的渴望，这种渴望，有令人热泪盈眶的力量。

目　录

定居的游牧人

等我的宝贝长大了

等我的宝贝长大了，
我希望，
天空是蓝的，
草原是绿的，
河水是满的，
湖水是清的。

等我的宝贝长大了，
我希望，
小鸟在天上飞，
狐狸在地上跑，
羊羔在夜晚睡觉，
牛犊在白天吃草。

等我的宝贝长大了，

我希望，
老人颐养天年，
孩子健康成长，
人们见面都暖言暖语，
世上没有地方在打仗。

等我的宝贝长大了，
我希望，
他有一个健康的身体，
有一个温暖的家，
娶一个好妻子，
一起孝顺爸妈。

等我的宝贝长大了，
我希望，
他驾驭骏马和使用机器一样在行，
风餐露宿和锦衣玉食一样自在，
他的母语用得自然从容，
他的孩子也一样。

等我的孩子长大了，
我希望，
世界比现在好，
人心比现在好，
荒野比现在好，
文明比现在好。

adidas

今天的草原和其他地方一样快速地现代化，生产、生活方式都发生了巨大的变化。在现代化的过程中，人类感受到现代化的痛，也进行了积极的应对。牧民在深感不适的同时，也在努力奋斗，主动地或被动地探索出路，或者还来不及探索，就要忙着应对。

穿越古今的乌珠穆沁

牧马人的誓言

2005 年冬天，我第一次深入乌珠穆沁草原，随达布希拉图和他哥哥去赶马。冬季的雪原上，达布希拉图穿着艳蓝色的蒙古袍，手持套马杆，像一个古代的勇士。他哥哥开着越野车载着我，突然又让我下车，说要去帮弟弟一下，然后驱车从另一个方向绕过马群。兄弟俩就这样一个开车，一个骑马，一起把马群圈了回来。我觉得乌珠穆沁人把自己活成了一个神话，一个随时从现代世界里穿越出去的神话。

乌珠穆沁是蒙古族的一个部落，和蒙古族的很多部落一样，分成两部分，一东一西。因为蒙古族各部曾经游牧迁徙，位置不断改变，实际上今天东乌珠穆沁旗在北，西乌珠穆沁旗在南，西乌珠穆沁旗人民政府所在地比东乌珠穆沁旗人民政府所在地的位置反而偏东一些，这个位置一直到民国时期才相对固定下来。

达布希拉图的家在西乌珠穆沁旗的北部，乌兰哈拉嘎苏木的巴棋嘎查。2000—2005 年，在养马最困难、最有争议的几年里，他守住了他最后的七十匹马和做一个牧马人的誓言。

做一个牧马人是乌珠穆沁人的骄傲，曾经是乌珠穆沁最高贵的职业。我曾经听很多人讲起过牧马人的故事，有人说牧马人特别有本事，吃苦耐劳，能走很远的路，冬天睡在野外；有人说牧马人因为跟着马群走得远，去的地方多，还是新闻通讯员，是草原上最有文化的人。

牧马人的荣耀如今已经渐行渐远。20世纪的90年代到21世纪初的第一个十年，乌珠穆沁的牧马人度过了艰苦的岁月。两个同时发生的变化带给牧马人沉重的打击。一个变化是草场被划分到各家各户，大家独立经营，马群也被各家分了，牧马人不再作为一个提供公共服务的职业存在，而是变成自己有马的人就是马主。他们要想靠自己把马群养到两三百匹以上，已然是难上加难，而另一个变化是，机动车进入了草原，马本身至高无上的地位也受到巨大影响。

达布希拉图已经去世的父亲是一位牧马人，达布希拉图是家里最小的儿子，眼看着没有哪位哥哥传承父亲的事业，他决定传承。做传承人听上去好像很风光，但是起初一定要有情怀、有决心，舍得下经济利益，还要有一位好妻子。达布希拉图的妻子具有蒙古女人的一切美德，她承担着家里艰苦的劳动，不声不响地支持丈夫。1999年，达布希拉图家只剩下最后两个能繁衍的马群，每群由一匹种公马和几匹母马组成，这是牧民养马的最低量了。由于严重的旱灾，马群喝不上水，达布希拉图家那时还没有机井，他和妻子手摇抽水机给马喂水，摇一会儿，井就干了，要等一会儿再摇。达布希拉图当时也觉得绝望，他也想入秋后把马卖掉，但入秋后他又心软了，没卖。到了冬天，遇到了大雪灾，马战胜了所有机动车，成为这里的救灾主力。达布希拉图从此决心把马养下去。

达布希拉图的哥哥叫浩毕斯嘎拉图，这个名字是“革命”的意思——那个时代出生的人，很多人叫这个名字。浩毕斯嘎拉图是半个牧民，他在乡下骑马放牧，住蒙古包，他也在城里上班，是旗里的干部，当过旅游局局长、供销社主任，他和弟弟一起以不同的角色为蒙古马文化的传承努力。

WILD
FASHION

乌珠穆沁白马是农业农村部认定的四个蒙古马类群之一，在历史上一度十分有名。浩毕斯嘎拉图觉得这个马种很重要，而且世人喜欢白马，想通过重振乌珠穆沁白马的名声，帮助牧民获得更多的养马机会。他一次又一次地在各种场合推介乌珠穆沁白马，在那达慕大会上组织白马仪仗队，乌珠穆沁白马终于再次被人们认识，并且受到追捧。

在两兄弟的努力下，乌珠穆沁白马不断有机会参赛，或被旗里、盟里的仪仗队租用，牧马人也就能养更多白马。十年后，达布希拉图不仅有了800多匹白马，还和周围的牧民建立了白马合作社。

我在乌珠穆沁地区跑了很多年，接触了好几位达布希拉图式的人物。我觉得承袭牧民文化，是乌珠穆沁人自觉的理想。为走这条坎坷的道路，他们确实肯付出努力。

乌珠穆沁的博克手

2014年7月，我造访了东乌珠穆沁旗的额吉淖尔镇的哈日高壁嘎查，这里有一位受大家爱戴的老爷爷大格日勒，他有5个儿子、7个孙子，偌大一个家族，人丁兴旺，年轻的男子汉们生活在草原上，刚性十足。兄弟们在一起有很多娱乐活动，简而言之就是“好汉三项”：摔跤、射箭、赛马。这三项运动都是兄弟们的日常游戏，干活的间歇就可以玩，有时长一辈的叔叔们也来参加。大格日勒的儿子中就有一位著名摔跤手和一名职业摔跤教练。

蒙古式摔跤也称“博克”，乌珠穆沁的博克手在草原上远近闻名，成绩好的博克手也像明星一样在蒙古人的圈子里备受瞩目，他们的人品会被人议论，行为举止会被人模仿。内蒙古地区颇有一些摔跤手自认为摔跤厉害，但是两个乌珠穆沁的摔跤手的厉害是公认的。

蒙古式摔跤有个特点——这也是很多蒙古体育项目的特点——就是规则接近实战，不太讲究公平和客观条件稳定。蒙古式摔跤一跤定胜负，不分体重级别，没有循环赛，没有积分，原本也没有时间限制，最近才增加了超时就互相抱住腰快速结束战斗的规则。实战中，虽然最终获胜者往往身材高大魁梧，但是体重较轻的人摔倒大块头的情况也经常发生。因为一跤定胜负，所以参加比赛的选手人数必须是 2 的次方。从 16 人、32 人的小规模比赛，直至 512 人、1024 人的大规模比赛。

西乌珠穆沁旗甚至举办过破纪录的 2048 人比赛，一共赛了 7 天，较量了 11 轮。赢得这样盛大的比赛后，冠军米苏拉直到十多年后还声名显赫。如今，他在西乌珠穆沁的体委工作，他上班的体育馆又被称为摔跤馆，有上百名摔跤手在里面训练。这些年轻的摔跤手，往往同时也是牧民，他们家里有土地和羊群，还有很多牧场上的工作。他们的摔跤馆是座宏伟的现代化体育馆，里面不仅有摔跤场、射箭场，也有篮球场地。摔跤手们休息的时候，就跑去打篮球。摔跤手们身材高大，体格健壮，运动能力强，在篮球场上也是一把好手。

大格日勒老爷爷的儿子斯琴巴雅尔也是一位著名的摔跤手，曾经摔倒过一位“独孤求败级”的高手。那位摔跤手多年没被人摔倒过，斯琴巴雅尔也因此一战成名。他还赢得过一次 1024 人规模比赛的第二名、两次 512 人规模比赛的冠军，赢得过大小那达慕比赛几百次。他自己在草原上建了一个摔跤馆，把女儿培养成了国家队运动员，儿子成为内蒙古自治区摔跤冠军。斯琴巴雅尔的儿子刚苏和是个随和、爱笑、招人喜欢的年轻人，他虽然得过内蒙古自治区摔跤冠军，但在堂兄弟之间也并非百战百胜，会常常被摔倒。

弓箭手和制弓箭的手艺人

2004 年，乌珠穆沁旗举办 2048 名摔跤手比赛的时候，还按照传统同时举办了赛马，却没办法举办射箭比赛，因为民间几乎已经找不到传统弓箭。不过没几年，西乌珠穆沁负责体育和旅游的干部们开始策划万人的射

箭比赛。当西乌珠穆沁的摔跤馆落成的时候，其中也有射箭的练习场。很多射箭手都是普通牧民，我问他们：弓是哪里来的？他们说，当时组委会从民间收了好多残弓，牧民琢磨琢磨就把弓做出来了。这件事决计没有这么容易。在此之前，我特地访问过一位射箭手，一张传统的牛角弓有非常复杂的制作工艺，单是弓骨的制作就要半年多，而粘牛角用的胶是用马皮熬制的，工艺已经失传。不过，乌珠穆沁的文化恢复很多都是这样，没有明确的师承，缺乏文字记载，大家根据各种口传的信息和残存的手艺，就能把它恢复整理出来。牧民以家庭为单位孤独地生活在草原上，每个牧民都会很多手艺，也很能琢磨。他们只要知道打磨竹骨、牛角的方法，知道熬胶的原理，就能鼓捣出来很多东西，还会无缝地把现代化的工具加进去。

大格日勒的长孙那森那也有一张弓，不是那种非常讲究的牛角弓，但属于传统蒙古弓。在他家房子附近的地上钉两个角铁，就可以拉上一个靶子，兄弟们随时射箭玩。箭靶子也是他们自己做的，用毡子绕成一个一个圈，套起来。圈是活的，箭射中靶心，靶就掉下来，射得越准，打掉的圈越小。那森那还属于一个射箭俱乐部，但这不是城市里那种高消费的射箭俱乐部，而是牧民们自娱自乐的组织。有一年夏天，我在他家住着，一天清晨，来了很多兄弟，都是大格日勒爷爷的孙子，大家在一起摔跤射箭，把放牧的工作放在一边，只剩下阿爸和额吉老两口干活，但是阿爸也很快加入摔跤手行列。我把他们娱乐的照片放在朋友圈里，一个朋友回复说：“玩得好高大上！”乌珠穆沁人的日常娱乐就是如此高大上，有传统、有文化、有体力、有技术、有礼节。

大格日勒的另外一个孙子那木斯仁可以自己调教赛马，他十一岁的儿子是一个赛马手，家族中的男子都有驯服烈马的爱好。如今这个时代，草原上的蒙古族传统文化日益淡化，许多地方连看到一个拿着套马杆的男人都不容易。而在乌珠穆沁的一个家族之内，就能有摔跤手、射箭手、驯马师和小骑手。有时候，我觉得把传统保持到这种程度太不易了，但转念一想，这就是乌珠穆沁人本来的生活。

一个牧民等于一千个技术工人

乌珠穆沁人和现代社会并不脱节，而是努力融入，并且努力维护自己的社会和经济地位。同时，他们也在努力传承传统，不是苦苦支撑，而是一直在想各种办法让他们的传统在现代的经济、政治、文化环境中找到立足之地。

乌珠穆沁部落的传统服饰令人想起欧洲中世纪的贵族，不仅是女人的衣服，男人的衣服也绣满了花。乌珠穆沁的传统刺绣如今仍然是草原上的每一个女人都会做的事情。西乌珠穆沁的一位女士巴德玛琪琪格将传统的刺绣白围巾改成彩色的，并且做出了披肩，还将传统刺绣运用到发卡、头绳、纸巾盒上。她现在领导着一个有二十多个妇女参加的刺绣工作室，还建立了一个读书会。

如今有一种旅游形式叫作“游学”，是由一些公益组织和教育机构最先发起的，包含自然观察、自然体验、环境保护、文化传承、社区营造等具有教育色彩的理念。哈日高壁合作社主任浩毕斯嘎拉图也尝试移植这种形式到自己创办的旅游点。

在开始策划游学活动的时候，浩毕斯嘎拉图的长子乌云毕力格从呼和浩特大学毕业了。他一直有个理想，就是做一个有一千匹马的牧马人。现在他回到牧场上，期望有一天实现这个理想，但浩毕斯嘎拉图有心把旅游这种新兴产业交给儿子经营，让儿子出面和大格日勒爷爷的孙子们合作。

一旦要做旅游规划，就必须具备一些起码的接待条件，首先是住。尽管盖了房子，但是牧民们使用蒙古包的技能没有失传，东乌珠穆沁旗还举办扎蒙古包的比赛。过去蒙古包只有墙、顶、天窗、门这四处的材料是木头，余下都是毡子，现在蒙古包有了木制的地板，比地面稍高，当地人称之为“板凳”。而随着牧民的定居，蒙古包也很少再移动。蒙古包的造价

比起一般的民宿要低得多，但是仍然需要做出一些改造。草原上有一句话：一个牧民等于一千个技术工人。那森那就是这种牧民。我第一次在他们家看他修电源插座的时候，还担心他没学过电学，不能保证安全。后来又看过他修摩托、修汽车，现在他会干什么我都不怀疑。搭建蒙古包的时候，我看见过他鼓捣一台很破的柴油机，用它发电，然后他开始锯角钢，又把锯断的角钢焊成了床架，铺上木板，再铺上地毯，造出一张舒适的床。

乌云毕力格管理游客营地的水平很一般，他一心喜欢在马背上翻腾。一次闲暇，小伙子们开始和小牛玩。他们把一根皮绳系在小牛胸背的位置，然后骑上小牛从背后抓住绳子，看能坚持多长时间，和电视里美国西部牛仔的玩法一模一样。连着两个小伙子掉下来。第三个上去的是乌云毕力格，他连续在上面颠了好一阵，任小牛怎么甩，他都没下来，最后是他自己跨下牛背。于是我跟浩毕斯嘎拉图说："以后别让你儿子搞经营了，培养他当牧马人吧！以后能办旅游点的青年人多了，而能当牧马人的只怕没有了。"浩毕斯嘎拉图皱着眉听了一会儿，然后点了点头。

从那时起，压抑了好几天的乌云毕力格活跃起来，开始在马背上翻飞，他和兄弟们甚至骑着马跑去苏木上买雪糕吃，苏木上的牧民们很久没有看到过一帮骑着马来的小伙子，也特别开心地围着他们笑。

我私下评价乌云毕力格："这小子生错时候了，他应该生在一百年前。"另一个乌珠穆沁年轻人认真地说："我也是。其实我们都是……"虽然可以和现代社会无缝地衔接在一起，但是热爱传统是流淌在每个乌珠穆沁人心中的热血。

草原 CEO

“努图克沁”掌握传统游牧的时间、秩序和方向

我第一次见到蒙古族老人吉格米德，是 2009 年初，在内蒙古呼伦贝尔草原上。那是一个隆冬季节，老人的灰色蒙古袍上罩一件狼皮大坎肩，非常气派。当地人公认，他的智慧就像大海一样深不可测。蒙古族有一句古老谚语“大海也有缺盐的时候”，而吉格米德的处境就好像大海缺盐了。

在呼伦贝尔，这位老人有个称谓叫“努图克沁”。其中“努图克”最直接的翻译是“故乡”，和蒙古族人相处久了，我才明白，这个翻译其实并不准确。从前蒙古族是迁徙的民族，适合生存的家园和有乡亲的地方都叫“努图克”，“努图克”甚至还是旗或苏木以下的一级社会组织。当蒙古族人远离草原的时候，“努图克”才可称为故乡。“沁”，是“做什么工作的人”。“努图克沁”就是管理草原故乡、草原家园的人。

吉格米德是内蒙古草原上的最后一代努图克沁。20 世纪 80 年代，当地办过努图克沁的学习班，吉格米德是最年轻的一名学员。不过，在草场被承包后，就再也没有办过此类学习班。如今，这一代努图克沁大都进入暮年，就连很多当地牧民也没有听说过努图克沁。我行走草原多年，也只碰上吉格米德这一位努图克沁。

吉格米德就是传统游牧的管理者。在过去，一个地区的放牧秩序是由他这样的人决定的。著名植物学家和草原生态学家、内蒙古教育学院生态学教授刘书润告诉我：“过去管理草原牧区，是努图克沁而不是当地领导说了算。每年努图克沁要开很多会，研究牧民怎么移场，非常有次序，很科学。这些人都是当地最有名望的人，有很深厚的学问。自从 20 世纪 80 年代牧民定居后，一家一块牧场，不需要移场，努图克沁就没事可干了。”

几年后，我再次见到吉格米德老人。还是在一个冬季，年近八旬的老人显得精力不足。他非常努力地跟我说话，但他很快就累了。这次老人讲了很多游牧原理，我似懂非懂，但他的一句话引起了我的注意：他用一块手绢铺在身边，说他看草场时要根据一个方形区域里草的种类和数量来判断草场质量，而且要从河边到山坡选好几块这种方形区域。这可是科学家的工作方法——样方。我没想到，他观察草原的方法竟然与科学家一样。

我知道该怎么办了——老人需要和科学家对话。又过了几年，在 2014 年，我邀请刘书润老师到老人家里访问，并由有相关专业背景的蒙古族青年巴图担任翻译。老人智慧的大幕这才缓缓开启……

科学家一样的老牧民

我和刘书润老师来到吉格米德家的所在地——呼伦贝尔市新巴尔虎左旗乌日宝力格苏木一队。刚一见面，老人就指着院子里的冰草说："这种草夏天长得多，冬天雪就大。"刘老师赶紧让巴图记下来："快记快记，这些话不要漏掉。植物对天气的指示作用，连科学家也研究不到这儿!"

吉格米德很快发现刘老师是个行家，跟我谈话时那种苦苦支撑的感觉一下子就没了，精神头上来了。虽然我们千里迢迢来向他讨教，他却求知若渴，问了刘老师两种草，其中一种是锦鸡儿。呼伦贝尔有一支布里亚特人，他们有一首歌，属于这个部落的流行民歌，几乎人人会唱，唱的是一种草，耐旱、根深、抗风。老人指着院子里的一棵小草问刘老师，那首歌里唱的是不是这种草？刘老师没听过这首歌，我们把它找出来放给刘老师听，巴图解释歌词的意思。歌中这种草的名字叫"哈勒根耐"，巴图和刘老师都说它就是汉语中的锦鸡儿，而锦鸡儿就是老人指的那种草。

第一次听到歌唱锦鸡儿的歌，刘老师很激动，他对锦鸡儿在北方草原的生态意义充满敬意。他告诉我们，生物学家对一种植物表达敬意的方式，是把它放在植物志的封面上，而蒙古族人表达敬意的方式，是用歌声把这种植物和感恩父母联系在一起。

老人说的另一种草，对牲口特别重要，要是在草原上找到这种草，就代表这片草原能养育很多牛羊，牛羊吃了这种草都不走，慢慢嚼，发出舒适的“哼哼”声。刘老师从科学上给了评价：“科学家看草原只能看草的生长量、产量、植物分类这些干巴巴的指标，老牧民还能知道每种草不同的饲用价值——牛吃了好，还是羊吃了好，对马好，还是对骆驼好。”老人说了那种草的蒙古语名字，巴图在蒙汉对照的草类词典上没有查到，估计他说的是方言的俗名。后来大家去草原上找，刘老师认识，是溚草。此刻刘老师又感慨了一番：“干了一辈子草原工作，又长知识了！”

老人究竟认识多少种草，连他自己也不清楚。为了看不同的草，他带我们去了冬草场、夏草场、打草场、挖沙造成的退化沙坑。每到一个地方，他就问刘老师一些草的名字，然后告诉刘老师这块地方为什么长这种草，每种草在不同的季节有什么用。老人说：“努图克沁看草不是随便看的，要下马来仔细看，一步一步走着看。”

老人瘦高个，戴一副眼镜，喜欢眺望远方，并且会露出哲学家般的深思表情。我突然发现，这位穿着深蓝色巴尔虎蒙古袍的老牧民很像一位老教授。我告诉刘书润老师后，他立刻说：“对，他很有学问，满嘴说的都是草原谚语，根本翻译不了。在他面前，我‘土’得倒像个老牧民！”

不过，在分草场定居以后，老人的知识用处就不大了，努图克沁这个职业也失去了传承。分手前，老人说：“我现在老了，最大的愿望就是把一生积累的知识传播出去，谁愿意学我就教给谁，我不想把它们带走。”巴图说：“老人的每句话都是智慧，每句话都应该记下来。”遗憾的是，能与老人对话的人实在太少了。

养一万只羊，你会成为羊的奴隶

2015年，我再次到草原上拜访吉格米德。给我开车的小伙子苏德是当地牧民，当过兵，上过学，也放牧，在同去的几个年轻人中，他跟老人聊得最好。

苏德被老人的学问打动，对老人说："爷爷，我要向您学习，我要养一万只羊。"老人听了一惊，然后说："孩子，你不要养一万只羊，我告诉你，你养两三百只够吃够喝够家里用就行了。养一万只羊，你会成为羊的奴隶，你要为它们找草场、贷款、买草料……"

老人掏出一个密密麻麻的账本，这是他一辈子放羊的记录，有给公社放羊的，有给自己放羊的。老人说："我都计算过了，羊养得太少不行，太多也不行，这个本就是依据。"苏德赶紧给老婆打电话，说他不想养一万只羊了。妻子在电话那边兴奋地说："哎呀！你怎么想明白的？"苏德说："我遇到了一位了不起的老爷爷！"

看到苏德的转变，我既为他感到高兴，也为年轻一代的牧民担忧，他们似乎已不懂得放牧背后的奥秘了。内蒙古师范大学地理科学学院的海山教授告诉我："由于草场承包到户，游牧生产终止于 30 年前，年轻人在城镇上学，没有经历过游牧，缺乏体验，所以他们缺乏精确有效的管理、利用草原的知识和能力。"

在内蒙古，从分草场开始，游牧就被中止，1984 年牲畜开始承包，1986 年草场承包，草场被划分为小块，不再统一使用，而是各家一小块，人口也定居下来。老人的知识和能力失去了用武之地，随着年龄增长，他渐渐被人遗忘，甚至连他的孩子也没有耐心听他讲述过去的那一套了。

看得出来，老人的牧场在周边方圆百里都算是好草场，老人的孩子坚持每年夏天搬去数十公里外的夏营盘。常有周边的人说，老人当初分草场的时候有权力，所以分到了最好的草场，老人就用衰老而委屈的声音说："都是一样的，分了几十年以后就不一样了，他们不知道保护草场。"

老人如今最担心的是他家附近的一个大沙坑。那个沙坑在他邻居家的草场上，邻居经营不善，卖掉了草场，买草场的人又把草场转卖给修路的，挖沙子后留下一个沙坑。草皮被破坏后，沙坑逐年扩大，如今已是开挖时的四五倍。老人无法阻止，也无法要求邻家年轻人对草场好一点，如今草场分了，谁也管不了谁。

老人过去能指挥一个旗县的牲畜进行移场，如今却无法说服邻居保护草场，我不知道他的内心深处究竟作何感想。他经历了草原从游牧到定居的剧变，虽然有深似海洋的草原知识，却无法像过去一样成为草原的“主宰”。

曾经农牧民自发的合作也会使舆论哗然

在老人身上，我看到了一个时代的谢幕。不过，我在另一个人身上看到了草原上正在发生的新变化——“新型游牧”，这个人的名字叫浩毕斯嘎拉图。他的家在锡林郭勒盟东乌珠穆沁旗额吉淖尔镇哈日高壁嘎查，离吉格米德老人的家有数百公里远。

在看到浩毕斯嘎拉图培育的种公羊之前，我一直对他的名声在外心存疑虑。那是2014年夏日的一天，我和刘书润老师从呼伦贝尔来到锡林郭勒，去看哈日高壁的大戈壁，路上遇到一群令人“惊艳”的羊——所有的羊都长得肥硕而雪白，个头匀称。这些羊就是哈日高壁的种公羊群。那天我真是被折服了，看来浩毕斯嘎拉图领导的哈日高壁合作社不只是有名声，更是有真货——威猛的种公羊群。

和那个时代内蒙古的基层干部一样，从20岁出头做嘎查长开始，浩毕斯嘎拉图也曾努力推行分产到户，打机井，建网围栏，追求牧业现代化，鼓励牧民单干。十年后，他建成了一个基础设施完善、符合当时牧业现代化标准的内蒙古自治区的优秀嘎查。但是，在2000年，十年努力被一场夏秋连旱加冬季雪灾无情摧毁，昔日水草丰美的家乡有40%的牧民返贫。

浩毕斯嘎拉图觉得不对了，在以前游牧的年代，遇到灾害时没有这么脆弱。在灾难面前，他突然发现了合作的优势。当时牧民合作还是有风险的，但他仍然开始了“新型游牧”的冒险尝试——将附近的牧民联合起来，成立牧民协会，协同管理放牧。牧民合作其实就是过去传统游牧的精髓所在。成立牧民协会 7 年后，国家出台了《中华人民共和国农民专业合作社法》，从这以后，浩毕斯嘎拉图又将牧民协会更名为牧业合作社。

当时，牧民协会的出现曾引发外界舆论哗然。从 20 世纪 80 年代草场承包以后，牧民就形成了分散局面，因此大家对牧民重新走向联合心存疑虑，认为这是一种倒退。那时，人们对牧区破碎化的危害不仅没认识，还把草场退化的责任推给游牧方式，这又进一步加深了牧区的破碎化。

通过牧业合作社来加强牧民之间的合作，这事到底行不行？在外界的质疑中，浩毕斯嘎拉图破釜沉舟般地往前冲。刚建立合作社的那些年，浩毕斯嘎拉图整日为别人奔忙，却见不到效益，他经常跟妻子说的话是“明年就好了”！一开始，他的妻子很期盼，后来就笑笑说：“反正你‘明年’多!”

牧业合作背后有草原的逻辑

2008 年 7 月，我第一次见到浩毕斯嘎拉图时，已是夏季，但哈日高壁的草场还没恢复，显得枯黄，砂石裸露，随风起土，草场上拉了不少网围栏。额吉淖尔镇政府所在地就在哈日高壁嘎查，那是一座有很多房子的小镇，小镇的北侧堆着风卷来的沙子。

我听专家说过合作社有很多好处——提高牧民组织能力，增强话语权，传承游牧文化……这些大道理，浩毕斯嘎拉图一个也没讲，他给我讲的几件事特别实际：买药、买草、用车、放羊、打水井。

有一次，8 户牧民一起合作买兽药，越过药贩子直接找批发商，只花了原来价格的五分之一。后来又合作买草，又便宜了不少钱。另一个合作就是大家共同用车，牧区土地广阔，交通成本高，合作以后，一户去城里办事，就顺便把大家的事情都代办了，这样就省下很多交通费和劳动力。

浩毕斯嘎拉图说，合群放羊还省人工。那时我还不理解草原的逻辑——合群放羊省人工，劳动生产率高，而共用基础设施则可以节约开支，对环境也更友好。比如放300只羊的群和放30只羊的群，都要占一个劳动力，所以分产到户以后，羊群数量变小了，劳动力则严重短缺了。过去游牧的时候，水源是公用的，分产以后每家都要打井。他们嘎查原来有4口井，分产后打了一百多口井，每口井的成本从几千元到几万元不等。因为这些原因，草原其实比农耕地区更需要合作。

谁是畜牧业专家

有了合作社，浩毕斯嘎拉图在8年前就开始琢磨培育乌珠穆沁种羊。他多次说过："这是一家一户办不成的事。"对此，长期关注哈日高壁合作社发展的海山老师解释说，优良种畜要求一年四季不能掉膘，因此对放牧种畜的草场、经营、技能等方面的要求达到了近乎苛刻的程度。经营优良种畜不是一般牧民一家一户能办到的事情。

牧民分户经营后，羊群的种羊交换少了，近亲繁殖导致羊群退化，抗病、抗寒能力下降，个头也变小了。浩毕斯嘎拉图说："乌珠穆沁羊个头小，是没选育好，没人做这个事，一家一户做不了。"

在过去，乌珠穆沁羊体现出的优势让人激动不已——耐旱抗冻，饲养成本低。它们适应草原环境，喜欢本地含盐碱的草，能长出特殊的油膘，可以抵御零下30℃到零下40℃的严冬，冬季也可以在野外生存，不用住棚圈，饲草料和人力投入低。它们适合放养和长距离迁徙，是蒙古族传统游牧文化和生产技艺传承的"活载体"。

在2000年那场惨痛的雪灾后，哈日高壁的草原持续干旱，直到2010年，草场才差不多恢复。由于没有草，养不了多少羊，没有羊，牧民就

没有收入，这个问题很现实。于是浩毕斯嘎拉图动员合作社的几十户牧民，一起来培育卖价高的羊——乌珠穆沁种羊。一头下羔用的种母羊，价钱是一头肉羊的两到三倍，而一头种公羊，价钱是肉羊的10倍。

浩毕斯嘎拉图选育乌珠穆沁羊的消息一传出去，各种议论都来了，听到的几乎全是怀疑。例如：他不是农业技术人员，哪有技术做选育？这是畜牧局改良站的事情，他一个牧民凭什么做这个？而浩毕斯嘎拉图确实是一个只上过小学五年级、在马背上长大的牧民。

浩毕斯嘎拉图没有理会这些，他请有经验的老人从合作社牧民的羊中挑出个头最大、最健壮的，也到附近的地区去挑好羊。合作社还建立了一套复杂的利益分配制度，包括租羊、卖羊、共同放羊等；还制定了防止近亲繁殖的预防体系。

到现在，乌珠穆沁种公羊已成为哈日高壁合作社的拳头产品，而乌珠穆沁羊也赢得了“天下第一羊”的名声。今天，越来越多的人认识到本地牲畜品种有很多优势：和本地环境协同进化，对环境压力小，饲养成本低，饲养风险小，适应本地饲养方式和生活习惯，是地方文化的一个环节，是家畜物种基因库的一名成员……

海山老师认为，浩毕斯嘎拉图做到了很多科研院所、畜牧业专家不能做的事情。一些科研院所、畜牧业专家拿着国家巨额投资，办种畜生产基地，却纷纷破产，因为他们违背了游牧的自然规律，传统游牧的生产方式早就形成了一套有效的种畜选育制度和机制。在极端恶劣的地理环境，没有任何棚圈等基础设施的条件下，优良种畜本身就是抵御各种自然灾害威胁的有利条件和有效措施之一。

成功把握市场和政策的脉搏

一般来说，选育好品种至少要两三代，选育羊再快也得4年见效。这个阶段也是哈日高壁草场还没恢复的困难时期，而合作社要生存下去，还需要政府支持，当时政府支持的条件就是建一个大型网围栏，里面装上喷灌设施，种植饲料草。

浩毕斯嘎拉图尽其所能地把政府支持的项目申请下来。虽然当时在学术界，“游牧派”和“农耕派”两家争执得不亦乐乎，但浩毕斯嘎拉图并没把农耕排斥在外。他拿项目经费打了井，装上喷灌，开荒种饲料草，还真地补充了当时急缺的饲料。但是后来这块地就不长青草了，浩毕斯嘎拉图多次请农业技术人员来研究，也没见什么效果。不过，这个项目符合了当时牧民办合作社的要求，因而合作社得以生存下来。

由于旱灾连雪灾，哈日高壁出现了赤贫牧户，债台高筑，合作社出面找放债人谈判，把破产牧民的草地一块块要回来，避免了牧区出现大量外地人包地养羊挤占当地生态资源的情况。合作社也有了很多公共草场，可以专门用来放养种羊群。

合作社还出资把几位困难牧民家庭的孩子送到外面，学习职业技术兼打工。现在的嘎查书记宝力根达来，就被送到北京学了两年汽车修理，成了有见识、善于跟外界沟通的年轻人。这些年轻人学成之后回到草原，成长为当地新一代的领头人，在哈日高壁数得上的就有七个，这与其他牧区年轻人纷纷涌入城市定居形成了鲜明对比。

当地牧民会指着某个在合作社忙里忙外的年轻人告诉我：“这小子，原来在我们这可不怎么样，自从跟了浩队（指浩毕斯嘎拉图），就起来了，现在像回事了呢!”在许多牧区日渐老龄化、空心化的情况下，哈日高壁让附近的嘎查很羡慕，甚至有人想把他们的年轻人聘请为自己的嘎查长。

就是在这种环境里，浩毕斯嘎拉图的乌珠穆沁种羊选育有了成绩。但是羊再好，也要有市场。牧民用自己熟悉的方式来解决这个问题——参加牧民自主举办的各种种羊大赛，要不干脆自己办大赛。在大赛上，有经验的老牧民看中了浩毕斯嘎拉图的羊，懂羊的人给他打了高分。在之后的拍卖会上，羊也卖出了高价，冠军公羊甚至卖到 1 万元。这种羊的个头大，

生长快，饲养成本低，生产效率提高了，东乌珠穆沁旗有好羊，“天下第一羊”这个事就传开了。

后来，有甘肃肃北蒙古族自治县的牧民来找名声在外的乌珠穆沁羊。当地畜牧局配种站带他们转了好几个地方，他们看了都不满意，转到哈日高壁，他们说：“对，这就是我们要的羊。”他们一下子买了200只种羊，2600元一只，对牧民合作社来说这可是一笔大买卖，搞得当地“朝野震动”。浩毕斯嘎拉图的妻子，也终于等来了丈夫的会好起来的“明年”。此后不久，哈日高壁成了官方认可的唯一一家由牧民经营、能达到国家标准的种畜基地，又是农业农村部挂牌的“肉羊示范基地”，得到了国家的农业补贴。

回归游牧，崛起的草原新势力究竟还能走多远?

谈到哈日高壁合作社的成功，内蒙古大学蒙古学学院的恩和教授说：“该合作社的成功，算是个案。现在搞牧区合作社，真正成功的很少，当地只有依靠像浩毕斯嘎拉图这样的人物，才有可能在合作社上闯出一番天地来。可以说，是浩毕斯嘎拉图凭借个人努力和魅力，将分割的草场重新连成片，恢复到季节性轮牧状态。尽管离真正的游牧还有很大距离，但至少是从过去网围栏状态的定点放牧，向游牧回归了。”

海山老师也告诉我：“草原上的牧民合作社有很多，单锡林郭勒盟就有近1000家，但大部分合作社处于松散状态，要来一些国家补贴，并没有真正运转起来。像哈日高壁合作社这样取得成功的，只是凤毛麟角。”

在锡林浩特市牧区经营管理站工作的浩斯巴雅尔，是一名牧区基层管理者，他认为：“牧民之间原本有久远的互助合作的历史文化传统，新中国成立后的合作化也一度使牧民间的互助协作传统得到加强，形成了降低灾害风险的有益网络关系。实行家庭承包经营后，私利被看重，牧民间的互助协作传统逐渐淡薄以致接近消失。”

无论如何，忙碌了20年，浩毕斯嘎拉图带领几十户牧民，成长为当地草原上的一股新生力量。他从当初带着大家分草场定居，到重新带大家合作，运用古老的知识技能，恢复了游牧的部分传统。

如今牧民的生活变了：2年换一部手机，5年换一辆汽车，10年买个新拖拉机……赶上羊价惨跌，浩毕斯嘎拉图——这个还不太会说汉语的人，还要出去跑生意，让合作社的羊能卖个好价钱。

从十几岁开始，浩毕斯嘎拉图就曾努力像老一辈“努图克沁”一样去熟悉草原，掌控游牧的方向，由此成为一位卓越的牧民。现在，在飞速发展的时代，他能带领他的合作社牧民们开创一段全新的游牧时光吗？

定居的游牧人

一户定居的牧民

我站在高坡上，举着长焦照相机，一个人欣赏钢宝勒道和兄弟们一起套马。钢宝勒道的爷爷有五个儿子、很多孙子，钢宝勒道和叔伯兄弟们日常玩的游戏就是这么高档又奢侈，而我这样观战，也不知该有多么奢侈，多少摄影家砸上很多钱也拍不上一次。兄弟几个骑着摩托或马，从开阔的地方把马圈起来，赶到网围栏的死角，然后一个人进入马群，把马一匹匹逐个放出来，其他人在地上站成半个圈，套住从自己方向上逃跑的马。不是每一匹跑出来的马都能被成功地套住，这种游戏惊险刺激、充满了挑战，让人总想下次套得更好，套住更烈的马，套得更帅。

2016年，内蒙古的蒙古族牧民正式定居已经20年了。年轻的一代牧民已经长大成人，他们已经习惯了把马逼到网围栏的死角上，站在地上，截击逃跑的马，而不是像从前的影片里那样，骑着训练有素的杆子马，在万马奔腾的马群里套马。

小姑娘乌日格玛拉站在我身边，风很大，迎面吹来，有时马会朝我们的方向冲过来，马冲过来时，人切不可猫腰蹲下，要尽量站直、站得高，这样马会主动躲避。乌日格玛拉只有两岁大，我要让她离我尽量近一些，避免她目标太小，马看不到。但小姑娘跟我不太熟，过了一会儿就哭了。她的哥哥蒙根胡义嘎10岁了，还不会套马，平时对妹妹非常好，但这个时候他被叔叔们吸引，也到套马区域去玩了。乌日格玛拉哭着说："妈妈雅乌呀。"意思就是"我要找妈妈"。我把蒙根胡义嘎叫回来，让他把妹妹送回到后面山坡上的小房子里，她妈妈正在那儿煮茶。过了一会儿，乌日格玛拉的妈妈开着一辆中型卡车过来，她问我要不要坐她的车回家。那时，马已经累了，套马游戏即将结束。我说，我打算走回去。

钢宝勒道有两个哥哥，兄弟仨有三个定居点，定居点相距一公里左右，一字排开，套马的地方后面那所房子是大哥的定居点。乌日格玛拉和蒙根胡义嘎是二哥的两个孩子，他们家住在最靠东的草场上，而作为小儿子的钢宝勒道和父母、爷爷一起住在中间，也就是我要去的地方，每个定居点之间都需要步行25分钟左右，如今牧民更喜欢开车或骑摩托走这段路。

套马是春天和夏天的娱乐项目，随着冰雪消融，男子汉们骨头节痒痒了，迫不及待地要套一次。但实际上，春天最核心的任务是照顾好新出生的羊羔，钢宝勒道和他的大哥每天两次在芨芨草丛中"对羊羔"。通过把羊羔和母羊团团围住，刺激母羊和小羊相互寻找，找对的母子就可以被放走，经过反复这样的训练，小羊羔就可以认识自己的妈妈。在野外，母子能经常在一起，小羊羔就很方便吃到母乳，这样照顾羊羔的效率就提高了很多。如果没有这个工作，就需要一一抓住羊羔，塞给母羊，那样就累多了。每到对羔子的时候，母子用叫声相互寻找，就像一场大合唱，"咩咩"声震天响，钢宝勒道兄弟两个，骑着马，挥舞着套马杆，你就知道歌里唱的都是真的——在和煦的春光里，在套马杆颤动的尖端下，绵羊羔、山羊羔咩咩地歌唱……

按照蒙古族的传统，年龄比较大的孩子一般会先成家，带走自己的一份家产另立门户，男女都有。照顾父母的责任最后会落在小儿子肩上，父母的那份家产也会留给小儿子。这个传统在钢宝勒道家还依稀可见，虽然大哥没有结婚，但是二哥结婚以后另立了门户，而钢宝勒道结婚后，就结束了在外面的打工生涯，回家和父母一起生活。还有一个原因是，他出生得晚，出生时土地承包已经完成，所以他名下没有草场，也需要用父母名下的土地放羊。

两兄弟结婚后，兄弟三人分了家，每人分得二十来只羊，开始了他们自己的经营。钢宝勒道和大哥现在各有一百多只羊，而他二哥有两百多只羊。二哥基本上独立经营，他的羊群差不多一年四季都在东边的草场上。二哥家自己有一整套完整的设施：住人的彩钢房和蒙古包、牲畜用的红砖棚圈、草料棚，还有一口他们家专用的水井，春天的时候二哥也不会迁场。

大哥还没有结婚，虽然羊群的所有权已经分开，但是他和钢宝勒道、父母共同工作。他的房子附近有一片芨芨草滩，里面是齐腰高的芨芨草，这个高度对羊群来说足以躲避春天的大风。所以钢宝勒道家还有一点小游牧的色彩，他们春天把羊群放在大哥的房子附近的芨芨草滩上，而夏天羊群主要在钢宝勒道房子附近的草原上。这两边都有一些基础设施：房子、红砖盖的棚圈、羊粪垛、圈小牛犊的围栏。高坡上的房子附近没有水井，水井在大哥的房子这边。即使到夏天，羊群每天也都会走到这边来。两个地点之间虽然需要走半小时，但算不上游牧，因为实在太近了。我在东乌珠穆沁旗东端的满都宝力格，看到那里的夏牧场距冬牧场有 40 公里之远。

三兄弟的草场之间没有网围栏，因为他们兄弟的感情很好，即使羊偶尔掺群也不会有任何纠纷。这三块草场之外有一圈数十公里长的网围栏，

西北侧离房子很近，东南一侧远在天边。一条牧民公用的便道沿着三所房子的后面一路蜿蜒，有网围栏以后，牧民的公用道路就比较固定了，虽然从钢宝勒道家直插到井边更近，但这是不被允许的，因为车辙会破坏钢宝勒道家核心的草场。

定居之路

“定居以后，骑马的人就少了。”哈日高壁牧业合作社的主任浩毕斯嘎拉图说：“有了网围栏，路要绕着网围栏走，太远了，马受不了。”浩毕斯嘎拉图现在正在做一个努力，想说服牧民给网围栏多开一些门，这个门比过车的门窄，人骑着马可以通过就行，这样可以方便骑马的牧民出行，减少汽油开支，还能保护草场，保护文化传统。

牧民定居是从 1985 年前后开始推行的，导致定居的主要原因是分草场到户的草场承包。牧民虽然承包了草场，但是一开始，大家都没有在一片草地上定居下来的习惯，后来推行了网围栏，有的家庭率先把自己的土地圈起来了，但是大部分土地没有圈，圈了地的牧民不在自己的土地上放牧，却跑到大家没有圈、仍然公用的土地上放牧，公用地上的草就不足了，这样各家都抢着圈地，最终在 1996 年土地承包第二次确权前后定居基本形成。

网围栏不仅改变了牧民、羊群，也改变了草原的一切。黄羊从前在草原上自由迁徙，数以百万计，有了网围栏，它们的脚步被绊住，再也逃不过猛兽的追捕和打猎的人，跟着黄羊迁徙的还有狼，没有黄羊，也没有狼了。当地的老人们还常常能回忆起青年时代与狼争斗的故事，如今钢宝勒道家附近已经没有狼出没了。大一点的猛兽就是草原雕、鹫和狐狸。狐狸也曾经倒霉过。几乎和圈网围栏同时代，经济起飞，让人们把一切都当成钱。钢宝勒道记得他小时候，人们打狐狸打得特别厉害，那时候狐狸皮很贵。外面人打，牧民也打，虽然有教养的传统牧民很看不惯，但是文化传播的力量只要被削弱，恶习就会像传染病，传染很多人。

猎狐的结果就是老鼠泛滥。到1999年大旱的时候，钢宝勒道家附近寸草不生。据钢宝勒道形容，那个时候老鼠都饿死了。饿慌了神的老鼠竟然到家里来找食物，走到房子里，见人也不怕，眼睛瞪着屋里的人看了一会儿，就昏倒了，饿死在地上。

“那时候，浩队长把我们全赶走了。”钢宝勒道说。浩队长就是哈日高壁牧业合作社的负责人浩毕斯嘎拉图，他当嘎查长有20个年头了，因为嘎查是从生产队变来的，所以当地的牧民仍然习惯称嘎查长为队长。他从22岁开始当嘎查长，曾经非常热情地推动牧民定居，推动草原的基础设施建设。在他们嘎查盖了很多的棚圈，打了很多水井，有一百多口。游牧的一个重要的原因就是追着水源走。牧民需要在夏季集中在水源地，冬天到落雪以后就比较方便了，哪里都可以放羊。如果要让牧民分草场定居，就需要很多的水源，所以家家都要打井，这样就打了一百多口井。浩毕斯嘎拉图曾经相信水井和棚圈可以提升草原的生产力，他努力地为之奋斗了10年，他管理的哈日高壁嘎查成为内蒙古自治区的优秀嘎查。但是到了2000年前后，夏季干旱，寸草不生，冬季大雪，风卷着沙土和雪粒混在一起，压在虚弱的绵羊身上，全嘎查40余户牧民失去了整群的牛羊，从富裕户一下子成了贫困户，10年的努力化为乌有。

让牧民离开家，去远方避灾，是这个地区的牧民最后一次游牧尝试。但是，由于草场承包，蒙古族牧民的基层社会组织被破坏了。以前，游牧的时候，全嘎查统一调动，经过勘察、规划和当地的主人协调关系，然后大家相互照顾着一起走，但是土地一分，大家独立经营，嘎查长的指挥就失灵了，而且别人的草场也分了，他原来跟嘎查长、苏木长协调的事如今要跟上百户路过和落脚的牧民家协调，这是个根本完成不了的任务。因此当大家重新走场的时候，只能各自为政，找自己的亲戚投奔。所有的

牧民都陷入了巨大的痛苦。

定居和分草场是政策，作为一个嘎查想改变是很困难的，而且牧民经过十几年时间的“培养”已经有了“你的地、我的地”的概念，浩毕斯嘎拉图不能违反政策，只能调整，做出适度的适应和回弹。适应就是在新的方式中活下来，回弹则是把老人的智慧再找回来。在这个调整的过程中，草原逐渐恢复。到了 2015 年前后，钢宝勒道家的草场上又有了多年生的禾本植物，有了长到小腿肚高的青草，畜群的数量也恢复了。草原适应了，牧民也适应了。钢宝勒道这样的年轻人已经没有过去远方游牧的经验，反而觉得灾年走场是被“赶走了”。

定居后的家

我每次去钢宝勒道家，都要沿着公用道路开车，路上会穿过好几个网围栏的门。有的门，钢宝勒道懒得来回开关，就把它留着，但是如果羊群在附近的话，他就会自觉地把它关上。

2015 年夏天，钢宝勒道开着车，带着我和他的妻子、孩子一起去城里，我们来到一个网围栏的门前时，碰到几个骑马的人，那几个小伙子本来把网围栏的门打开了，看着钢宝勒道的车临近，突然砰地一下把门关上了，然后在马背上哈哈大笑。钢宝勒道只好停车让妻子去开门。我们一起穿过了这道门，几个骑马的人在前面走，钢宝勒道猛踩油门冲向下一道门，几个骑马的小伙子反应过来，赶紧快马加鞭，但毕竟跑不过汽车，穿过那道门以后，钢宝勒道赶紧停车，他的妻子迅速下车把那道门给关上了，几个骑马的人也冲到了，但被关在门里，大家都笑得前仰后合。汽车、网围栏的门，这些都是上一代人没有经历过的，如今成了生活中每天都要考虑的事情。

那年夏天，我一直住在钢宝勒道家，不断地有朋友在微信上问我，怎么到他们家去玩，于是，一家人看到办旅游的希望。本来，他们家远离公路，前后没有什么招揽客人的东西，纵然想办旅游也不知道如何下手。因为我的微信朋友圈，他们突然稍稍有了一点小名气，有人要来玩了。一家人立即开动起来，做一个新的蒙古包，准备用来迎接客人。

如今牧民都想做旅游，不仅因为他们看到了别人做旅游赚到了钱，开源增加收入已经是每个牧民面临的挑战。牧民从前的收入在全国平均水平是比较高的——在我们大家都只能吃半饱的年代，他们有一大群牛羊。现在他们虽然还有一大群牛羊，但是每家都需要投资两万元到六万元修网围栏，每三年还要花上投资的一少半维修一次；要打一口机井，浅的三万元，随着深度增加，投资也就是无底洞；房子、棚圈各需要五六万元，这都是定居多出来的开销。但这都还是小头。定居以后，最大的开销是买草或租草场，养牧能力强的人家在这方面投入很大，几乎占到每年卖羊收入的三分之二。除了定居，牧民生活的现代化也带来了更多开销：买发电机、拖拉机、打草机、汽车、摩托、手机、电视……曾经腼腆、庄重、不善交际的牧民，如今开始愿意展示自己的生活，增加收入。

这个蒙古包本来在他们家的计划中已经很久了，是预备给他大哥结婚做的。习惯于住房子的我，当时还是很习惯、很自然地认为蒙古包的居住条件比房子差，所以有点惊讶他们居然会为长子结婚准备蒙古包。现在不是都盖房子了吗？但这个问题在他们家是没有的，他们都觉得如果儿子结婚，理所应当得有一个蒙古包。蒙古包由几个部分构成，里面是木质骨架，外面包上衬布，再围上毡子，毡子上勒马鬃绳。

在钢宝勒道家的棚圈里，堆放着很多细长的木头，那是做蒙古包屋顶用的材料。蒙古包放射状的屋顶非常漂亮，就靠这些木头。开工以后，全家人就轮流刨木头，把它们做成短一些、细一些的支架，一头刨成扁平的，方便固定，然后买了红色的油漆把它们刷红。几天的时间，骨架就完成了。与此同时，钢宝勒道的父母一直在用马鬃纺线。马鬃剪下来以后，把它们打乱，变得像一团乱麻，再通过卷动把它抽成绳子，绳子抽到一定的长度，钢宝勒道的爸爸就把绳的一头系在棚圈的墙上，另一头拿在手里，用一个简易的绞绳器把两股马鬃拧在一起。他不停地摇动工具，马鬃就变成了一条两股的绳子，非常结实。

蒙古包完成以后，先扎在棚圈的里面，形成一个房中房，这个感觉有点怪。后来，蒙古包挪到了户外，除了接待偶尔来的客人，钢宝勒道的父母开始住在这里，他们明显对住蒙古包更习惯。在里面可以耳听八方，羊群、牛群、马群的动向都能知道。

定居以后，房子成了主要的居住空间。牧民的房子通常比较厚实，不是排房，而是方形，南高北低。因为草原的冬天很冷，这些屋子里面有内墙隔开，隔成一间一间的，这样就比较容易保暖。通常，锅炉放在北边的屋子里，冬天烧水供给所有的房间暖气，夏天只有北边生火，不致让南房太热。房子的窗户通常是两层，这样比较保暖。很多房子里有火炕，也有摆着大沙发的客厅。

在盖房子的过程中政府补贴的作用非常大，房子成本高，不像盖一个蒙古包。钢宝勒道一家人就能动手做个蒙古包，完全遵循经济规律。很多牧民其实盖不起房子和棚圈，而政府有很多扶贫项目，尤其可以用于基建，所以很多牧民家的房子是用项目款盖的。项目款有很多种，加之各种不同的发放政策，争项目款成了牧民生活的新内容。盖房子，蒙古族没有这个手艺，要从外地雇泥瓦匠，草原上也经常有来自外地的打工仔，他们的工作就是盖房子和用砖砌棚圈。钢宝勒道家的房梁上有蓝色的哈达和放着奶食、炒米的供碗，这是汉族地区上梁时挂红的传统传到内蒙古地区后发生的文化融合。

定居后的生态

有一天，钢宝勒道问我：“姐姐你知道我们为什么在这里盖房子吗?”他说这个房子的地方是爸爸选的，比较高，能看见整个家，而且离水井比较远，如果井边上住人的话，羊群走得近，地容易被踩坏。现在，羊去井边喝水，回家后在这边休息，家附近就不会被踩得很平。钢宝勒道家的水井是一口老井，井边已经被踩成硬地，没有植被覆盖，而高坡上的新房子附近，土地上洒着过多的羊粪、牛粪，长着一年生的植物。

到了夏天，我又来到钢宝勒道家。这次我发现他家的新房门前也已出现踩踏坚硬的土地，和水井那边一样。有一个朋友带了一架无人机，升空拍照，从一些照片上可以看出一个以棚圈为中心的退化圈，中间一圈是没有植物的硬地，再往外一圈是洒满牛粪羊粪、长着一年生的深绿色草的草地，再往外一圈才逐渐长出优质的、多年生的禾本科植物，这一圈的直径有五百到一千米。

在钢宝勒道家大约40公里远的地方，我访问过一位老嘎查书记，他们家也是在定居点附近有一个退化圈，他家盖了房子之后，老蒙古包一直留着。他说："天暖以后，带着蒙古包搬家还是可以的。"但是老书记又摇摇头说："不搬了，在这么小的一片地方搬来搬去也没什么用，顶多再祸害个地方。"

做蒙古包时，我发现棚圈的屋梁中间有一窝小燕子，是小的时候在城里常见的家燕——黑色的后背和翅膀，雪白的肚皮，脖子和腰有一条金红色。这种家燕随着城市里大屋檐的房子的减少已经越来越罕见，但是随着草原上有房顶的房子变多，它们在这里安了家。那一窝燕子一共六只，四只小雏燕待在窝里等父母来喂，做蒙古包对它们有点儿打扰，父母有一点儿焦虑，但它们很快就适应了。蒙古包做好以后，小燕子也出巢了，从棚圈里飞出来，站在牛犊的围栏上，一个个跟父母体形差不多大，只是小嘴黄黄的，非常可爱。父母一衔来虫子，就引起它们一阵骚动。

不仅钢宝勒道家有"客人"，二哥家有一个草垛，那里住了一窝猫头鹰。打更多的草以备冬天所需，是游牧人定居以后的新生活方式。因为不能迁场，人们不能在某些季节去湿地或者草很密集、很高的地方，只能把那里的草买回来，堆在家附近。通常情况下，干草原的草质量比湿地好，虽然湿地草量大，但是钢宝勒道他们就算草少也愿意在家乡的干草原上放牧，即使在游牧的时代，也并不经常去湿地，然而赶上干旱缺草的年份，就会举家或整个村子一起前往湿地。如今，他们每年都从湿地那边买草，把整车的草料拉到草原上。

一窝纵纹腹小鸮在草垛上打了一个洞，并且养育了宝宝，这是一种体形很小的猫头鹰。定居以后，大型的狼和黄羊消失了，老鼠和害虫要靠这些飞鸟来控制，而飞鸟们开始学习运用有屋顶的房子、成堆的草料、网围栏的水泥桩这样的新工具。猎隼和大鵟常常站在网围栏的水泥桩上伺机捕猎，而老鼠也学会在铁丝网下面做窝，这样猛禽就难以下手。我夏天住得久了，就对钢宝勒道家附近猛禽的分布规律有所熟悉，大概知道在什么位置有一只大鵟，哪一个鹰巢上终日栖着只红隼，二哥家的那群猫头鹰的地盘是哪几根网围栏的桩子。在离他家不远的地方，网围栏水泥桩是一窝红脚隼的狩猎点。牧民们还观察到，狐狸喜欢顺着公路跑，因为经常有小老鼠穿过公路时被撞死。

用专业一点的语言讲，网围栏严重干扰了草原生态系统，这个系统被干扰后，自己可以做出调整，能自我修复。修复的代价极其昂贵，花了 10 年左右的时间。在 2014 年前后，它似乎修复完成了，野生动物再次平衡，多年生的牧草也长出来了，虽然它已经和原始风貌不同，但目前又算能运转了。有一年我们去蒙古国东部考察，从东乌珠穆沁旗的嘎达布其口岸入境，原本连成一片的草原，如今草的高度和覆盖度不及国境线对面的一半。这是定居后，牲畜活动受到限制，有些土地得不到牛羊粪便滋养的结果。在这样的变化调整中，整整一代牧民也长大了。

定居后的牧民社会

做出调整的不仅是草原生态系统，牧民的调整和适应也是很重要的因素。我问过浩毕斯嘎拉图，为什么不把大家联合起来，拆掉网围栏重新游牧？他说："现在牧民雇羊倌太贵了，有了网子以后就可以省一个羊倌。"有一次，浩毕斯嘎拉图拉着我们跑考察，到了下午，我们问他："你陪我们跑了一天，谁管你的羊呀？"浩毕斯嘎拉图说："网围栏放着呢！"我们做调研的时候，也有一位牧民说："现在放羊比以前省事，早上把羊放到网围栏里，羊跑不了，也不会跟别人家的羊掺群，就可以骑着摩托车去城里看老婆孩子了。"牧区的乡村学校撤销后，很多牧民家都像二哥家一样大半个家在城里。二哥的长子是爷爷的长曾孙，他非常热爱草原生活，是个小骑手，冬天我去他家时，他一直在外面的冰天雪地里玩。二哥的女儿乌日格玛拉三岁的时候，原本还可以在草原上再玩几年，但是因为妈妈要带哥哥去城里上学，爸爸照顾不了她，所以她也跟着去城里。在草场上，她可以从门前跑向任何她想跑的方向；但是在城里，一家人租了一个院子的门房，挤在十几平方米的空间里，出门就是汽车和烂泥路。

浩毕斯嘎拉图经过努力恢复了苏木里的幼儿园，他告诉我，那个幼儿园原来是个小学，是当地一个有名的人物，王爷的摔跤手建的。撤乡并校时给撤了，牧民的孩子三岁就要进城。他现在很想把小学恢复起来，他说："我也得为自己想呀！我在这干得好好的，要是没学校，过两年我也得去城里带孩子呀！"幼儿园恢复以后，清晨我看见牧民骑着摩托从苏木里的方向回来，是刚送完孩子，快乐和感动在我心里颤动。

有一天，我进城回来，发现钢宝勒道家的棚圈外多了很多木头架子。钢宝勒道说，那是他们苏木里的一个老屋被拆了，他把木头运了回来。原来他们兄弟几个是在苏木里长大的，苏木就是镇，很小的镇，离草场比较近。

文化节

即使是在游牧的时代，牧民也并不完全是孤立地一家一户生活，他们会形成很多不同形式的聚落，也有盖房子的村庄和小镇。这些房子比蒙古包住着要暖和、方便，钢宝勒道小的时候就和哥哥、母亲住在镇上。而家里的劳动力带着蒙古包跟着羊群走。随着分草场到户，这些小聚落反而衰败了。钢宝勒道家的老屋因为年久无人居住，已经坍塌了，他们现在把木头运到自己的草场上来了。

游牧在定居时代

钢宝勒道家的草场属于典型草原，当地牧民称之为“塔拉”。他们家往北靠近公路，越过公路以后就是盐碱地，当地人称之为“戈壁”。他们这里的戈壁很深、很宽广，有的时候会存水。浩队长的家就在戈壁里，那里的植物和草原上的不一样，以耐盐碱的小灌木为主。浩队长并不整天待在戈壁里，他大部分时间还是待在塔拉上，因为戈壁没办法整年利用。

有一次，浩队长邀请我去他家，进入大戈壁深处，四周都是长着一丛一丛的、膝盖那么高的小灌木。他家的房子建在一个大平台上，因为这个地方夏天会进水，变成湿地，房子必须盖在台子上，防止家具受潮。浩队长和三家亲戚还有一些失去了羊群的牧民合作，他们家的羊群就可以在戈壁进水的季节放到干草原上，而在适宜利用戈壁的季节带着三家的羊群回到这里。戈壁主要有两个作用，一个是秋天的时候，盐碱地生长的植物微量元素丰富，可以让动物长膘，还有就是春天的时候，在草原返青之前，小灌木的生命力更强，更有营养，所以春天他们也会在这里。

这种几家合作的经营模式再往前进一步就是合作社，浩队长曾经组织了当地最好的合作社，有二十多户牧民参加，他们也经常互相借用草场和共同劳动。这让他们抗风险的能力有所提升，也让游牧时期使用草场的智慧得以小范围传承。

钢宝勒道还没有加入合作社，但是他和自己家里的人合作，和父母、大哥的羊群是混群经营的。平时和大哥一起劳动，这样让兄弟俩的工作效率都提高了，因为一个人放一百只羊和放两百只羊的劳动付出是差不多的，而有些事情一个人做不好，例如一个人给一百只母羊的羊群对羊羔很累，而且效果不好，两个人对两百只母羊羊群的羊羔就轻松得多。

钢宝勒道还帮姐夫养了100只羊，姐夫是个养牛专业户，他的生活条件比钢宝勒道要好些，钢宝勒道需要多赚钱，所以姐夫就把100只基础母羊包给钢宝勒道，每只羊每年给他姐夫260元钱，而这只母羊生的小羊羔归钢宝勒道，生多生少、小羊羔的成活率等风险由钢宝勒道承担。近年来羊价下跌，一只小羊羔原本卖1000元出头，现在只能卖500元，包姐夫的羊不合算了。秋天，钢宝勒道把羊群还给了姐夫，为了在经济上帮助他，他二哥主动提出让钢宝勒道包自己的100只羊，并且每只羊只要给他100元钱就可以了。兄弟们之间的情谊经常令人感动。

包羊这种经营方式悄悄地流行，其实是另一种游牧方式。人没有动，羊走了。有些地方的牧民还分时间包羊，一家牧民就帮他养两个星期，他看谁家草好，有劳动力，就找上那家人，再养两星期，和游牧时搬家的节奏一样。钢宝勒道的大哥赶着羊群穿过好几道网围栏，去15公里外的妹夫家把羊群还掉，这和走奥特尔有点儿像。

前几年我去草原的时候，牧民们比较流行包草场，自己家的草场不够用了，就去别人家包一块草场，但草原是非平衡的生态系统，你无法知道你包的这块草场未来三年的降水量如何，草能不能长起来？于是牧民们发明了更符合游牧规律的方法，把羊群交给草长得好的人家代管一段时间，按天计费，如果那一家的草不好了，觉得压力大，他们就另外找一家，羊群就这样一直在动。

春天，钢宝勒道的二哥在草场地东端接羊羔，钢宝勒道和父母、大哥一起在西端接羊羔。他的妻子带着孩子和老爷爷住在中间的高坡上。在这个季节，中间的高坡显得比其他地方寂寞，因为羊群没有在跟前。有一

天我发现了一只迷路的小羊，把它抱回家来，钢宝勒道的小儿子乌仁图希特别高兴，一直抱着它。但是这么小的羊羔没有母羊的奶水不行，会饿死，我就把它抱去羊群那边。我把羊羔抱走的时候，小男孩哇哇大哭，喊着："咩咩！咩咩！"钢宝勒道的妻子给我使眼色，意思是赶紧抱走。

二哥的长子已经在城里上学，所以二嫂一般带着两个孩子住在城里，难得回家一趟，二哥就一个人住在一个定居点上，独自劳动，自己做饭，自己放羊。我到草原的那几天正赶上清明节，全国统一休假制度，所以二嫂把两个孩子带回来了。

这天风很大，可是钢宝勒道的儿子小乌仁图希一直闹着要出去玩，影响他妈妈做针线活、做饭。想到他的小哥哥和小姐姐从城里回来了，我决定带他去跟哥哥姐姐一起玩。可刚好汽车都没在家，我就抱着这个小肉球往二哥家走。孩子一开始非常兴奋，指着远处的房子说："安巴。"这是对哥哥的尊称，蒙古族牧民之间的尊称非常复杂，不是完全按照辈分，比如孩子可以管妈妈叫额吉，也可以管奶奶叫额吉。安巴本来是钢宝勒道对二哥的尊称，到了小乌仁图希这里，也这样叫他。孩子指着天边的定居点念叨着"安巴""安巴"，有时兴奋地下地跑一跑，有时累了，就让我抱一抱，过一会就睡着了。我抱着睡着的小孩走到二哥的定居点，二嫂特别高兴，他家的两个小孩也非常高兴。蒙根胡义嘎把他的宝贝足球拿出来，三个孩子一起踢球，开始了一场草原小足球赛。

二嫂去帮丈夫干活，孩子们就交给小哥哥。蒙根胡义嘎对我说："一会儿羊就回来了，乌仁图希的小羊也要回来，我去把它弄来。"乌仁图希的小羊是一只去年生的小羊羔，因为它一生下来就被妈妈遗弃，所以由乌仁图希的奶奶养大，整天在家附近跟人一起玩，一点都不怕人。钢宝勒道曾经指着那只羊对我说："这小羊是我们乌仁图希的哥们儿。"一会儿，羊群从远方跑过来，渐渐地扬起尘土，离家越近的地方，尘土越大，因为牧草越少。羊群到井边喝水，乌仁图希的小羊就独自从羊群里跑出来，顺着网围栏往人的居住区溜达，蒙根胡义嘎一把抓住它，把它带回家。蒙根胡义嘎找了一根绳子拴在羊胸口，让妹妹牵着羊，然后抱着乌仁图希把他放在羊背上。羊很难骑，跑起来又晃又颠，小朋友们很难成功，通常一两步就掉下来，但这对孩子们来说就像套马一样是挑战，越失败越想成功，越玩越开心，直到小羊趴在地上不肯站起来。

房子、蒙古包、棚圈、机井如今成了一个定居点的标配，草原变了，变化以后的草原已经养大了一代牧民，正在养大第二代。“搬家就能养好牲口，串门就能有肉吃。”上岁数的牧民还经常跟年轻人念叨这样的话。年轻人如今一年一两次把自家的蒙古包搬到大型活动场地集中起来为大家服务，但这样的搬迁，大家都觉得挺麻烦的，就算有蒙古包的家，蒙古包也很少拆装了。

蒙古马的一百年

“它就是不会说话”，当牧民宝音达来说起他的马的时候，总是给它这样的评价。宝音达来有一匹黑色的坐骑，才两岁，春天刚从马群里抓出来的时候骨瘦如柴，性格倔烈，套上笼头以后，不停地折腾。宝音达来把它拴在拴马桩上，我根本不能靠近。一天以后，宝音达来牵着它走过我面前时说：“你可以摸摸它了，它现在是可爱的马了。”我很惊讶，伸手摸了摸它的脸，这匹马几乎是纯黑色的，头顶有一颗白色的星星，我叫它“小星星”，我摸它的脸时，它显得非常温顺，太神奇了！在这匹马被抓住的一整天里，我并没有看到宝音达来干什么，只骑过它一次，走了很近的距离，就又拴在桩子上。“你得会调教它，我最会这个了，这个马以后就是个好脾气的马了，现在就能看出来。每个马的脾气都不一样，有的马一辈子都闹腾，没关系，那也是好马。”宝音达来说着，我又摸了摸马的鬃毛，

“它知道你喜欢它，它什么都明白，它就是不会说话。”

自由的生灵

在这个世界上，找不到第二种动物像马这样，它是富有野性之美的生灵，却是一种家畜，它被人驯养了几万年，为人工作，被人役使，任劳任怨。在工业革命以前，它是人类最重要的动力。但它始终是有野性的，每一匹马都热爱自由，每一匹马都需要驯化才能和人合作。即使把它驯化了，当它的鞍子被卸掉，笼头被摘掉，它依然自由奔跑。

蒙古人养马和世界上许多民族不一样，蒙古人从不给马建立房舍、马厩，而是让马在草原上自由奔跑，并让它们按照自然习性组织家庭，四处迁徙。马的家庭由儿马子即种公马管理，每群十几匹到三十几匹不等。“马这个动物需要自由，越把它养得自由，它就会越长寿，体质就会越好；越把它圈起来，越不行。”宝音达来说。

宝音达来是内蒙古赤峰市克什克腾旗的牧马人，他家牧马有多少代了，他自己也不清楚，他能记起的情况是爷爷就是个牧马人。那时候，草原上很多人家的马放在一起，由一个人包下来，再雇上几个马倌轮流管理。在这一千多匹马里，有两匹母马是爷爷的。据说，爷爷放养这一千多匹马的真正目的就在于把他自己的两匹母马养好。当马倌，他可以跟着马群走，经常看着他的母马，避免它们被别人抓走骑。

蒙古人的坐骑并不是整天拴在家里的，也不是每天骑，尤其是母马，因为要生小马驹，有几个月时间是不能骑的。“我爷爷放马是游牧，在四五十万亩的土地上游牧，从达里淖尔镇到白音查干南边的五队镇，也就是现在的贡格尔草原这一大片，都可以自由走动。”那个时候，马的成活率很低，有十几匹母马的话，第二年也就能得到二三匹小马驹，野生动物多，主人照顾得也少，有一部分被狼吃了，还有一部分被冰雪冻死。那时的马和人接触很少，很野，见到人很紧张，远远地就逃掉了。

蒙古马在草原上的生活方式和野生的食草动物没有什么区别。在这一千多匹马中有很多家庭，每个家庭由一匹儿马子带着母马和两岁以下的小马组成，儿马子就是家长，它会管理马群，牧马人数马的时候，只数儿马子，儿马子只要都在，一匹马也丢不了。每年春天，儿马子要赶走到了虚三岁的小马，小母马被咬到别的马群去，小公马则被赶出马群。几百上千匹马在过去一起放，从这群里出去的母马就可以进入没有血缘关系的马群中，成为那个家庭的成员，就像女孩出嫁了一样。和野生动物有点不同的是，牧民会把不做种马的公马骟掉，以方便管理马群，防止这些不够好的公马划拉母马，或者成天和儿马子干仗。骟马除了骑乘，还会跟着原来的马群，儿马子对它不是那样排斥了，但会要求它和母马保持距离。我在宝音达来家附近见过一群马，马群中有一匹特别漂亮的黄膘银鬃马，它的银鬃很长，色彩明亮，十分飘逸，总是站在马群边缘。宝音达来告诉我："它是匹骟马，如果进了马群，儿马子会往外撵。"那个马群的儿马子是一匹矫健霸气的黑马，而这匹银鬃马的目光总是略带委屈。半年后我再次见到这匹银鬃马的时候，一个牧民牵着它，它是那个人的坐骑。

在宝音达来爷爷的时代，马很少丢。春天是马最虚弱的时候，这时候，马会顺风走，有时候就会跑丢，如果不是身体虚弱的话，马是逆着风走的，即使冬天刮白毛风也不会丢。在冬天的夜里马一动都不动，站在原地，它们知道动了就不知道会跑到哪去了，知道哪里安全，就在安全的地方不动。如果看马的人睡着了，马群动了，骑的那匹马就拉他，叫醒他。夜里特别黑，伸手不见五指，但是牧马人只要顺着骑的那匹马的感觉走，那匹马就能把一群马都围在当中，一匹马也丢不了。"要不我说马比人强呢！"宝音达来说，"不光是骑的那匹马，所有的马都有这个本事。夜里马聚在一起，不会走丢。如果大帮的马跑了，找不到，你就把自己的马撒出去，它就能把马都找着。"

宝音达来的爷爷那会儿也不是整年地跟着马，一年也就两三个月的时间在看护马群。当时克什克腾旗的人们主要的营生是到额吉淖尔拉盐，然后用盐交换其他东西。额吉淖尔盐湖在今天的东乌珠穆沁旗，盐湖被牧民称为母亲，可见那个时候它有多么重要。宝音达来的爷爷去过额吉淖尔，还去过乌兰巴托，都是去做生意。蒙古人虽然从很早起就有做贸易的传统，但是却很少卖自己家的牲畜，主要还是用盐这些东西做交易。

在宝音达来爷爷的时代，除了牧民家需要马，需要马的地方还有很多。对克什克腾旗牧民有影响的主要是邮局用马。那时候旗长看上哪匹马，要走了就要走了，也不给补偿，主要用马给邮局驮邮件。除了给邮局供马，牧民也给政府提供军马，但是宝音达来家感觉不到太多来自这方面的影响。“像以前，马往外卖得很少，主要是自己家里用，用了好几年，蒙古人的良心上就不忍把它卖掉，一直把马养到老，用它的力量，但是不要它的生命，如果卖出去就不知道人家怎么弄了。”宝音达来说，“蒙古人讲究马的灵气，马的灵气失去了，就不跟自己家待在一起了，交换多了，灵气就下降了。”另外，以前往外交换主要不是为了卖钱，都是换东西。以前蒙古人办大事情，比如结婚，需要银戒指、粮食，需要布做衣服，有时候就用一匹马去交换。这种马都是没用过的马，已经为家里出过力的马就不交换了。

在过去，蒙古人很忌讳把马用了好几年又卖了，认为这样不仅会毁掉马的灵气，还把五畜的灵气给毁了。蒙古人是要给马养老送终的，马死了以后，还要把马的头系上哈达搁在高处。但并不是所有的马，都有这样的荣耀，主要是有功劳的马，这里面包括骑了很久跟人有感情的马，或者生了很多小马的母马，还有用了很久的种公马。

爱与被爱

蒙古马是聪明、重感情的动物，这种感情不仅维系着蒙古马的家庭，也深刻地影响着牧马人，牧马人也同样深爱着马，并得到马的回报。

受爷爷的影响，宝音达来的父亲16岁开始放马，他一辈子没有离开马群。他13岁时骑一匹马到别人家去拜年，路上碰到几个人，那几个人就把马抢走了。这匹马在别人手里有半年的时间，找回家的时候已经奄奄一息了。“那些人就是骑着这匹马走，走不动了，就扔在那里换了一匹。”2010年，已经年近50岁的宝音达来讲这个故事的时候，眼泪流出来，这个经历过很多风雨的牧马人讲起一匹自己从没见过的马竟然这样动情。“当时，我奶奶是个很有办法的人，在当地有很多朋友，到处托人打听，从100里地以外把马找回来了。”那时候，家里只有两匹母马，它们是家里重要的财产，但是奶奶找马还不仅仅为了这个，蒙古人认为，蒙古男人要是没有马的话就是没运气，“就没腿了”，宝音达来的父亲当时虚岁13岁，也就是周岁12岁，正是第一个本命年，他的妈妈觉得这是一件很重要的事情，如果马不能找回来，儿子以后在人前就站不起来。经过精心的调养，那匹马被救活了。

宝音达来的父亲从1964年开始给公家放马，当时为了改良马的品种，他们把白音郭勒、白音查干几个地方的母马聚到一起，搞人工配种，让儿马子跟哪个马配就跟哪个马配，而不是一个儿马子带一家子，自然交配。三百多匹母马人工配种了三年之后得了三匹马驹子，彻底失败了。“马不能那样搞!”宝音达来说。但从那时起，宝音达来的父亲就开始给公家放马。那时候，牧民不再去拉盐了，放马是宝音达来的父亲最大的爱好，也是他最主要的营生。

宝音达来的父亲是个优秀的牧马人。他在1966年放马的时候，遇到大火灾，他用自己的坐骑挡了一下，催动马群逆着火跑，马群都跑了出去，要是顺着火跑肯定都被烧死了，虽然怕火，马知道应该逆着走，刚开始的时候马还不敢，但是牧马人的催促，加上自己的选择，马就勇敢地跑出来了。当时被困的有一百六七十匹马，马鬃都被烧没了，但一匹马也没被烧死，连小马驹也全部跑出来了。

宝音达来的父亲套马尤其强悍。马到两岁时要打印，这时就要套马，每年打防疫针和剪马鬃的时候，也要把马套住。在草原上自由惯了的马一旦被套非常紧张，拼命挣扎，牧民用套马杆套住后，用力拉，才能制服它。套马杆是一根细长的柳条，不是垂柳，是沙地里那种既有硬度又有弹性的柳条。套马杆底部略粗，到尖端逐渐变细，顶头系绳套的地方，微微颤动着。据说美国人看到蒙古人的套马杆非常惊讶——那么有劲儿的动物，怎么用那么细的一根杆就能套住？宝音达来说起这件事的时候就笑了，“哪是杆子厉害，是杆子马厉害！”套马时牧民骑的马叫杆子马，杆子马非常聪明，完全懂得主人的意图，什么时候加速、什么时候制动都知道得一清二楚。宝音达来的父亲也有优秀的杆子马。

对牧民来说，马不仅是牲口、是工具，更是伙伴、是家庭成员。“20世纪60年代的时候，我们家有一匹马让红山军马场买走了，前天晚上送到军马场，给上上马绊子，第二天它就到家了，带着绊子一夜走了200公里，我们有个传统：要是一匹马能回来三次，我们就一辈子不能卖它了！”

过去，牧民对马不打也不骂。成吉思汗的法典上曾经写着，打马头的人要处斩，这是个很重的罪责。现在，这个法典虽然已经没有法律约束力，但是蒙古族民间仍然遵循着它流传下的信念。“马也不能骂，”宝音达来说，“现在我们讲，马也听不懂人话，骂就骂吧，但是马是不能骂的。”马也会报仇。过去有个外地人，到了克什克腾旗，他得到一匹马，但是他对这匹马特别不好，经常打骂，结果有一天，他给马喂料的时候，被马踢死了。

宝音达来有个牧马的朋友叫阿拉腾德力格尔，他们两人的父亲就在一起牧马。有一天，宝音达来说起现在牧民都拉了网围栏，各家间的关系都不好相处了。阿拉腾德力格尔说：“咳！我们父亲的时候哪有那种事！我们两个的父亲一辈子一起放马，天天两个人你谢我，我谢你！”那个时候，宝音达来的父亲放着几百匹马，当时在牧区最辛苦的一个工作就是晚上守马，夏天还好，三九寒冬也要在外边守着，主要是防狼，不看的话，一宿狼就能咬死四五匹马。在牧区狼是怕牧人的，人在的话狼就不敢上前。而牧马人白天也要看马，主要是有人来换马。“草原上的马是非常舒服的，骑两天就放假。”宝音达来的一个叔伯弟弟索米亚在雍和宫出家，他说起马时有点儿感慨，他的表情又让人觉得亲切。宝音达来的父亲白天看马，晚上守马，一个人撑不住，他就和附近的嘎查合作。在那里，阿拉腾德力格尔的父亲也和几个人一起放牧一千多匹马，他们把马群并到一起，共同管理。阿拉腾德力格尔的父亲善于做饭和干家里的活，宝音达来的父亲善于在外面管理马，老哥俩相互依靠，相互感谢，从不计较谁多干了点儿、谁少干了点儿。阿拉腾德力格尔觉得，随着牧马时代的结束，人和马之间的感情淡漠了，人和人的感情也淡漠了。

命运的拐点

宝音达来八九岁就开始骑马，十五六岁就开始给嘎查当马倌了。他是最后一个夜里守马的人。“现在有养马的、有放马的，夜里守马的人就没有了，狼已经很少见了。”宝音达来说。

宝音达来年轻的时候，草原上还有狼。1986 年，他夜里守马，有一天晚上也不是那么冷，他特困，就睡着了。他手里握着骑的那匹马的缰绳，那匹马一直点头拉他，他醒了，四下看了看没发现什么，也没当回事，就又睡了，后来那匹马就直接拿腿踢他，他又醒了，醒来以后发现左前方有一匹狼、右后方也有一匹狼，正盯着他呢，狼见他醒了，知道没有便宜可占，就逃跑了。“马的耳朵很灵，稍微有一点儿动静就能听见。马一天睡 72 次，走着走着稍微打个盹就行，很少躺着，除非生病了。”宝音达来说。

马的命运是随着两件事情的出现而改变的，一个是家庭联产承包责任制在草原上推行，草原被划条划块分到各家，另一个是工业革命——汽车、摩托车的深入普及。

20 世纪 80 年代，草原上开始推行产生于农区的承包制度，在草原上被称为“草畜双承包”，先承包了牲畜，又承包了草场。于是养马的格局改变了，每家在几千亩的一小片地方养马。马不能成群结队，也不能自由奔跑，连马自然的家庭关系也被打破了，只能跟着人的家庭走。“牧民以前对五畜很尊重，很少打骂，自从围起来之后，别人家的牲畜都可以骂了，人的心态也变了。没办法，毕竟是人家拿钱围起来了。”

“马这个物种特讲究，也特别有德行。”宝音达来说。马需要广大的连成片的土地，它们夏天要顶着风跑，到阴凉的坡地上躲避酷暑，喝最清澈的泉水，吃最鲜嫩的草。有一次，我在宝音达来家附近的水泡子里发现一对儿赤麻鸭，宝音达来叫它们“喇嘛嘎路”，喇嘛是形容它们的颜色像喇嘛的袍子，嘎路是蒙古语雁鹅的意思，宝音达来说：“这种鸟的素质不太高。”我很惊讶，问为什么。他说：“它们什么水都落，有个死水泡子就落，所以素质不高，天鹅就不是这样，不是清水它不落。”基于同样的思维方式，蒙古人认为马是高素质的动物，是最讲究的。但是我总是担心它们是不是适应能力不强？就像这些习惯了青山绿水、蓝天白云的牧马人很难适应污浊的环境一样？

宝音达来所在的嘎查有 80 万亩土地，但其中的五分之三建立了保护区，被白音敖包保护区围起来了，里面的牧民都迁出来。“其实以前牧民在林子里很少动树，动树会招灾。牧民也不乱扔垃圾，树也不会生病。现在他们保护起来了，反而虫子越来越多了，他们不知道用的什么药。我们一两年回一次家，感觉很明显的是，树一年比一年在减少。”索米亚说。白音敖包自然保护区是为了一种叫作“沙地云杉”的树建立的，它们是树木中的活化石，在世界上只有两片，一片在白音敖包，一片在美国的一个地方。牧民迁出来以后，这里有两个单位，一个叫白音敖包林场，一个叫保护区。虽然是保护区，牧民经常看到林区里的小树苗被挖走，一车一车地卖掉。“那个小树苗离不了我们这个地方，到了别的地方很难养。”宝音达来心疼地说。

不过因祸得福，由于林场和保护区占了大部分土地，剩下的土地面积小了，不够牧民一家一小片用网围栏圈起来，宝音达来家所在的嘎查一直没有拉网围栏。这使得马匹的生存条件比其他地区好一些。但是现在马也是属于一家一家的，像宝音达来这样世代牧马的人家也只有 20 多匹马。“现在有三分之二的人家没有马了，养马是需要技术的，不是家家都会，分下去以后有人家不会养，前几年养马的税也高，需要的地盘又大，不好养，好多人家就把马卖了。”

马少了的另外一个原因是，汽车和摩托车的出现。“马少了，内因外因都有，现在有摩托车了，有电话，以前办事、找人都靠骑马，现在不用了。现在人越来越懒了，养马的话要喂草、喂水，摩托车直接加油就行了。”宝音达来说。“还有一个不养马的主要因素是，20 世纪 80 年代末 90 年代初，偷马的现象特别多，公路修起来以后，偷马特别方便，偷马人把马赶到公路边上就直接装车了。”阿拉腾德力格尔家曾经丢过 100 多匹马，宝音达来也丢过 40 多匹马，当地很多牧民都有过丢马的经历。

“现在说是富起来了，但是我现在去草原上，看到每家都是说学生上学借了多少多少钱，买草、买汽油花了多少钱，没什么收入。原来蒙古人很忌讳借钱，现在学生上学，虽然一家只有一两个孩子，还是要借钱。夏天卖奶豆腐还能挣些钱，原来一斤就七八元钱，现在贵一点儿的 24 元钱一斤，70 斤牛奶才出 4 斤奶豆腐。牧民买菜的时候没有现金，可以拿奶豆腐换，但是奶豆腐价格低。”索米亚说。现在牧民家挤的牛奶，牛奶公司不收，因为牧民家挤奶是手工操作，被称为“带菌生产”，而牛奶公司要求无菌生产，就是必须到集中的奶站上用机器挤奶，草原广阔，一出门就是上百公里，怎么能牵着牛一天走两百公里来回去挤两趟奶？所以牧民家的牛奶只能做奶豆腐。“现在借钱越来越厉害了，成社会问题了。我们那里有一个牧民家，从一个小卖部借钱，把他们家里所有的东西都抵给小卖部那家了，但还是还不上，利息越长越高。后来那个牧民家的媳妇为小卖部那家免费打工，什么时候她把钱还上，什么时候就可以回去。这样的情况不是一两家。现在几乎没有一户人家把马养到老死，养到一定年龄的时候，把它卖了，换些钱，这也是被生活逼的。”宝音达来说。

守望梦想

“马是牧民最好的伙伴，离开了马，牧民就是半死的。五畜当中马是最重要的，要是没有马其他的牲畜就不好养了。现在牧民放羊都是骑着摩托车，摩托车速度多快呀，催着羊一路跑，跑着跑着，就不如骑着马放的那个羊好，马会顺着羊的脚步走。骑摩托车放马也不合适，骑马的话，你自己的马也是边吃边走，摩托车不用吃，就一直跑，马都吃不上草。到了冬天下了雪，只有马还能做交通工具，其他都不行。骑马对身体可好了，骑马通血脉，所有身体内脏都通了，也没有交通事故。”宝音达来说。宝音达来的五婶是中央民族大学的老师。“哎，现在牧民都不骑马了，骑摩托车，喝点儿酒就容易出交通事故，人就没了！”“马和人的关系的传说有很多，我是知道的。但是我爸爸就是喜欢喝酒，喝醉了从马上摔下来躺在地上，马就不跑，就围着他吃草。”索米亚说。

看着草原上的马越来越少，宝音达来和阿拉腾德力格尔一起办了一个马文化协会，希望以此推动牧民重新爱上自己的马，并改善蒙古马的处境。协会成立的第一年，两人共凑了 3 万元钱办了一次那达慕，主要是举行赛马比赛。后来周围有 200 多户有马的牧民加入了马文化协会。

有一年春天，我在宝音达来家里做客，家里忽然来了一些人，给了一个通知，要清理进入保护区的牲口，那些人还说他们的领导在林区里发现了一群马，问是不是宝音达来家的，让宝音达来赶快赶出来，不然他们会把马抓去拍卖。他们是保护区的人，跟宝音达来很熟，笑呵呵地在家里喝茶，看上去又像是来发通知，又像是来送信的，或者这就是基层百姓之间的一种默契，相比之下这种默契比直接把马抓走拍卖更有利于维护社会和谐稳定。宝音达来知道马是谁家的，他给那个小伙子打了电话，下午，一个小伙子就赶着一群马隆隆地从宝音达来门前跑过。

以后的几天，草绿了，到了抓马驯化坐骑的时候了。早上附近的四个青年聚到宝音达来家，一会儿大家上了马一起去找马。四个人一起骑着马走过白音敖包山前，涉过贡格尔河，一路上不断有人加入他们，等他们在草原上转了一大圈，赶着马群回来的时候，已经有七八个人了。现在马被分到各家，每家只有一个儿马子带着自己的一群马，马最多的人家也不过有两个儿马子，再看不到几千匹马奔跑过草原的景象了。

在牧区，抓马不仅是一项生产劳动也是文化活动和娱乐活动。马群被赶到宝音达来家门前铁栅栏围起的牲口圈后，小伙子、大男人们笑呵呵地趴在栏杆上看着马群。然后他们进入围栏，用套马杆挑着绳圈抓马。这是个简易方法，比在大草原上万马奔腾的情况下骑着杆子马追要简单得多。

要抓的马主要有两种，一种马是三岁的生个子，从来没有被驯过的马叫生个子，脾气最为倔烈，折腾得最厉害。春天，马经过了一个冬天都长得瘦瘦的，肋骨一条条都能看见，但是有一匹黑色的生个子很胖，很有劲儿，它一直吃奶吃到两岁，很能折腾，难以驯服，套马索套在它脖子上后，它一直折腾，大家费了将近一个小时的力气才接近它，把笼头套上，但是笼头的皮绳显然不是它的个儿，于是四五个人按住它，把后蹄扳起来给上了绊子。牧民们都说，它太壮实，太烈了，将来准能成为赛马。

还有一种马是人们骑过一段时间又放回马群的，这种马放回马群跑上一两个月，性子又野了，而且对付人更有经验，一看见套马杆和套马索，就知道要抓它了，它们很会躲，绕着场地跑了很多圈都套不上。有两匹四岁的马好不容易被套上了，当牧人给它们套上笼头，拴在一起准备牵回家时，它们逃走了。不过它们并没有回马群，而是回了主人的家，它们俩也很清楚发生了什么事情——它们该到人类世界里生活一阵子了。

由于生活的改变，牧民没有足够大的地方把上千匹马聚在一起抓马了，现在只是把不同人家的小群马轮流带到围栏围起的圈里。我很快地发现，并不是一群马就是一户牧民的，这群马里会有那么一两匹马是别人的，不知道这是怎么回事。这时，宝音达来从自己家的马群里抓出一匹小红马，拴在一边，过一会儿又来了一群马，宝音达来就把小红马放到那个马群里。“这是干什么?”我问。“它三岁了，该找对象了!”宝音达来说。小红马进入新马群后，儿马子就过来闻它，小红马尥蹶子踢儿马子，但是踢得很轻。宝音达来对大家说：“走吧！别看着了！让它们自己吧!”大家就一起去宝音达来家的蒙古包里喝茶。过了一会儿，牧民们又出去把那群马放走了，儿马子已经收了那匹新来的小红马。以前很多户人家的马放在一起的时候这个工作是不需要的，小母马到了三岁，自然就被父亲咬走，跟别的马群了。

在抓马的过程中，牧民需要交流和协作，这些交往打破了草原的沉寂，更重要的是，牧民们喜欢干这个活儿，他们从中可以收获很多快乐。

就现在的情况看，马的经济效益是比较差的，无论邮局还是军队，都不再买马了，但是牧民本来也对马的经济效益不是很重视。一件让牧民们难以理解的事情发生了，克什克腾旗发文件给牧民，让大家把马全部出栏，每家只留一两匹干活的马，说是为了发展经济和草畜平衡。宝音达来和阿拉腾德力格尔的反应也让所有认识他们的人吃了一惊，他们放下手里的活，联合借了六万元高利贷去克什克腾旗的百岔沟收那里一种珍贵的马——百岔铁蹄马。宝音达来和阿拉腾德力格尔觉得，如果每家只养一匹马，肯定是养活骟马，骟马没法繁殖后代，以后这种马就绝种了。“我俩想把铁蹄马先保护起来再说，先养起来。这是成吉思汗的战马留下来的，没有铁蹄马也就没有蒙古帝国。”宝音达来说。他们前后共买到了一匹种公马，十八匹母马，和四匹小公马驹子，这些马之间没有血缘关系，将来可以建立五个马群，保证繁衍。克什克腾旗的牧民联合给政府写了申请书，希望政府允许他们养活这种珍贵的、纯种的蒙古马。

我再次到宝音达来家的时候，已经下雪了，马没有在家附近。我只看到上了绊子的“小星星”，经过夏天和秋天，它吃得胖胖的了。它看到我非常紧张，我伸手摸摸它，它就退后两步摆出一副要打架的样子。“这两天刚抓出来的，认生了！”宝音达来说，“春天骑了，夏天又放回马群了。”“它也是铁蹄马吗？”我问。“不是，你看它的蹄子。”我一看小星星的蹄子又大又宽，而铁蹄马的蹄子是又小又细的。“这是适合沙地的品种！”宝音达来说，“我们克旗其实除了铁蹄马还有很多品种，都是好马。”

倾情保育铁蹄马

宝音达来和阿拉腾德力格尔保护马的想法由来已久，开始的时候，他们的想法非常质朴、简单，只是想留住草原上的马和自家的马群。

宝音达来家所在的嘎查有 80 万亩土地，其中不少是林地，长着珍贵的沙地云杉林，因此他们的嘎查的五分之三建立了自然保护区，由林业部门接管，牧民不能进去了。虽然当地牧民都对这些砍树出身的人保护林地很有看法，但是牧民还是都搬出来了。宝音达来家附近的牧民还有不少人家有马，但是每家不过 20~30 匹，三分之二以上的牧民家已经没有马了。这和以前全嘎查家家有马，放在一起，大不一样。

早在几年前，阿拉腾德力格尔和宝音达来就合办了一个马文化协会，他们说：“现在马不挣钱，我们先弘扬马文化，把马留下来。”马文化协会不仅举办了几次那达慕大会比赛赛马，还成为牧民日常交往的纽带。

2010 年春天，我到宝音达来家做客，体验牧民生活。阿拉腾德力格尔来串门，他和宝音达来用蒙古语交谈，我听不懂，但是看到他平静的举止

间透露着很淡的恼火，还有一点儿不屑。宝音达来告诉我：“我们克旗不让养活马了，说是一家只能养一匹马，那过几年马就该绝了，我们想把马保住。”

两位牧民开始行动，他们找到中国马业协会秘书长芒来。芒来提醒他们，如果他们想保护马，作为克什克腾旗的牧民首先应该保护百岔铁蹄马，这种重要的马种还没有得到相应的保护。

根据芒来老师的介绍，1975 年，内蒙古有 235 万匹马，现在不到 60 万匹马，以每年平均 5%、6% 的速度下降，而且主要是蒙古马。现在 50 多万匹马里，真正的蒙古马不到 10 万匹，其他都是国际的品种和国内培育的品种，蒙古马的情况已经堪忧。现存的蒙古马，农业农村部认定的有四个类群：乌珠穆沁马、阿巴嘎黑马、乌审走马和百岔铁蹄马。现在前三种马已经建立了保种基地，国家每年发大量的保种经费，但是百岔铁蹄马的命运还没有确定。

在牧民看来，百岔铁蹄马是成吉思汗战马的后代。百岔沟位于内蒙古自治区赤峰市克什克腾旗。克什克腾是元朝皇家卫队的名字，这个卫队从成吉思汗时代就跟随黄金家族四处征战。元朝末年元顺帝被明军打败，逃出北京，病死在今天克什克腾旗境内的应昌府，他的卫队就在应昌府以东的山区躲了起来，百岔沟就是这些山区中的一片。后来这里出产一种好马“百岔铁蹄马”，这种马善走山路、步伐敏捷、蹄质坚硬，不用钉马掌就可以走山地石头路、冰面以及现在的柏油路。

两位牧民的家住在离百岔沟一百公里左右的地方，听到这个话，他们就决定行动。

2010 年夏天，宝音达来再次邀请我去草原上做客，去看祭敖包和那达慕。我说去，但是没去成，心里觉得欠了债似的。过了两周，我有个朋友要带孩子去草原玩儿，我就想借这个机会去拜访宝音达来。我找上光明日报的记者，当时达尔问自然求知社负责人之一冯永锋和我们同行。出发前的几天，我给宝音达来打电话，却总是打不通。

我沿着记忆的路线指挥我的朋友在草原上七拐八绕，居然找到了宝音达来家。宝音达来刚刚回家，阿拉腾德力格尔叔叔也在他们家。宝音大哥向我道歉说，他去买马了，刚刚到家，山里没有信号。蒙古包外停着一辆卡车，里面有六匹马。

我知道宝音达来去买马的时候并不意外，不过当时我还不知道为什么要去山里。“我们克旗不让养马了，每家只能养一匹马。那样的话老百姓肯定都养活骟马。过几年等这些马老了，这种马就没了！我俩知道这个消息就赶紧去买马。咋也得把这个种留下来。”宝音达来说。

“是——铁蹄马？”我问。

“是，百岔沟山里的，就那里出这种马！”

宝音达来和阿拉腾德力格尔这几天买了十六匹马，大约四五千元一匹。因为春天我在宝音大哥家住过一个星期，知道他家每年放牧的收入四万多元钱，除去日常用度、供一个孩子上高中、一个孩子上大学，没有什么富裕，就随口问他：“那您用什么钱买呀？”

“我们俩贷了点款。六万元钱。”宝音大哥轻轻地说。

“贷款？什么贷款？”我坐不住了，像宝音大哥这样的牧民想得到小额贷款几乎是不可能的，何况买马现在是个赔钱的项目，又不是投资。

“高利贷。我们这利息不高，三毛钱。”宝音大哥平静地说。

“怎么还呢？”

“我俩慢慢还呗。”

我们说这话的时候，宝音大哥的妻子和两个孩子都在蒙古包里，他们在给我们烧茶，拿奶豆腐、炒米给我们吃，好像没听见宝音大哥的话一样平静，这好好的一家人以后会怎么样啊？

宝音达来和阿拉腾德力格尔原来养的马也是蒙古马，但不是纯种的百岔铁蹄马，听说旗里不让养马之后，他们去呼和浩特求助中国马业协会的秘书长芒来。芒来说，除非你们搞克什克腾旗的本地品种，就是百岔铁蹄马，不然也帮不上忙。宝音达来和阿拉腾德力格尔一商量，那就搞，于是两个人就真地赔着身家性命买马去了！阿拉腾德力格尔是个相马师，他懂得怎样挑选好马。

我们都是关心环境、关心物种多样性的人，但是我们当中有几个人会真地拿出安身立命的钱去做一件杯水车薪的事情呢？我和冯永锋对视了一下，等他们出去了，冯永锋说："这个忙能帮，我们回去想办法。"

回到北京以后，我们发起组建了由关心草原的 NGO、媒体人士和一些爱心人士组成的"铁蹄马小组"，发起人主要是天下溪和达尔问两家 NGO 的成员，他们在朋友圈中迅速帮助宝音达来募集到 1 万元捐款和 5 万元无息借款。铁蹄马小组的记者、NGO 朋友再次来到草原，帮他们退掉了高利贷，并通过媒体把他们的故事传播开来。宝音达来和阿拉腾德力格尔继续买马，买到一匹种公马和四匹小公马驹，加上十八匹母马，形成一个非常勉强的、能繁殖的群体。他们邀请了一位研究马的专家，一个也叫宝音达来的人，对他们的马进行了测量和登记，这位汉语说得不流利的博士热情地告诉我，他要给这些马建户口本。

2010 年 10 月，宝音达来收到一封来自旗里的信，信是用蒙古文写的，落款是旗政府，但没有公章，信上要求牧民要"保护草原"，而其中的措施之一就是"马全年禁牧"，牧民要把没有条件圈养的马全部"出栏"，每家只留一匹干活的马。

这时，来自广东的一位梁先生捐出 5000 元，作为专项经费，支持天下溪和达尔问在北京联合举办一次宣传铁蹄马保护的沙龙活动。这次沙龙活动把保护铁蹄马的两位牧民、芒来老师、蒙古学者贺希格陶克陶老师请到了一起，而内蒙古师范大学的生态学家海山老师也从呼和浩特主动赶来。

会上，芒来老师介绍了国外现代马业的情况，由此展示养马的前途。

贺希格陶克陶老师介绍了克什克腾旗的历史和百岔铁蹄马的文化价值。而海山老师从生态角度介绍了蒙古马的生态价值。他说：蒙古马的活动范围大，帮助草原物质交换；对牧草有刺激再生机制，马吃过一茬的草更有营养，马粪还可以成为牛的青储饲料。草原生态学家刘书润老师说："牲畜和草原就像两口子，你不能为了保护草原把牲畜全不要，就像你不能为了保护妇女把男的都打跑了。"

在牧民保护铁蹄马的消息四处传播以后，宝音达来经常跟我说，他一开始不是这样想的，不想这件事这么多人知道，他只是想自己把这种马保护起来，将来在中国马业协会挂个号，好让草原上继续有马。不过他也说："看到这么多人支持我，我也更有信心了。"

宝音达来和阿拉腾德力格尔的事迹引起媒体重视，但是他们回到草原上以后，又收到苏木草原站的文件，要求马全部出栏，并且最后的期限是2010年11月15日。

于是，克什克腾旗200多牧民写信给当地政府，用朴素的语言道出马的文化价值和生态作用，请求政府尽力恢复传统的游牧方式以保护草原。

2010年12月，《中国青年报》记者周欣宇向报社申请到选题，深入报道此事，她再次深入克什克腾旗，这一次，她见到了主管的旗长和克什克腾旗宣传部的人。在面对面的交流中，旗长似乎是第一次听说"保种基地"的事情。他表示，如果有国家经费，他们随时可以配合建保种基地。但在此之后，还是有牧民因为养马被罚了。

2011年1月，旗里的一些干部去了宝音达来家，说是代表政府去看望他，还问他养马有什么困难。又过了些日子，宝音达来来电话说，他和阿拉腾德力格尔已经加入中国马业协会，成为会员，保种基地也在筹建中。

宝音达来和阿拉腾德力格尔开始抢救百岔铁蹄马之后，他们也去观察了其他三种国内分类的蒙古马。在他们看来，这四种马还是不一样的。乌珠穆沁的马和阿巴嘎黑马，是那种适应牧业生产和那达慕赛场的蒙古马。而产自鄂尔多斯的乌审走马和克什克腾的百岔铁蹄马是成吉思汗的战马的后代。他说，这两种马非常像，都是可以做“走马”的。走马是蒙古骑兵的制胜法宝，马可以长距离、快速平稳地行走，骑在上面的士兵非常舒服，不容易累，有利于保持战斗力，同时因为马不上下起伏，士兵射箭就很准，因而战斗力特别强。我联想到，鄂尔多斯的蒙古人是成吉思汗的守陵人，而克什克腾的蒙古人是蒙古帝国皇家卫队的后裔，这种马存在于这两个地区，是有道理的。乌兰夫在世的时候，人们还给他挑选过走马。但是今天，蒙古马的生存空间就已经很小了，和适应牧业生产、那达慕比赛的马相比，战马的生存空间就更小了。另外，由于百岔沟地区山路多，碎石多，百岔铁蹄马长期在那里生活，蹄子坚硬、四肢有力，也非常适合做走马。

一年过去了，建立保种基地的行动并不是很快，但是，人们对百岔铁蹄马的认识明显深化了。过去准备处理掉这种马的不少牧民现在舍不得了，旗里面也不再把马当成生态大敌。经过一年的东奔西走，宝音达来和阿拉腾德力格尔发现，百岔沟地区大约在近一百年间逐渐被汉族农民取代，这里剩下的百岔铁蹄马非常少了，但是从百岔沟迁出来的蒙古族牧民现在主要生活在达里湖附近，那里还有一定数量的马群，虽然数量也非常少了，但是不至于出现繁育危机，而且当地牧民自己已经知道这马的重要性了。

2011 年 11 月底，两位牧民来到北京，专程把去年北京的朋友们借给他们买马的钱还了，并且把他们养育铁蹄马的最新情况告诉大家。

我们在北京的那达慕酒吧，组织了一个小型的交流会，牧民们说得特别朴实，宝音达来讲的情况就是：铁蹄马今年得了五个小马驹，因为是去年夏天买的，五个小马驹都不是儿马子的亲生，结果不留神，被它踢死了一个，他们就赶紧把马分了群，带驹子的母马和小马单立了一群，剩下的四个小马驹目前很健康、很好。

阿拉腾德力格尔叔叔一直在说，他要再买两匹能参加比赛的走马。参加交流会的人都不能理解，为什么一定要买两匹参加比赛的马？反复问过之后，大家才明白，原来百岔铁蹄马的优势之一在于适合做走马，经过一年的努力，大家已经知道了百岔铁蹄马的名字，但还没有见到这方面的优势。所以阿拉腾德力格尔叔叔想培育出好的走马，在比赛上赛出成绩，让大家进一步了解这种马。

在过去一年的接触中，我们还发现，宝音达来和阿拉腾德力格尔都是非常重视蒙古族文化传统的牧民。宝音达来的妻子和女儿制作奶食品的手艺在当地颇有名气，阿拉腾德力格尔则擅长银匠的工艺，他做的传统蒙古马马鞍非常漂亮。朋友们希望能够帮助他们找到传统工艺的合适的市场接口，由此可持续地解决他们养马的经济问题。

在大工业时代，曾经辉煌的蒙古马已经式微，但是保育它，就是保育希望的火种。在倡导低碳、环境友好、健康、回归自然的背景下，蒙古马的前途还很广阔，即使在赛马、旅游等领域，也有相当的开发潜力。留住蒙古马就是留住一个火种，这个火种要想重新放出光芒还需要很多努力。

2014年3月底，我再次来到宝音达来家，阿拉腾德力格尔叔叔来此和他商量挑选铁蹄马、训练它们参加今年的那达慕的事情。他们把附近的两群铁蹄马都赶过来，马群状况非常好，最让他们高兴的是，有九个年轻人骑着马来到他家，和他们一起做这件事。宝音达来说，十年没见这么多年轻人骑着马走了，有一段时间就是那达慕时也没几个。这样他们老哥俩就算成功了，马文化留下来了！阿拉腾德力格尔叔叔做马鞍子的手艺现在也有人学了，他总是很骄傲地说："我那俩徒弟都是大学生，可灵了！"我在阿拉腾德力格尔叔叔家见到了他的徒弟，虽然是大学生，也是非常朴实的牧民小伙子。

如今他们家还是旗里的传统文化教育基地，今年春天家里来了一百多名学生，阿拉腾德力格尔还给学生们做了个关于蒙古族传统的马文化的演讲。

牧民的账本

父母之歌

额吉的眼眶中总是浸着泪，
那是对儿女无限的爱和担忧；
额吉的眼角纹中总是藏着笑，
那是战胜了无数人生困苦的年轮。

额吉的怀里飘着奶香，
那是疼爱苍生万物的味道；
额吉的背上散着牛粪烟味，
那是照料一家老小的味道。

父亲是木讷的，因为他不说话，
父亲是精明的，没有什么逃过他的眼睛，他的心。

父亲是过时的，在光怪陆离的时代里，紧握着套马杆高坐在马背上，
父亲是永恒的，无论时光走多远，父亲的伟岸不曾改变。

这个世界上有些词汇彼此含义相近，比如“世外桃源”“香格里拉”“上都”。但草原从不是与世隔绝的地方，也不是人间仙境，它也是个柴米油盐的世俗之地。柴对应牛粪，米对应羊肉，油对应黄油和羊油，盐就是盐，哪里都需要。牧区文化虽然色彩独特、非常吸引人，但牧民也是要靠经济生活过日子的，研究牧民的经济生活，是本章的主要任务。

牧区的人间烟火

2014 年秋天，年轻的牧民钢根的孩子病了，需要六万元手术费。对钢根这样还算富裕的牧民来说，这也足够为难了。孩子出生只有三个月，大大的眼睛，宽宽的额头，是父母的心尖子，除了容易咳嗽，还看不出什么别的问题，但是检查结果就是那么残酷。钢根抽泣着给家里打电话。父母上了岁数，二哥当家，二嫂接了电话，她立刻把决定告诉他——卖羊给孩子治病。当天，家里就和锡林浩特的羊贩子联系，卖掉钢根名下的 100 只羊羔和二哥名下的 100 只羊羔。200 只啊，现在草原上还有多少牧民家能一下子拿出这么多羊卖？

就在钢根卖羊的几个月前，那是 2014 年夏天，我去哈日高壁牧业合作社调研。合作社的负责人浩毕斯嘎拉图安排我们去当地的一位老人家访谈。在他们家，我们看到了他刚出生的小重孙。

小朋友那时候刚刚满月，他的妈妈和奶奶一起看着他，大家非常喜欢他，对他的未来充满了信心。趁我们拿照相机的人多，他们照了很多合影，四世同堂的一个家庭，像一张蒙古草原风情的标准照。

两个月以后，小朋友的爸爸钢根哭着给我打电话，原来小朋友危在旦夕，他们已经抱着孩子到了北京。我赶紧赶到儿童医院，帮他们理清医院复杂的工作流程，挂号、看病、检查、办理了住院。一星期后，孩子做了手术，又住了十几天ICU，而后又观察了几天才好起来。到了11月，孩子来复查，伤口已经长好了，手术成功，小朋友是个健康的小孩儿了。

2015年1月，我带着一个剧组去草原上拍摄牧民在一起唱歌的欢乐场面，又去了他们家。这个时候，小朋友正站在爷爷的两只大手之间蹦蹦跳跳，虽然还不会走路和站立，但是有爷爷的双手保护，他看上去挺结实。几个月的时间，钢根一家为小朋友花去了12万元，包括手术费和在北京吃住的费用、来回路费等，这些费用大约是这个家庭两年的收入。

和我们很多好面子的城里人一样，牧民并不喜欢不停地谈他们的苦难。所以关于小朋友生病的话题我们没有继续，而是很快进入我们此行的目的——拍摄牧民一起唱歌欢宴的场面。钢根告诉我，他的一个亲戚过本命年，让我们明天一早到他家去。

第二天清晨四点，我们就在漆黑冰冷的雪原上出发了，虽然是跟着亲戚去同一个村，也在十几公里之外。到了那一家，我们看到所有的人都穿着艳丽的蒙古袍，几十位亲戚从房子里来到蒙古包里，又从蒙古包到房子里。那家有一个100平方米左右的平房和四个蒙古包。

大家在蒙古包里举行仪式，为新的一年是本命年的主人送礼物和祝福。这是蒙古族一个特殊的习俗，在一个人的本命年到来之前，举行一次类似生日party一样的大型聚会。礼物赠送完之后，大家就开始唱歌，天光放亮之前，歌声已经此起彼伏，让我产生一种错觉，好像此时是晚上一样。我们注意到他们的礼物除了传统的糖果、点心、哈达和钱之外，还有一件就是保暖内衣，这个东西看来在这儿很实用。

回到家以后，钢根说："姐，你要是明年来就好了，明年我大哥过本命年，就不用去别人家了。"接着他又说，"后年我爸爸过本命年，再后年，我二哥、二嫂过本命年。"钢根说着表情就充满了欣喜。不过也很快说到钱上："我二哥二嫂过本命年，我们怎么也得花一万元钱吧！到那会

DVS
DUNLOP
HI-PERFORMANCE COOLANT
16
BEL-RAY

儿我们应该缓过来了！”钢根的二嫂是一个特别好的女人，她结婚十几年，一直和丈夫住在蒙古包里，她的丈夫特别能干，是放牧的好手，但是他们家却没有像其他牧民家一样在分到的草场上盖一所房子，而是一直住在蒙古包里。盖房子要花很多钱，他们始终拿不出这笔钱来。他们家的钱盖了棚圈、草料棚、打了机井，就是没用来盖房，但是二嫂无怨无悔地跟着这个只热爱牧民工作的老公，每天活得快乐又幸福。小朋友生病需要钱的时候，她就赶紧联系卖羊，不仅帮钢根卖羊，还卖了自己家的一百只羊帮钢根凑钱。这样的二嫂，她过本命年的时候当然不能小气了。

“那你爸爸和大哥呢？”我问。

“也送啊！但是不一样啊！”钢根说。钢根和很多年轻人一样，是 1986 年草场承包以后出生的人，所以他没有牧场，他们兄弟分家以后，他用爸爸、妈妈、爷爷和姐姐的地盘。

夏天，我到钢根家断断续续生活了三个月，他们已经在为大哥的本命年做准备了，钢根的妻子和二嫂为全家做新袍子。过本命年的大哥要有一整套新袍子，全家每人也至少要有一件。这些袍子不能小看，如果买的话，几千元到上万元不等，但手工做，却只需要花几百元钱的布料。那是我作为一个城里人，第一次意识到好生活不一定用钱买，可以用双手创造，而牧民一直如此。

因为一起生活，我们有更多时间聊天。一家人每天在一起，我们聊的内容就不太包括文化，而更多的是关于经济。为了给小朋友治病，钢根除了卖羊，还借了 7 万元。其中 2 万元是从银行借的，5 万元是从姐夫家借的。治疗费是 7 万多元，剩下 5 万元是一家的路费、房租、吃饭等。医药费镇上给报销了 3 万多元，其余的都要全家自己负担。如今，上北京或呼和浩特看病已经是牧民重要的开销，家家都要为此做打算。

夏天，钢根时常往嘎查长家跑，希望得到更多贷款，他想贷上 10 万元，这样今年不卖羊，明年卖，再多买点草料。我问他为什么要贷那么多，他说：“羊多才能多挣钱。”我又问他的妻子，她说：“反正现在也没钱了，要能贷下来挺好的。今年要是不卖羊，明年羊就多了，羯子也比羔子贵呀！”那天，我发现他们的思维方式和我完全不一样，我问她：“那你们不能想办法挣点别的钱吗？我们城里人没钱了，一般不去借，就想再干点活，赚点钱来。”钢根的妻子说：“我也想了，我给别人做衣服，一件300元，但是现在做得还不好，没人要。我想炸果子、蒸卷子去苏木上卖呢！”我一想，他们苏木才几个人啊？一条完整的街道都没有，这怎么能卖出钱来呢？从那时候起，我开始鼓励她开发丰富的手工艺。

没有世外桃源

“洁白的毡房炊烟升起，我出生在牧人家里”，脍炙人口的杰作《蒙古人》的第一句歌词如此。生活在缥缈的炊烟下的蒙古人，在众多的文化报道中，却好似一群吸风饮露的理想主义者，一种不食人间烟火的文化现象，一种电影中的艺术形式。一谈到现实，又会有一大批人简单地想到“落后”两个字，印象中，他们应该是扶贫或救助对象。但是当牛粪的青烟飘起来，香喷喷的牛羊肉煮熟的时候，每一个牧民家都活得真实而饱满，举手投足间的每件事都可以用经济指标来量化，虽然它们常常被忽略。

在城市人的眼睛里，草原就是一道风景、一幅画、一部大片。近年来，游客和牧民的冲突时有发生，有礼仪文化上的，也有土地方面的。比较常见的是，游客开车闯进了牧民的家园，被牧民堵住要求赔钱，游客却认为这是景区乱收费。

草原是一道不可多得的风景，但是对于生活在草原上的牧民来说，风景是他们的空气，不可缺少。牛羊看似悠闲地在草原上散步，其实他们是牧民的生产资料，是牧民的资本。

在许多从城市到草原旅游的人心里，草原是一种概念，代表着广阔、自由、天人合一，或者只是一种心旷神怡的体验。

草原实际上是牧民的家园，是牧民的社会组织存在的地方，是和外界经济联系紧密的地方，也是被外界的文化广泛地渗透的地方。如今的牧区生产生活都已经在工商业资本的深刻影响之下。

2013 年，两百只羊羔大约值 18 万元，但是 2014 年羊价暴跌，能卖到 10 万元都非常难。每斤活羊的价格已经从去年的 12 元，跌到 6～5 元，70 多斤的一只羊羔，只能勉强卖到 500 元。本来牧民想压着羊不出手，但是现在，钢根已经没有别的选择。家里还有 2 万元贷款，孩子出门看病，借了 1 万元，贷了 1 万元高利贷。两家的 200 只羊羔卖掉之后，要先还钱，只能剩下 5 万多元，勉强够孩子治病的，一年的生活和生产还要再借钱。面临窘境的，并不只钢根一个人，现在牧民每年生产要贷款已经成了习惯，连续几年羊价高，很多牧民是按照活羊每斤 12 元的预期贷的款，因此很多人都会面临经济问题。

每年买羊羔是内蒙古的蒙古族牧民的一种新的生产规则，这个规则不是牧民建立的，但是已经被牧民广泛接受了。建立这个规则的资本流通之手牧民看不见，只是跟着它走了，一段时间内也赚到了钱，但同时也被资本悄然绑架。

在草原上四处行走，碰到上一点年纪的牧民都会说："实际上，蒙古人以前不吃羔子。"还有牧民说："吃羔子发病，不好。"也有牧民说："羔子太小了，吃着不忍心。"卖羊羔的习惯来自收购羊羔的商贩，商贩的做法是因为有出口，这个出口就是育肥羊产业。把牧民家当年的羊羔买走，拿到工厂化的棚圈里统一催肥。

从前蒙古族牧民吃 3～4 岁的羯羊，也就是骟掉的公羊。在不太需要现金收入的年代，卖掉的肉羊不多，卖羊的钱主要用来办大事。育肥羊的出现改变了羊肉的销售方式，羊从童年到青少年就是一年，所以羊在第一年体重增加最快，也是最有育肥价值的时期。到了第二年、第三年，羊即使拴在羊圈里育肥也不能快速长体重了。

“育肥是肉多了，但是是把好肉变成了坏肉。”生态学家刘书润是一个老顽童一样的老爷子。2014 年夏天，我们一起在呼伦贝尔草原调研，他在牧民家的燃料垛里挑了一块羊粪砖。草原上的羊是散养的，但是也会在一定时期内在一个固定的地方睡觉，这个地方就叫作“羊盘”，羊在羊盘上拉屎尿尿，形成厚厚的堆积层。羊换了睡觉的位置以后，牧民就把原先羊盘上的堆积层一块块挖出来，这就是羊粪砖，羊粪砖晒干以后是非常好的燃料，也可以做建筑材料。

刘老师把羊粪砖装进书包，带上飞机，从海拉尔去赤峰的阿鲁科尔沁旗开一个国际畜牧会议。安检的时候，安检人员看了半天，问这是什么，还好没当易燃品给扣了。刘老师骄傲地说：“这是第一块坐飞机的羊粪砖。”到了会上，各位与会者冗长的发言令大家昏昏欲睡，刘老师抱着羊粪砖就上台了，他说：“我今天演讲的题目就是让我们的羊粪砖永远是香的。”刘老师说：羊在草原上吃各种各样的草，羊粪里有没消化的草叶和草籽，撒在草原上为草原增加肥料，撒在羊盘上形成羊粪砖，它是有清香味的，不信大家上来闻闻。参会的各国专家争着上台去闻，甚至有人还舔了舔，真的是香的。

这个故事很快就在草原的牧民间流传，牧民们都说：“对着呢，散养的羊羊粪是香的，圈养喂饲料的羊羊粪就是臭的！”

在今天的工商业社会里，牛羊和几个产业有关。食品工业——包括乳业和肉业，皮革加工业，毛纺织业，还有少量的日用化工产业。在这几个不同的产业里，牧民所处的地位不同。有些产业已经深刻地影响了牧民的畜牧习惯和生活方式。

每天清晨，钢根的母亲都会第一个起床，为全家生火，烧上奶茶。她每天挤两次牛奶，一共两头牛的奶，用来做一家人吃的奶食。钢根的妻子，因为这一年要照顾小孩，所以没有参与挤奶和做奶食，但母亲做的也足够全家人吃。

东乌珠穆沁旗从东到西面积非常广大，据说有一个法国那么大。在我去过的地方，我都问过牧民同样的问题：他们的牛奶能不能卖给乳品厂？牧民回答："以前能，现在不能了。"从中国牛奶工业崛起以后，旗县一级的小牛奶企业就倒闭了。从那时起，不仅东乌珠穆沁旗，内蒙古绝大部分散养牛的牧区，都不再为牛奶加工企业提供牛奶。我们在电视上看到的，一辆巨大的冷藏车停在牧民家旁边等着收牛奶这种场面是不会出现的。

像东乌珠穆沁旗这样的地方，牛的数量稀少而分散，每天挤两次奶，只有几十斤，开卡车来收，根本不够汽油钱。不仅如此，由于牛奶企业规定挤牛奶的过程必须是工业化的无菌环境，也就是说挤牛奶的地方必须有机械化的车间，所以如今牧民也不能把牛奶挤到桶里，然后自己掏路费把牛奶送到企业。在牛奶工业崛起之前不是这样的，那时候牧民可以把牛奶挤到专用的牛奶桶里，然后把牛奶桶放到收集牛奶的地方，再统一运到当地的牛奶企业。但是现在不会了，这个工业流程被淘汰了。而分散居住的牧民也无法建设集中的挤奶车间，同村的人家就相距十几公里，没办法把牛送到车间一天挤两次奶，牛还要吃草、喝水、喂养小牛犊呢！所以大型牛奶加工企业的牛奶，都是由大型养殖场里的牛提供的，无论这些养殖场是在内蒙古还是在外地，它们都与牧民没有什么关系。

皮、毛、羊绒也是牧民收入的渠道，这三样无不受到市场的影响。从2014年开始，皮革的销售受到了严峻的挑战，随着河北地区小型皮革厂因为污染问题而关停，以及规模化养殖提供的廉价皮张的挤压，牧民的羊皮生产销售链突然断裂，羊皮变成了完全没有人收购的东西，甚至一元钱一张当成废品卖，有的地方的牧民只能把羊皮集中起来烧掉。

内蒙古地区虽然是高寒地区，但是羊毛的质量其实不高，因为这里的羊主要靠脂肪保暖，所以它们远不如澳大利亚的羊毛有竞争力。内蒙古也尝试过引进澳大利亚的羊，但是那些羊不耐寒，饲养成本太高，需要投入大量的劳动力照顾，而产出的羊毛只是一斤贵了五六元钱而已，入不敷出。现在内蒙古大部分农民还是养本地的羊，它们的羊毛只能带来一点零花钱。

在如此复杂的产业结构里，真正给牧民带来收益的就只剩下羊肉和牛肉了，而羊肉和牛肉也受到资本的冲击。其中最主要的冲击就是畜种改良。内蒙古是世界上畜牧业实力较强的地区，但是在相当长的一段时间里，内蒙古的畜牧业品种中有的被作为劣质品种而遭到淘汰。其中一个原因是内蒙古本地的牲畜品种在国际市场上价格比较低。这就关系到前面说到的话题，生活和生产现代化了，但是经营没有现代化。牧民仍然是坐在家里等着牲口贩子上门，没有做市场培养和营销。现在市场上的产品的价格并不完全由消费者的好恶决定，消费习惯可以培养，品牌可以建设，而内蒙古的牛羊因为没有在远方做消费者培养和品牌建设，慢慢地就表现出了劣势。牛贩子收什么牛，牧民就要养什么牛，也就被动了。

与时俱进的牧区

2016 年夏天，我带着我的一个侄子在内蒙古旅行，这个小男孩，特别喜欢河爷爷的家。呼伦贝尔的一位嘎查老书记巴雅尔图一辈子生活在海拉尔河和莫尔格勒河边，我让孩子称他河爷爷。老书记听说我们去了，就特别热情地邀请我们去他家。到了他家，房子外面停着九到十辆各种大型机车，小男孩连在屋里吃饭都坐不住，跑出去围着机车一台一台地去攀爬。

有四五台不同时代的拖拉机，有两台打草机，一新一旧，还有捆草机、搂草机、推土机和卡车。那时候，我就在想，河爷爷这辈子卖了多少羊啊？买这么多机器。

在很多人的印象中，少数民族都生活在“古代”。无论我怎么努力地呼喊，还是有很多人并不觉得他们是现代人。无论政治、经济、社会生活，蒙古族人没有哪一样不是现代化的。他们只是还有不同的习俗而已，坚持用他们的传统去生活，在他们自己传统的基础上携手现代文明，是蒙古族各界都在进行中的努力。

在牧区生产和牧民生活现代化这个问题上，蒙古族牧区遇到了和全国乡村地区相似的问题，那就是：生活端首先现代化了，换句话说就是消费现代化了，而生产端并没有跟进，尤其是经营端。在今天，完全没有被工业革命影响到的乡村已经很少了，石油农业侵入畜牧业的各个环节，这种侵入减轻了体力劳动的同时，提高了畜牧业的生产成本，但是收入渠道却没有增加。

2015 年夏天，我住在牧民钢宝勒道家时，因为没有 Wi-Fi 感觉很不方便。钢宝勒道说，他们家可以装，但是需要 2000 元钱，他凑不齐钱，一时装不上。那时候我才知道，这些吃得好、穿得好、住得也不错的牧民，随时让他们拿出 2000 元现金来还是挺困难的。

我想帮钢宝勒道装 Wi-Fi 接收器，但是他拒绝了。不久他邀请来了工人为他们家安装天线，我的帮助动议反而起了催促作用。工人站在房顶上调试着锅的位置，钢宝勒道开始在房间里试手机信号。我站在门外，看着现代化几乎同步地布设到这个偏远的、方圆 3 公里只有一户人家的草场上。这时我注意到，他们家附近还有一套风光互补的发电设备，有一辆汽车、两辆摩托车、一台拖拉机。

钢宝勒道家的风光发电设备已经是我在牧区见到的第二代设备，第一代设备只能带动电灯和电视机，现在他们家的这个设备已经可以带动洗衣机和一台小冰柜。但是，电力不足仍然困扰着他们，所以他们希望通“常电”，也就是拉电线杆，或者再买一套新一代的大功率设备。新设备需要3万元钱，如果有项目补助的话可以少一多半。这是钢宝勒道除了还债以外的下一个奋斗目标。

他家还有一辆小轿车，二手的，大约值3万元钱，是属于他大哥的。他的二哥有一辆中型卡车。钢宝勒道自己没有汽车，他只有一辆摩托车，另一辆属于父母。不过他出门可以开大哥的汽车，运货可以开二哥的汽车。他们家的拖拉机很旧了，他父亲很想换一台新拖拉机，不过这个事儿现在还提不到日程上。

这个家还有很多暂时实现不了的愿望，钢宝勒道的媳妇希玛想换一台新手机，而钢宝勒道很羡慕叔叔家正在打一口新的机井。一台手机一两千元就够了，但是一口机井即使有政策补贴，也至少要1万多元。

从1984年草畜双承包到1996年确定各家承包草场的位置，牧民逐渐在草原上定居下来。现在每个家庭至少有四大笔花销和定居有关，它们分别是：机井、房子、网围栏和汽车。

从前牧民逐水草而迁徙，夏天生活在水源附近，下雪以后生活在高坡上。现在各家草场的位置定下来之后，没有水源的人家就必须打井。一口井根据深浅，价格不同，大约500元一米。有的地方十几米有水，有的地方要上百米，碰到隔水又穿不透的岩层，这钱就白花了。

蒙古包是蒙古族传统文化和智慧的象征，但是定居下来以后，人们没有了搬迁的需求，因为还是砖房的居住条件好一些，暖和，也可以有更复杂的家具。所以每个牧民家都要盖房子。钢宝勒道家的房子是通过项目补贴款盖起来的，他说：“我们家这房子要是没有浩队长也盖不上。”2014年，浩队长又帮他们家跑了项目，盖了一个砖的棚圈。这两所房子在当地，每所大约需要6万元到10万元。浩队长就是哈日高壁嘎查前任的嘎查

THE
GREATEST

长浩毕斯嘎拉图，现在他专心经营合作社，把嘎查交给了年轻人，一位和钢宝勒道一家兄弟几个一起长大的年轻人。所以，钢宝勒道一家对申请新的项目还比较有信心。

第三样东西就是网围栏，因为草场固定了，就可以确认边界线，各家的牛羊用各家的地盘，为了减少相互干扰和草场纠纷，各家之间彼此就拉起了网子，虽然这个做法起初受到牧民的抵制，但是随着所有的牧民都圈地完成，大家就离不开网围栏了。有了网围栏，羊群、牛群的活动范围就有了限制，牧民不用整天跟着牛羊，每天骑上摩托车或马去看两趟就行了。也少了一些草原英雄小姐妹那样的风险。钢宝勒道的家在一个高坡上，站在坡顶向南望去，目之所及都是他们家的地盘。要把这么大的一个地盘用铁丝网整个网起来，大约需要 6 万元钱，这个铁丝网 3~5 年需要大修一次，这次大修需要 2 万元钱左右。

由于铁丝网将草原纵横分割，对蒙古人传统的伙伴和交通工具——马，提出了极高的挑战。原来骑马很容易到达的亲戚家，现在需要绕过漫长的网围栏，所以越来越多的牧民需要机动车。

除了这些改变，定居还带来两个重大的变化，使生产成本一下子提高了。因为不能游牧，生活在较为干旱的草原的牧民必须大量向生活在湿地附近的牧民购买牧草，草不够的话，还要买甜菜、麻生、青储等作为牛羊的补充资料。这部分支出有时占到卖羊收入的 60% 以上。这也就是为什么很多牧民都必须贷款的原因。贷款买了饲草料，养了牛羊，牛羊卖了，再还贷款。

而像河爷爷那样生活在湿地附近的牧民，倒是多了一个收入渠道，就是打草、卖草。但也多了一项支出，就是买打草机和拖拉机。河爷爷家的打草机就像联合收割机一样巨大，每年秋天收割整个草原，还有很多配套设备。我的小侄子从我脚下一直爬到我要抬头仰望的机器的顶上，过够了机器瘾。

生活端现代化了，生产端现代化了，但是经营端没有现代化。我认为这个是今天牧区经济发展的核心问题。在20世纪七八十年代，中国的富裕县都分布在内蒙古、青海、藏北、新疆的牧区，但如今已经不行了。那时候一个家庭出栏100只羊，简直富得流油，钱都不知道该怎么花。在钢宝勒道的家乡，据说当时有一位牧民把钞票摞在蒙古包的床底下，由于受潮都烂掉了。但现在的情况不一样了，现在还是每年卖一二百只羊，但是要盖房子、买机器、买电器、拉网围栏、打井。所以今天的牧区已经不是富裕地区了。

经济高速发展的今天，牧民的收入渠道不但没有拓展反而缩减了，奶、毛、皮，乃至肉在产业链中的地位都降低了。

我记得跑草原以后共同生活的第一户牧民家，男主人敖云毕利格一有空就和我们聊天，他说得最多的就是贷款很难，他希望能贷更多的款。那时候我才知道贷款是牧民生活中一个重要的内容，但还不能理解它到底有多么大的影响。

2015年秋天，哈日高壁的副嘎查长宝音都兰跟我说："现在牧民365天花钱，就一天挣钱，然后钱跟你睡一个晚上就是别人的了。到了明天就还给银行了，然后你花的钱再从银行贷。"宝音都兰的那句话引起我的注意——"钱跟你睡一个晚上就是别人的了。"虽然我接触牧民的经济生活已经很多年了，但他们的生活和我的生活那么不一样，所以很多年以来我还是难以理解他们收入的构成方式。而宝音都兰这一句话就全概括了：怎么赚钱，怎么花钱，花钱的压力是什么，赚钱的风险是什么，一句话就说明白了。赚钱就是卖牲口，一年只卖一次，所以一年就一天赚钱。花钱是过日子和买生产资料，所以每天花钱。花钱的主要压力是：在下一次卖羊之前钱会花完。赚钱的主要风险，一个是，遇到天灾，到卖羊季节无羊可卖，或者可卖的羊太少，另一个是市场的价格波动。

直到听到宝音都兰的那一句话，我才恍然大悟。牧民的家庭收入主要是由一年一次的出售牲畜获得的，除此之外，都是花销。当收入支持不住花销的时候，他们就采用贷款的方式获得现金流，卖羊之后再把贷款还上。长此下去，牧民的收入就越来越少，变成了替银行和放贷者打工的人。

为了帮助钢宝勒道的一家度过经济困难时期，我开始琢磨他们家增加收入的手段，经过观察，我决定帮助他的妻子希玛出售一些手工制品。他们的手工制品里既有传统工艺又有文化含量，而且对环境友好。我让他的妻子希玛把牧民手工鞣制的羊皮制作成美观实用的小包，其中有两个她制作成的电脑包，可以装小的笔记本电脑或者装一个 iPad。这样希玛就可以在缺少现金的时候，有所补充，这种补充对他们很重要，钢宝勒道甚至说："这样我们也是挣工资的人了！"

我把这些包拿到北京销售的时候，有一个女孩拿着这个 iPad 包惊呼："哎呀！蒙古人居然做了 iPad 包，他们真是与时俱进呀！天呐！"我该说什么呢？如今这个世界上有不与时俱进的角落吗？

从草原到餐桌

我在哈日高壁的调研和我的工作引起了北京有机农夫市集的注意，有机农夫市集的小周过来订购羊肉，哈日高壁牧业合作社甚至为此投资了一个冷库。

2015 年秋天，我陪北京有机农夫市集的小周采购真正来自草原游牧地区的有机羊肉。我在哈日高壁牧业合作社的新建的冷库边等着即将被屠宰的羊运来，等着冷库开张。年轻的牧民宝音都兰正在组织合作社里的牧民过来参加分解羊肉的劳动，他打了很多电话，又骑着摩托去找人，但是一直到上午 11：30，赶到的人寥寥无几。宝音都兰跟我说：“其实不止你们着急，我们也着急，急也没用。现在牧民 365 天花钱，就一天挣钱，羊价又一个劲地跌。可我们这里就这样，过一会儿他们就来了。”那天我们费尽波折，直到羊肉分解的最后时刻，除了合作社的骨干，当地牧民并不是太积极。

对于蒙古族牧民的淡定，我早已习惯。那天在哈日高壁合作社的冷库前，我知道宝音都兰其实已经非常急躁了，但他急躁的表现也就到此为止，不会像远方来的小周那样不停地转圈、挠头、满脸通红。牧民不着急，是因为他们还不太理解这种改变，这不符合他们的习惯，也没有让他们看到利益。这也是所有扶贫类项目的难点，老百姓喜欢自己传统的生产生活方式，不喜欢为一个不能立即看到利益的事情投入精力和改变习惯。但是，一个健康的项目不是马上能看到钱的项目，都有经营风险和失败的可能，这需要突破自己，做以前觉得很难或者不愿意做的事情。

宝音都兰在这方面能快一步，源于我们俩多年以来的共同奋斗。

宝音都兰的家乡哈日高壁属于内蒙古东乌珠穆沁旗，靠近额吉淖尔盐池，说是靠近，直线距离也有七八十公里远。由于土壤盐碱化的影响，大面积的草原只生长着盐生的植物，“戈壁”一词源于蒙古语，但这里的羊肉非常鲜美。经历了 2000 年前后的大旱和草场的严重退化，通过治理，到 2008 年，草原生态基本恢复，牛羊肥壮，羊肉的价格持续上涨。那几年牧民的生活非常好，有的牧民开始乱花钱，懒得工作，雇人放牧。当时，哈日高壁牧业合作社的主任浩毕斯嘎拉图在牧民大会上反复警告：“如果你们不珍惜这种好日子，2000 年的日子会回来的！”但收效甚微。

到了 2014 年，羊价暴跌，活羊的价格从每斤 12 元跌到每斤 6.5 元，已经几乎跌了一半。白条的价格从每斤 32 元一路下跌至每斤 19 元、18 元。一只当年的羊羔只能卖 500 元钱了。以平均每家卖一百只羊算，牧民的家庭年收入从每年 10 万元跌到了 5 万元。很多牧民连当年的贷款都还不上。

羊价下跌的原因很多，但是到了 2014 年三个因素突然综合作用在一起。第一个因素，内蒙古游牧放养方式地区的羊肉，因为质量超好，数量有限，所以过去并没有进入超市和大众餐馆这一系统，几乎被高档餐饮业所垄断。2014 年，这种专享的产业链受到很大冲击，内蒙古高质量的羊肉只能和育肥羊、集中饲养生产的羊肉一起卖。

第二个因素，中国加入世界贸易组织之后，有 15 年的农产品保护期，这个保护期在 2016 年到期，但是在这 15 年间，我们没有为农产品的保护到期做好充分的准备。到 2014 年，新西兰、澳大利亚、蒙古国的羊肉都开始大规模进口，同样的事情也发生在粮食上，和羊肉价格一起下跌的还有玉米。外界的变化牧民几乎不知晓，他们只是很奇怪，怎么突然间羊肉的价格就下来了。

第三个因素，土地流转这个方向越来越明确。当时中国房地产暴利的状态开始调整，于是“热钱”就腾出来了。

所有这些综合的因素在 2014 年爆发，于是羊肉的价格大幅度下跌。那年，我到哈日高壁牧业合作社调研，关注的焦点仍然是蒙古族的传统游牧智慧，希望对阻止或减缓传统文化的失传做出一些贡献。调研之后，浩毕斯嘎拉图就邀请我给牧民讲一讲外面的事情。他最希望了解的是怎么样卖牲口。其实这件事我也不懂，但是我的牧民朋友需要，我决定和他们一起努力。

在当时的会上浩毕斯嘎拉图还在说：“你能不能帮我们找个大饭店，把我们的羊肉都包下来?”哈日高壁一年出栏的羊在 30000 只左右，一个大的餐饮系统、一个连锁店，完全可以包销。但是我很为难，因为我知道城里那些高档的餐饮正在萎缩，而连锁店需要廉价的羊肉。

回到北京，我找到了同样做环境和传统农业保护的伙伴，他们帮我联系到一些做有机农业的朋友，然后我又把他们带到草原。但是，由于思维方式存在巨大差异，双方的谈判非常困难。因为，销售代理方需要的是能卖给消费者的产品，是食物，而牧民手里有的是羊。牧民以前除了自家吃的，自己连屠宰都不做。事情几乎没有推进的突破口。

于是，我自己花钱找宝音都兰买了两只羯羊，请他用班车运输的方式给我带到北京来。现在虽然路途遥远但是交通方便，从宝音都兰家门口路过的班车到达北京只需要一个晚上的时间。已经有很多懂行的北京人，用这种方式从内蒙古买羊。

两只羊运到北京装了四个大箱子，宝音都兰按照蒙古人习惯的做手把肉的方式已经帮我分解加工好，甚至灌好了血肠。不过运到北京时那些已经化开的新鲜的羊肉还是把我吓了一大跳，我认为羊肉绝对不可以用这种方式销售，是有风险的。

这时候我认识了一个志愿者那顺宝音，他在北京做一点家乡农产品的销售，他知道真空包装的方法，所以他就拿了一台真空机到草原上找宝音都兰买了第三次羊。这台真空包装机让宝音都兰大开眼界，浩毕斯嘎拉图也好几次打电话跟我说："我们也要这样包装羊肉"。2014 年，我们讨论了很多羊肉卖到北京的方式，最后我对宝音都兰说："虽然今年我们没有成功，但至少我们知道了一件事，羊贩子挣钱是有道理的，我们不要总骂二道贩子。"

到了 2015 年，浩毕斯嘎拉图决心申请项目增加合作社投资，建立一个冷库。冷库就是一个规范的加工场地了，但它还不是一个合法的加工企业。因为它不符合很多市政的要求，他只能填埋羊的胃溶物，没有处理流程，它也没有上下水。这时我才发现冷库的工业标准是为城市制定的，在广阔的草原上，一个孤零零的房子，拉着一根电线，况且没有上下水。虽然在足够广阔的地方，羊的胃溶物填埋在大坑里，甚至分散洒在草原上也不会影响环境，但建设冷库的工业标准都是硬指标，所以这个冷库并不合格。

即便如此，浩毕斯嘎拉图仍然坚持把它建设起来，他说牧民可以在这里学习加工。在过去的一年里，宝音都兰跟着我跑过很多地方，自己也跑了很多地方。他到城里的超市中把冰柜里的肉搬出来，一块儿一块儿地放在台面上照相，引起了超市人员的不满。但这是一个巨大的进步，因为宝音都兰在研究城市里的人买的羊肉是什么样的。他也知道如果他想把羊肉卖给城里人应该做什么了。

北京有机农夫市集是我在 2015 年找到的新的合作伙伴，他们的周智颖是一个特别热心和操心的南方小伙子。他几乎是死乞白赖地催这个冷库开工。万事开头难，开工是最困难的，于是有了本文开始的那一幕。周智颖到了草原上，站在冷库门前，但是冷库没有工人也没有羊。已经当选为副嘎查长和合作社副主任的宝音都兰骑着摩托一户一户地找人找羊进行加工。

牧民一开始是那样不情愿，他们有个古老的习俗就是不能切断羊的骨头，所以对他们来说把羊的长长的肋骨切成小羊排简直不是在卖羊肉，一个牧民指着操作图上的小羊排说：这是在卖猪肉吗？他不是讽刺或者不满，他是认真的。但是牧民动手能力很强，掌握得很快，他们学会了冷库的操作流程。学会这些非常重要，虽然后来大部分羊不是在他们的冷库加工的，而是在有经营资质的冷库里加工的，并且是清真食品，但是由于他们熟悉冷库的加工流程，他们可以监管冷库的工作。

那一批之后的羊，是送到城里的冷库加工的，由浩毕斯嘎拉图的助手毕力格巴特负责，这个过程让他大开眼界。冷库的人非常惊讶于毕力格巴特的要求，问他："你这么加工能挣钱吗？"毕力格巴特给我讲了一些冷库的处理方法，第一，草原的羊都非常干，身体的水分很少，尤其经过秋天抓油膘之后，肉质特别干，连脂肪里的含水量都很低，这样的羊肉非常好注水。冷库有一个专用的大桶，汽油桶那么大，把羊肉扔进去然后往里加 30 公斤水搅拌。另外草原上的羊有不同的档次，羯羊的价钱高于母羊，母羊的价钱高于羔羊，羔羊是最便宜的。羯羊就是阉割过的成年公羊，这是草原上最讲究的羊肉。结果冷库用母羊肉充羯羊肉，用羔羊肉充母羊肉。毕力格巴特气愤地说："就是你们这样搞，搞得羯子的价钱也上不去了，母羊的价钱也上不去了，羔子已经这样更别提了！"每次加工时毕力格巴特都带着四五个小伙子一起去，看着冷库别调包。当年他们通过北京有机农夫市集进入了北京市场。进价提高到了每斤22元，而零售价则到了每斤50~60元。毕力格巴特很高兴："他们是老师，我们不挣钱都愿意，没他们就没这个事。"

毕力格巴特到北京来给我讲这个故事的时候，我跟他说："这就是产业链，你坐在家门口，等着人来买羊，你的产业链就是从牧场到你家门口，当你自己有了销售渠道，你经过冷库，经过冷链运输到达了北京的消费市场，你的产业链就延长了，附加值就增加了。关键是你在这条产业链上有了发言权。因为你有好羊，你不希望以次充好，在你有发言权之后你就能控制住质量，你来给冷库提要求。"加工好的羊肉卖到了北京，虽然不多，但是毕力格巴特和宝音都兰这样的牧民成长了起来，他们也学会了在城里跑别的渠道。

内蒙古师范大学的海山教授说："这羊价掉下来也是好事儿，把牧民逼得都想办法了。"想干就有办法，做了就有出路。

羊价持续低迷到2016年11月，2016年的羊已经卖得差不多了，所以这次跌价打击了牧民近三年的时间。2016年夏季大旱，已经回家乡创业的志愿者那顺宝音和我聊怎么过冬。多买羊等着涨价，不敢；旱灾，没草，买草养，养不起；把羊都卖了，太亏。以我们的能力商量不出好办法。牧民那三年受了很多苦。有的牧民赶着羊群在冷库门口排队等着冷库收羊，一等就是好几天，有的冷库却趁着旱灾继续压价，甚至有牧民在冷库前自杀了。2016年9月，冷库的一些行业协会发出倡议，不发灾难财，平价收羊。10月，羊价终于开始上涨。突破产业链很难，需要有外界帮助，需要

有牧民精英的带领，需要牧民自身的努力。2022 年，在内蒙古两会上，浩毕斯嘎拉图作为政协委员侃侃而谈，介绍他的经验，他成为一个明星一样的人。

谁的牲畜是良种

北京有个养马场，马场里有各种马，英国的纯血马、半血马、阿拉伯马，甚至还有小马（pony）。马场老板把那些马统称大洋马。但从视觉上看，那些外国种的马，除了 pony，都特别地高大、苗条，毛色漂亮，身上的汗毛一丝丝的好像梳理过，和那些蒙古马在一起，就好像精细梳妆的女明星和一个刚从赛场上下来的青年运动员站在一起。

有很多爱马的朋友，经常对马场老板偏爱那些毛色混杂、身材短粗的蒙古马表示不屑。老板很不服气，跟他们争辩说："那些大洋马就是好看，要是放在一个圈里，得让这些蒙古马都欺负死。蒙古马一咬，它们根本不敢往跟前去。"虽然这么说，但是那些纯血马、半血马都价格不菲。纯血马的市面价格，贵至上百万元，而蒙古马的价格再贵也不过一两万元。

蒙古族歌唱家布仁巴雅尔听到他抱怨他那些玩洋马的朋友，布仁巴雅尔说："好办！咱们打个赌吧！咱俩骑马，从锡林浩特出发，一人一匹蒙古马，让他们骑着他们的马，从北京出发，让他们还可以再带上一匹从马，两匹也行，咱们相向而行，看谁先到目的地。"这话说给看不起蒙古马的朋友们，大家就都不作声了。

锡林浩特到北京直线距离不到 1000 公里，对于风云万里的蒙古马来说，只是它们久已没有重温过的英雄之路的起步。布仁巴雅尔非常熟悉蒙古马，他年轻的时候，有一次，因为担心自己的恋人乌日娜不想跟自己好了，在没有通信手段和其他交通工具的情况下，他决定骑着马去他爱的人的家。从新巴尔虎左旗的家到鄂温克旗的伊敏河边，他在寒冷的冬天，一天走了150多公里。布仁巴雅尔说："我出门的时候还担心这匹马，但是我到乌日娜家的时候，发现这匹马刚刚兴奋起来。"这就是蒙古马，150公里只是热身，它的潜能刚刚开始被挖掘。但在市场上，它的价格只有纯血马价格的十分之一到百分之一。

这种经济现象也发生在牛和羊的身上。国外引进的牛价格都非常贵，蒙古牛的价格很便宜。长期以来畜牧局的改良部门之所以积极地引进国外的牲畜品种，是因为一方面从认识上，很多人认为贵的是好品种，另一方面，消费市场是被那些贵品种培育起来的，那些品种比蒙古牛羊更有市场。但是，在草原每年零下40度的严寒条件下，那些引进的牛羊就像那些漂亮的大洋马一样受罪。

有一年春天，我在锡林郭勒的正蓝旗一位牧民家住了一段时间，他们家的羊是"改良"的细毛羊，因为这种羊不适应锡林郭勒草原寒冷的环境，他们家盖了严严实实的砖羊圈，我们每天在羊圈里工作，刺鼻的臭气熏染得衣服、头发里都是。人们都说草原上的羊肉不膻，它和放养、游牧的生产方式关系很大。臭气熏天的羊圈，很难养出不膻的羊。

我住的那一家的男主人叫阿木古楞，他们夫妻都是特别能干的牧民，也特别积极地响应各种畜牧政策，尝试各种经营方式。

阿木古楞对畜种改良很热衷，不仅是羊，他们家更重要的出产是牛。一开始，阿木古楞因为土牛个儿小出肉少，花了3000多元钱引进了夏洛来的种公牛。但是夏洛来出肉少、出奶少，他又引进了利木赞，利木赞的种牛售价6000元，但利木赞出肉多、奶不好。后来他又引进了西门塔尔牛，西门塔尔牛是跟着项目引进的，国家给补了钱，每头给补了800元，自己出5000元，西门塔尔牛的肉质和奶都没问题了，但是体质不好，一头小公牛当年就病死了，另一头也不好，就没用。现在阿木古楞又花了12000元引进了红花牛。红花牛也是外国牛，其实也是西门塔尔牛，只是培育的地点不一样。阿木古楞不太清楚这些牛是哪里来的，先后引进的这些品种都是旗里面宣传的，有些是从畜牧部门直接购买的。他一直相信他的牛品种越来越好，而且价钱也会越来越贵。

谈到养这么多改良牛，和养土牛比起来总体感受是什么？阿木古楞说："收入比以前好了，也好卖了，土牛不好卖、育肥不长肉。但是肉质是土牛好，奶质也是土牛好，就是产量少，奶产量只有西门塔尔牛的三分之一。不过土牛吃得少，只吃改良牛的一半就够了。"

牛的改良需要经过三代，12～14 年时间，才能配出一个品种的纯种，现在阿木古楞家的牛非常杂，什么品种都不是了。懂牛的人可以看出他家的某一头牛父系是什么牛，母系是什么牛。当我把阿木古楞家牛群的照片给关注草原环境和畜牧的内蒙古师范大学教授海山看时，他生气地说："杂交污染！"

其实，阿木古楞并不知道为什么会改良牛，也没有仔细观察他的牛是改"良"了，还是改乱了。他不知道自己失去了什么，也不知道改良到底为了什么。牧民的养牛业也变了，从养整牛变成了养牛犊，变成肉食产业链的一个环节，负责羊羔和牛犊的出生和哺乳期。而小动物骨骼成熟以后增重最快的一个环节被育肥牛基地操纵了。牧民的一部分附加值被剥夺了，但是他们并不知道，他们只知道牛贩子现在不要犍牛了，只要牛犊。

育肥不仅改变了产业链、改变了牛肉和羊肉的质量，也改变了牲畜的品种。品种进一步改变的是牲畜和草原环境的关系。

内蒙古赤峰市克什克腾旗有一个湖，叫作"刚更淖尔"，或者叫作"牤牛泡子"，传说每天夜里有个黑牤子从湖里面出来和岸上的母牛交配。这个传说有鼻子有眼，据说 80 多岁的人都有看见的。赤峰市曾经有一段时间划归辽宁，从那时起，牧民开始养草原红牛。据牧民那顺毕利格介绍："当时一个地方有一个地方的政策，那时辽宁正流行草原红牛，就开始把刚更黑牛改掉了。草原红牛之后，就改的是西门塔尔牛和红花牛，这一下当地的品种几乎就没有了。”

“这几种牛比当地牛出肉多，但适应环境方面不行，冬天要有暖棚，得备足草料。改良牛吃草量是当地牛的五倍，养活本地牛不需要准备太多草料，它自己出去吃饱了就回来了。以前不打草，从我记事的时候起，每家有一马车草，百十来头牛就够了。春天就是给牛犊子喂点草，大牛基本上没喂过，20 世纪 80 年代改良以后一直到现在都是缺草。”

我在克什克腾旗访问过一户牧民，他家当时有 90 多只羊，40 多头牛，全年收入都是靠养牧。2010 年买草 2500 捆，9 元一捆，共计 22500 元；5000 元甜菜；7 千斤玉米，5 千斤合成饲料，玉米 8 毛，饲料 1 元，共计 10600 元。这就是成本，合计 3 万多元，算上运输费将近 4 万元。如果是本地牛，这些成本几乎可以忽略。但问题是本地牛的牛犊已经没有人收了，那种牛拴在牛圈里只能增重 30%，而西门塔尔牛可以增重一倍多。大资本生产阶段收益的差别就出来了。

育肥牛还有两个问题，一个问题是食品安全，育肥过程中要吃合成饲料。另一个问题是就算牛不吃合成饲料，也要吃青储，青储是种出来的玉米杆。在这个过程中大量水资源被消耗，冲洗牛舍每天也消耗大量水资源，现在国际环保界诟病的吃牛肉耗水，指的就是高密度饲养这种方式。而在草原上天然饲养，牛吃百草，经常活动，身体健康，牛肉的营养价值高，而且对水资源消耗量非常低。除了喝的水，既没有冲洗用水，也不消耗虚拟水。

当地牧民说：“现在是让保护草场，把牲畜改良好，一头牛能出 3 头牛的肉，圈养。现在看似减少了 80% 的牛，但是这 20% 的牛还得吃 80% 的草料啊，草料还是得从草场出。人的生活压力还是没减少，人们还得把草运回来加工，加草加料，这又增加机械成本、人工，等等。改良以后，因为牛吃的草多，而且要圈养，人的劳动量也大了。人的生活压力和草场压力都加大了。改良牛的肉质肯定不如土牛，土牛吃的草好，是纯天然的，不吃家里的草料，冬天就上高山尖上去吃，它吃的东西营养价值高，产的东西都是纯天然的。土牛适合这边的环境，爬得高，改良牛天冷的时候就往低走，暖和也不往山上走。”克什克腾旗在大兴安岭南部余脉和草原交错的地区，这里有不少的山峦，能够利用山顶上的牧草，减小山麓草甸的压力，也是土牛一个主要的优势。

“从环境上说，放着好，能保护草场，不会集中走，压坏草场，它会拉屎尿尿，有肥料。而且牛是捡着吃草的，不像打草那么干净，这也是保护草场。打草对草籽有很大影响，现在 8 月份打草，草籽还没收成，就割下来了，不下雨，地就晒着过一冬天，春天一刮风，就沙化得特别厉害。”打草如今正在逐步成为草原环境新的威胁。

畜种改良大约从 20 世纪 90 年代开始，引进品种，先后经历了 4 ~ 5 种，最近稳定在西门塔尔牛上。育肥牛基地喜欢收西门塔尔牛，一个原因是往南方地区卖好卖，育肥牛比较容易煮熟。其实本地牛更好吃，但在外地市场销售的表现不好，只能主要在锡林郭勒盟本地卖。另一个原因是西门塔尔牛育肥后增重快，利润高，本地牛育肥过程中增重的空间小。

这两个原因实际上是推动畜种改良的主要动力。无论是北京还是港澳地区，牛肉市场培育是比较晚的，这两个地区原本都不是牛羊肉的主要消费区。在北京，三十年前，除了回民以外，消费牛羊肉的人群很少。而在北京人的传统观念中，认为内蒙古的牛羊肉是好吃的，但是在牛羊肉市场培育过程中，“肥牛”和“羔羊肉”的概念深入人心，这两种肉食恰恰不是内蒙古的传统产品，因为蒙古族传统上恰恰不吃育肥牛和当年的羔羊。

育肥和散养有很大的不同，育肥时牛被拴在巨大的厂房里不动，依靠工业化输送饲料和清洗牛圈，4~6 个月后出栏。这种方式可以集合数千上万头牛，是一个可以给资本带来利润的环节。这个环节和后面的屠宰、上市结合在一起，就有足够的实力影响市场。而草原上散养牲畜的规模是有限的，每家牧民的养牛规模在 10～80 头之间，无法有力地打造和影响市场。

牛贩子愿意收购西门塔尔牛，这就使西门塔尔牛成为能够给牧民带来收益较多的品种，加之政府推广，西门塔尔牛就迅速淘汰了本地牛。

打通羔羊肉和肥牛的销售市场也是做了大量工作的。首先从餐饮入手，40 岁以上的人应该记得，20 世纪 80 年代市场上的牛肉是不能涮火锅的，因为需要很长的时间才能煮熟。育肥牛是通过肥牛火锅打开消费者的钱包的。

但是内蒙古本地牛的肉并不是不好吃的牛肉，克什克腾旗的牧民相信日本的著名牛肉品种“和牛”是用了刚更黑牛的品种。现在和牛在国际市场上可以卖到 3000 元一斤，克什克腾旗当地的学者也确实查到了近百年前，日本探险家在克什克腾旗考察牛肉、牛奶并回日本推广的记录。虽然和牛和刚更黑牛间的关系缺乏中间证据，但是克什克腾旗曾经为元朝和清朝的皇室提供牛肉是有据可查的。“我们给皇室提供那么长时间牛肉，我们的牛肉能不好吗？我们也给皇室提供奶食品，我们的牛的奶也好。奶也好，肉也好，我们的牛怎么不好了呢？”牧民问。

在呼伦贝尔草原，情况就更加搞怪，草原上奔跑着荷兰黑白花奶牛传种的牛，这些牛都是当肉牛卖的。牛奶企业推动了这些牛的引进，因为产奶量高，但是这种牛对呼伦贝尔的严寒的适应能力非常低，造成牧民工作量、劳动投入大幅度增加，且这种牛容易生病，死亡率高。“要是把引进外国种花的这些钱拿来经营我们的蒙古牛，早就不是这样了！”开车的达斡尔族小伙子这样说。

当地人这样说，他们也在努力做点什么，阿木古楞养了很多年细毛羊以后，决定放弃，他重新买了蒙古本地羊的羊扒子，就是种公羊，新生的小羊羔是本地羊和澳美羊配种繁育的。“你看它多聪明。”阿木古楞的妻子说，“它知道哪儿暖和。”小羊羔正趴在母羊背上，这个行为澳美羊是没有的。其实并不是澳美羊笨，是它们没有抗寒冷的基因。澳大利亚无霜期长达 11 个月，它们的羊可以耐热。

有一次，我在呼伦贝尔草原上，乘着车一个旗一个旗地跑调研，一路上我看到草原上的牛是各种不同品种的外国引进牛的混合体，有相当一部分是荷兰黑白花奶牛的父本，这种牛以不耐寒著称，却在呼伦贝尔草原上当肉牛养，而蒙古牛几乎见不到。

开车的当地干部说：“哎！如果这些年把引进外国牛的钱用来宣传蒙古牛早就不是这样了！”外国牛的宣传和引进，不能不说也是有利益驱动的。内蒙古比较偏南的正蓝旗比乌珠穆沁草原更依赖养牛。在那里，我采访过两位牧民，他们都是引进牛的积极执行者，真诚地相信高价买来的都是好牛。

买种牛现在是牧民的一笔重要开支了，正蓝旗有一位嘎查书记，他在培育种牛方面有了自己的理想。他非常真诚地参与了引进西门塔尔牛的项目，并且努力地执行。他告诉我要把西门塔尔牛成功地引进到内蒙古草原需要至少 12 年时间，因为第一代公牛引进来之后，要和本地的母牛交配，生下来的牛才能比较适应草原严寒的环境。但这种牛是杂交牛，不稳定，要选用这种牛的母牛长到 3 岁再和纯种的公牛交配，第二年生下小牛，一共需要 4 年。如此三次，才能完成适应本地的稳定的引进牛的培育。12 年，他坚持下来，并且已经成功了。但是新政策不提倡卖种公牛，而是提倡冷配，就是只卖牛的冷冻精子。他特别真诚地跟我磨叨这件事，希望政府能支持他卖种公牛。12 年来，他真诚地希望培育出一代适应草原的西门塔尔公牛，然后自己能成为卖种公牛的人，他一点都不能理解为什么到现在还是得不到支持。

而大多数普通牧民，一直被牵着鼻子引进各种新品种。外来品种占了优势之后，它们反过来影响了产业链的结构，影响了牧民的收入。内蒙古的牧民从肉食的生产者变成了幼畜提供者，在产业链中的地位下降了。母羊和母牛在散养环境下生育比较可靠，所以现在牧民提供幼畜，幼畜长到骨骼成熟后就被拉到集中的养殖场育肥，尤其是牛。羊的育肥利润比较低，现在一般就直接屠宰了。

有人看到了这种现象，并且表示不服气，这就是哈日高壁牧业合作社的主任浩毕斯嘎拉图。他坚持要选育乌珠穆沁本地羊。经历了三次失败后，终于获得市场和农业农村部的认可。浩毕斯嘎拉图说："我们的羊不是不好，就是没选育的事儿。外面的羊也不是好，人家选了，做了工作。我们的牲畜品种怎么会不好，世界上最会放羊的人就是蒙古人，蒙古人的羊怎么可能不好？如果他们的羊更好，他们怎么不出成吉思汗？"他的语言朴素到令人惊叹。虽然国外的优秀牲畜品种所做的工作不止选育那么简单，还包括后期的市场营造和品牌宣传，但至少浩毕斯嘎拉图看出了这么一点点，并且朴实地把这件事做了，就有效果了。

后来，哈日高壁的乌珠穆沁种羊也得到了农业农村部的认可，这里成了农业农村部挂牌的肉羊基地。

但是，内蒙古还有多少种牲畜，他们的价值没有焕发出来？这是一个值得关注的、值得培育和应该培育的经济增长点。

没钱上草地

我在草原上跑公益事业十来年了，一开始很艰难，干不了什么，也就没有投入太多时间。后来由于公益事业占去的精力越来越多，对我的收入有不小的影响。尤其到 2015 年，我没有从写作上挣到整笔的收入，却在钢宝勒道家住了 3 个月，当时什么也没写。有不少朋友关心我的收入问题，但是我也不觉得太紧张。我跟他们说：可能因为在草原生活不太花钱。一位牧区来的女孩听了呵呵地笑了，她说：“我妈早就说了，没钱上草地!”这话的意思就是，如果你手上没钱了就到草地上去生活。不仅因为草原上的人心地善良允许你白吃白住，那里真的可以养穷人，甚至有轻微残障的人他们都能吸纳，而且他们真的平时过日子花钱少。草原上的很多工作并不是以现金计算，开销也不是。这是我们在计算乡村经济时经常忽略的一大块，这就是非现金收入。

每年国家都会出各种扶贫指标，城市里的人会惊诧于乡村的低收入，在有的地方一个家庭的年收入只有三千元、五千元，他们是怎样生活的呢？草原上虽然好一些，但一个家庭通常也只有三万元、五万元的收入。其实这里面有一个非常非常重要的原因——农牧民的非现金收入并没有计算在内，这也是一些扶贫项目的误区。有一些扶贫项目提高了农牧民的现金收入，同时影响了农民的非现金收入，这样的扶贫项目在当地通常难以持续，并且不受欢迎。

在钢宝勒道家，每个清晨我和额吉起得最早。我的工作是拍每天升起的朝阳，大自然真是鬼斧神工，每一个清晨都是那么不同。额吉的工作是每天早上为大家烧早茶，所以每天我拍着拍着照片，蒙古包上的炊烟就飘起来了。这些炊烟的燃料是羊粪砖，钢宝勒道家生活的大草原上，没有一棵树，没有木头可烧，草虽然可燃，但不能作为燃料，烧不住，而且太可惜了，烧掉草，牛羊就没得吃了。现成的燃料就是干透的牛粪和羊粪。钢宝勒道家这一带不是养牛区，所以他们主要的燃料是羊粪砖。羊群有相对固定的羊盘，尤其是冬天，在大草原上有一个地方，羊每天晚上回到这个地方卧着睡觉。羊粪集中地撒在这个区域，再被羊踩实，到了春天，羊去了春场，土地开化之后，就可以把它挖出来，一块一块的，像砖一样。当地人称之为羊粪砖。它和牛粪的作用一样，是用来烧火的。歌曲《蒙古人》的第一句歌词有“炊烟”二字，这个词在蒙古语的原文里就是“干牛粪的烟”。

这些牛粪、羊粪是牧民辛苦地捡来或者挖来的，是牧民一年到头烧火的燃料，它和草原形成一种和谐的生物循环，也在蒙古族文化里有很高的地位。但是情况还不止如此，如果把它们出售也值挺多钱的。从前小镇上的居民要买牧民的牛羊粪做燃料，而如今很多从事有机农业的农场也买牛羊粪做肥料。像钢宝勒道家这样的牧民并不出售羊粪和牛粪，他们主要用它来烧火，这实际上是一笔隐形收入，因为它顶替了他家的能源开支。他们家只需要在冬天买少量的煤。

平常他们家吃肉是不用花钱的，打水自己家有井，用电主要是购买风光发电设备的一次性投入。除此之外，他们家所有的维修差不多都是钢宝勒道和爸爸、大哥一起做的，他们家人人都是维修高手，从电工到泥瓦匠、木工、铁匠到机修的活无所不会。

而钢宝勒道的妻子希玛是一个优秀的裁缝，她可真称得上“女儿能绣万种花”。钢宝勒道全家每人有4~5套闪闪发亮的蒙古袍，绣着复杂的花。夏天的单袍大约值2000元一件，冬天的皮袍可值12000元。这些都是钢宝勒道的媳妇希玛和他的二嫂一手制作的。这些手艺产生的收益都没有算到牧民的收入中。但它们是不能被忽视的，因为它们的存在使牧民的生活有色彩、有文化、有传统，还有实际的使用价值。一件蒙古袍能穿5~6年，前两年是礼服，出去串亲戚时或在重要场合穿，后三年是工作服。

我住在钢宝勒道家的时候，他们家做了一个新的蒙古包，木工、油漆、绣毡子，用马鬃和骆驼综做绳子，都是在家里面完成的，最后他大哥还用铁架焊了一个半圆形的床放在蒙古包里。整个蒙古包只花了木头、铁架、毡子等原料钱。这个蒙古包要买的话也要花费几万元。

牧民在草原上可以用很低的生活成本维持很高的生活水准。希玛告诉我，在草原上他们一个家庭一个星期的生活有一二百元钱就够了，主要是买粮食、蔬菜和汽油。全家一个月的花销还不到1000元钱。

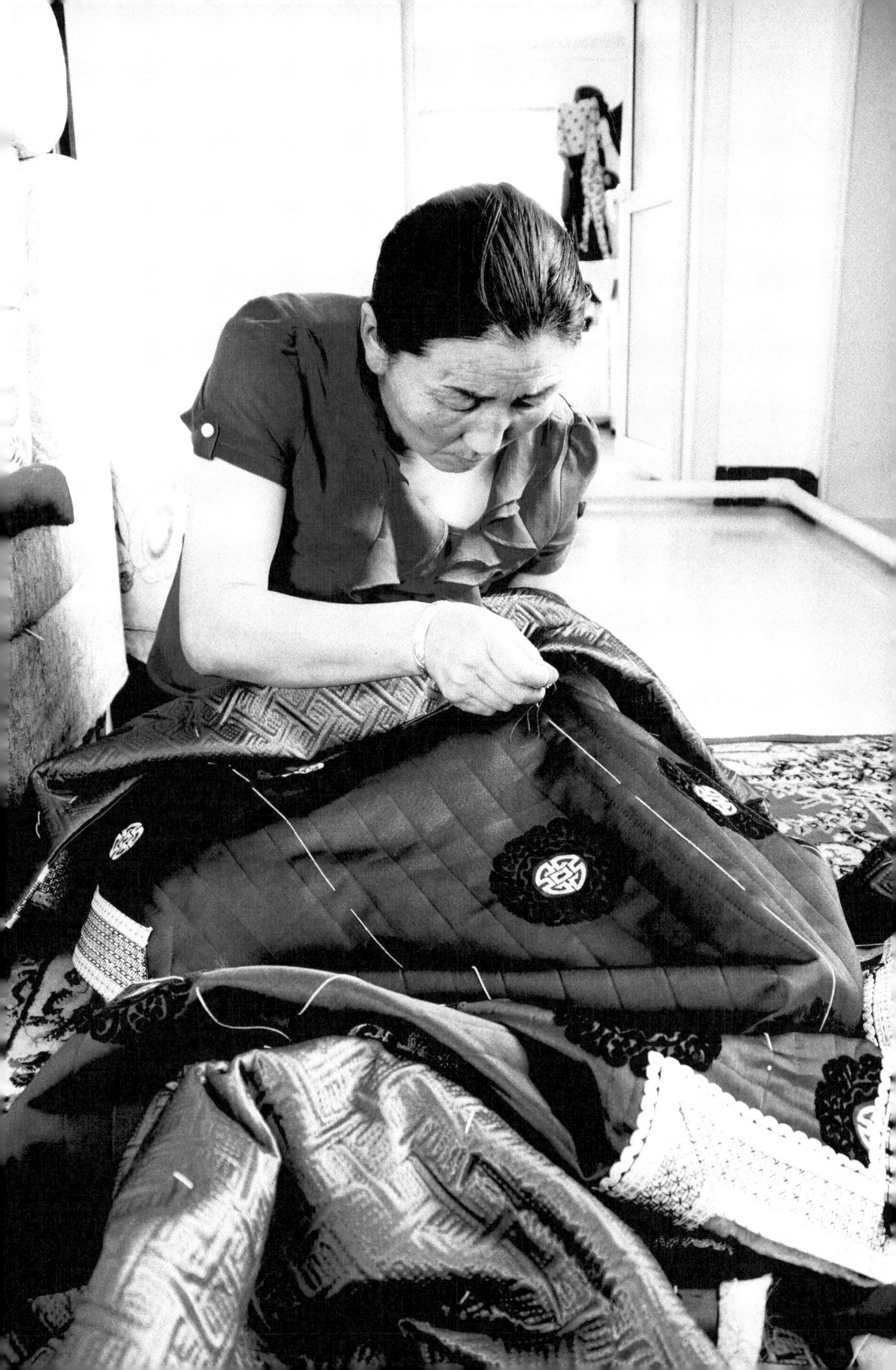

2017年年初，宝音都兰和几个年轻人到北京来参加我所在的公益组织的活动，我请他们吃了一次味千拉面，人均35元，五个小伙子花了170多元，宝音都兰感叹说："在北京走一步都是钱"。到了晚上，我又请他们吃北京的蒙古餐，主要是为了和一些朋友相见，结果那顿饭花了3000多元钱。但这样的饭如果在宝音都兰家做上一大桌，连300元钱都花不了。

钢宝勒道来北京，正赶上北京雾霾，他抱着孩子跟我说："姐，北京这个地方好像空气少。"毕力格巴特到北京来参加一个生态农业的大会，待了一个星期没有看见太阳，他在微信朋友圈里写道：北京这个地方，没有蓝天，也没有太阳，只有满大街的人和车，我再也不想来了。西乌珠穆沁旗以白马之乡著称，一位牧民来北京参加一个马的比赛，他们家的白马得了冠军，在发奖的当夜，他们就把马装上车，开着车连夜回到西乌珠穆沁旗，因为他们已经在北京忍受了四天的大雾。环境也是有价值的，只是在大家拥有它们的时候，没有注意到。我觉得这些都是被低估了的牧民的非现金收入，当然还有广阔的生存空间。

2016年春天，我在钢宝勒道家看他们接羊羔，他们哥几个看我拍照片，不知道是为了配合我，还是自己也想玩了，七八个叔伯兄弟玩了一个下午套马，几十匹马被轮着套住，再放掉了，这是他们的驯马劳动，更是娱乐。他们的其他娱乐也很高大上，比如射箭、赛马、摔跤，这其中哪一项娱乐在城里举办一次大概都要花上千元的。

有一天我在北京刷微信，看到宝音都兰正在放小视频，他们在广阔的草原上，立着个箭靶子，小视频的内容就是箭射中把子的瞬间，一段又一段。于是我给他留言说："宝音都兰，我的工作就是维护你们随时随地可以开展高大上的娱乐活动。"

草原上的牧民生活并不差，牧民仍然有用双手创造生活的条件和能力。他们享用的美食、服装、住房、工具、能源、水、清洁的环境、高大上的娱乐活动成本都相对低。如果实施一项不合理的工程，可能会提高他们的现金收入，却破坏了这一切，那就不合算了。

是是非非那达慕

那达慕在蒙古语的本意里特别简单，就是“玩”。曾几何时那达慕大会承载了太多的蒙古族文化重任，那达慕传统的好汉三项从中断到被整理出来，到重新风行草原，付出了整整一代人的努力。

随着羊的价格下跌，一个帖子开始在网络上流传，帖子的题目是：“那达慕给蒙古人带来了什么？”帖子是蒙文写的，所以我不太理解写的内容是什么，我看到转帖的人讨论的内容大抵是：冬季那达慕游客稀少，消费的都是牧民，这样的那达慕有意义吗？尤其是在羊价急剧下跌的时刻，这个质疑就显得很有力量。对于过多的那达慕我也有一点担心，它好像汉族农区过于铺张的婚丧嫁娶一样，有可能有负面的影响。但我看到这些观点的时候，我觉得它忽略了一个重要的东西，就是文化的价值。无论是拉动内需还是活动本身对创造的推动，文化活动产生的价值可能比它的花销更大。

几年前，我去使鹿鄂温克居住的森林里访问，使鹿鄂温克猎民酗酒的问题被很多人关注，所以我去了那里之后，有很多朋友问我有没有发现他们酗酒的原因？我经过观察发现，除了文化压缩导致的内心苦闷之外，还有一个重要的原因就是他们太闲了。今天的森林生活已经不像过去那么具有挑战性，他们搬家不再是翻山越岭，而是用拖拉机或中型卡车拉走家里的用具，沿着山里的沙石路或拖拉机道搬家，他们搬家的范围也变小了。

让他们闲下来的更重要的一个原因是小商品的进入。一头鹿可以卖一万元左右，而使鹿鄂温克人对物质要求很低，卖一头鹿就能满足他们很多生活需求。他们家里的桌、椅、板凳、床、柜子、锅碗瓢盆、炉灶等用具都不需要用手工制作。卖一头鹿就都有了。另外，由于很多帮扶项目的关系，他们的衣服也有人提供，粮食局和林业局也经常送一些农副产品。我在玛丽亚索家，发现他们家的桦树皮用具都已经二三十年了，而今天，既使用坏了，也可以买一个小盒、小罐，很便宜。

这样，他们的生活就非常闲，不是一般地闲，而是无所事事地闲。无所事事是一种无法言述的痛苦。有自我约束能力的人，还可以有所奋斗，但也没有什么意义。因为他们不需要更多的钱，他们本来对物质生活的要求就不高。

而几年后我再去使鹿鄂温克，发现他们开始有了比较多的文化整理工作，出现了各种非遗传承人——皮画、皮具、桦树皮手工艺、民族服饰传承人。这就让他们的生活变得有意思、丰富起来，酗酒的问题也开始减轻。

有很多不了解蒙古族的人误以为蒙古族牧民酗酒也非常严重，但是就我这几年的观察，50 岁以上的人好饮的偏多，年轻人反而没有那么多。这里面有一个原因就是年轻人比较忙。年轻人要忙的事儿很多，除了他们对物质生活有了更高的要求，要买手机、笔记本电脑和汽车，所以他们要照顾好牧群，还有就是他们在生活上有一些我们可能称之为“攀比”的心态。

这种攀比不都是坏事，比如说每一家都希望自己有更漂亮的袍子，于是媳妇们要花很多时间做针线，而男人们要赚更多的钱买料子、彩色的线。这就让他们的生活有很强的动力。办家庭那达慕本身也有攀比色彩，为了几年后的一次家庭那达慕，一家人要努力工作好几年。那达慕还促进了很多传统手工艺的复兴，比如冬季那达慕对于大皮袍的复兴有很大的帮助。前几年，蒙古族手工鞣制的皮子，烟熏上色的工艺已经非常罕见了，但是很多50岁以上的老人都还会，只是不做了。有了冬季那达慕之后，人们开始羡慕那达慕上穿这样皮袍的人，于是老人们捡起手艺，年轻人跟着帮忙，它的工艺又在一定程度上复活了，这种皮袍制作出来，没有卖给别人变成现金，只是自己穿了，制作完成就是牧民的非现金收入。

在钢宝勒道家，我们谈到一年只挣一次钱的事儿，钢宝勒道立刻说，他还有其他的挣钱途径，他可以帮人骑赛马。钢宝勒道非常瘦，体重轻，这种身材特别适合骑马，有一些成人骑手参加骑马比赛，他就可以去做骑手。蒙古族的赛马比赛不是人和马一组取得胜利，胜利属于马主人，但马主人也许是个身材高大的人，体重太大的人，什么马也跑不快，这就需要有人骑着他的马比赛，为此他需要雇人。钢宝勒道去骑一次马可以挣300元钱，如果获得名次，赢得了奖金还可以分到钱，这样牧民之间的财富就流动起来了。很穷的牧民一般不会雇人赛马，也养不起赛马，条件好的牧民家的钱就可流动到其他牧民家。

钢宝勒道有一头很好看的黑骆驼，我的很多朋友去他家玩的时候，他都把这头骆驼牵出来给大家骑过。但有一天，他们把大骆驼抓住，装上了一辆卡车，原来是有一家牧民要为老人过本命年办那达慕，这头骆驼被卖去作为比赛第一名的奖品。这也是钢宝勒道一家除了卖羊之外的另一笔收入。牧民为了给家里的老人或者其他人办本命年，都是要花一些钱的，通常家庭殷实的人会花得比较多，有不少东西需要从其他牧民家采购，这也可以形成牧区内部的经济循环，并且刺激牧民生产。

有一项和蒙古族关系更密切的、文化意义更强的经营活动就是养马，它带来的收益更为直接。随着那达慕的发展，可以通过赛马从外来人手里挣到钱。不仅赛马冠军可以得到奖金，马在会场上还有其他用处。官方出钱或者企业赞助的大型那达慕都需要仪仗队，雇佣养马大户的马做仪仗队，可以让牧区之外的财富流入牧区，流入这些养马大户，他们一方面促进了传统文化的复兴，另一方面为养马户带来了现金流。这些钱又可以在这些养马户自己举办的那达慕上花出去，流入其他牧民的家庭。

牧民忙起来，获得的不仅是有所为的充足感，还有生活在自己熟悉的文化里的舒适感，而这种舒适感是通过他们的双手营造出来的，这个过程既生产了文化价值，又生产了经济价值。

关于乡村文化活动对乡村经济的活跃和促进作用的研究不多，大家比较容易简单地把它理解为铺张浪费，想要移风易俗。但是，乡村居民的需求可能和城市人不一样，他们有了钱以后不着急买奢侈品，不想去享受健身、美容、大饭店一类所谓高品位的生活。他们希望得到他们自己想要的文化活动。不仅在牧区，在农村地区，很多农村的剧社、剧团，是靠农村的大户们养着的，并不是靠门票收入。这是乡村居民的需求，当他们得到满足的时候，也同样使乡村文化得到传承，这些大型活动还能传播文明、礼仪、价值观，同时也创造了物质财富，它们使乡村繁荣。

投资项目要慎重

今天走在草原上，你会发现“项目”已经是一个新的专有名词，就好比蒙古族牧民对很多汉语会有和我们不一样的理解，这个理解更接近这个词在他们那个地方给他们的感受。“项目”这个词，在牧民中的含义大概就是一笔来自政府的钱，这钱和某件事儿绑在一起。

我在牧区的时候也经常听到他们说：“你能给我们带个项目来吗？”他们的意思就是想要一个新的风力发电机，或者盖一个新房，打一口水井，等等。因为项目款动辄数万元，也有一二十万元甚至更多的，所以很多牧民都想要项目。有很多事情如果没有项目款牧民是不会做的，比如最早拉网围栏这件事，如果没有项目款，牧民是不会拉网的。由于一部分人得到了项目款拉了网围栏，然后继续占用公共草场，其他的人就必须也得拉上网围栏把自己家保护起来。这样整个地区就变得网围栏纵横。今天我们深刻感受到拉网围栏的生态危害很大，但最初它的出现就是在项目款的推动下开始的。

如今，牧民有很多生活习惯都是被项目推动出来的，比如打机井、盖房、盖棚圈、盖草料棚、开垦饲料地、畜种改良、牧民转产，等等。这些项目都有一个共同的问题，就是如果用产出平衡它的投入，也就是说按照市场规律运作，这些所谓生产建设的成本是产出所付不起的。

因为有些项目款钱数比牧民一年的收入还多，所以现在牧民社区里面，要项目已经成了大家对收入的另一种期望。这样，它不仅不符合市场运作规律，还会重创牧业社区的社会关系，重创牧民的价值观。诚实劳动在牧区人的精神动力中减弱了，善于跑项目的人会更受人崇拜。那些按市场经济规律运行不起来的赔本买卖也就一个一个地被推起来了。

上学的困扰

有一次我和一个在草原地区做扶贫的蒙古族青年聊天，她突然非常坚定而大声地说："现在送孩子去上学对牧民来说是投资回报率最低最低的事情。"对于我这样一个从小跟教育界的人一起生活的人来说，这句话很刺激。这不是读书无用论，这是一个非常现实的情况。

我最初意识到这件事儿，是在东乌珠穆沁旗草原深处接近边境线的地方。在那里，我碰到一个刚刚职高毕业的小伙子，他在当地属于高学历人士。他在家里的墙上贴满了摇滚明星和篮球明星的照片，搞了一台笔记本电脑，那个时候还没有 Wi-Fi，所以不晓得他在做什么，总之他在玩电脑。他们家那时正在剪羊毛，他父亲和母亲都在忙，但他父母对他不帮忙似乎也没有什么太大的异议。我问了他对未来的打算，他不是特别想当牧民，想当个程序员，但是我那时还在城里做 IT 开发工作，那时智能手机还没有开始普及，计算机应用开发得相对成熟了，程序员的工资开始下跌，很多大学本科、专科毕业的学生都找不到合适的工作，他们找到的工作薪水低至不足以在城市里扎下根来。所以这小伙子把他的理想告诉我的时候，我只能瞪眼看着他，我真的帮不上忙。而他们家是个牧业大户，一年有 10 万元收入，而且缺人手。

后来我要做一身蒙古袍，在东乌珠穆沁旗一位额吉家住着，让她帮我做袍子。额吉家有四五个孩子，是她的孙子、外孙子、亲戚的孩子，因为学校都在旗里，孩子们只能交给有条件在旗里生活的人代管。额吉自己没有上过什么学，所以她不像城市里的父母那样对孩子的学业很较真。她自己的孙子有一天哭了，因为他没有完成作业，但孩子哭的目的是不去上学，结果额吉就同意了。另有一天，她的侄子早上才回来，躺在沙发上睡觉，也没有去上学，他前一天晚上去网吧打游戏了。

孩子们从很小的时候离开家，在城市里上学，既没有学会在城市里谋生的方法，也不会干草原上的活了，刚才提到的两个少年都不会骑马。而从牧区到城市里上学，要花家里很多钱，交通费、房租，而且还有一部分劳动力要离开牧场。在这样的条件下孩子们究竟学到了什么？学成之后能做什么？这样的问题特别需要好好考虑。

蒙古族牧区原本有很强的教育能力，在孩子很小的时候就教孩子各种礼仪。不是特地教的，是当大人相互行礼的时候，孩子就会模仿，在此时大人并不嘲笑孩子，而是认真地给孩子回礼，这孩子从小就对礼仪产生非常强烈的认识，并且形成习惯。

牧民的一些生活习惯包含着非常强的教育智慧，牧民额尔登苏和告诉我，他从小每天早上走出蒙古包再回来，父母都会问他很多问题：今天看到了什么？天气怎么样？牛在什么方向上？羊在什么方向上？马在什么方向上？草原上有没有生人？等等。这些都是对生存能力的培养。从小离开草原去城市上学的孩子就少了这一课。

浩毕斯嘎拉图经过努力，把一个幼儿园搬回到草原上，幼儿园一开张，当地的家长就非常兴奋地把孩子送来，他们每天早上骑着摩托车把孩子送到幼儿园，就可以回到牧场上继续劳动，节省了去100公里以外的旗里的油钱和时间，也省去了陪读的劳动力。浩毕斯嘎拉图还做了一个游牧文化教育基地，让孩子们可以到草原上来坐勒勒车、挤马奶。于是城里的蒙古族学校的家长们，相约把孩子们带到这里来，让他们感受马，感受牛，感受草原。

撤乡并校到现在，一批孩子已经长大，出现了很多混迹在城市边缘的青年。他们既没有在城市里工作的习惯，又没有学会在牧区劳动的方法。有位牧民说："上了小学后来回家的是好牧民，上了初中后来回家的还能当牧民，上了高中后来回家的就麻烦了，上了大学就不回来了。"这样的现象导致牧区人才匮乏，当那么多年轻人的精力、时间、理想都投入到城市里，乡村的经济也就缺乏了活力。

浩毕斯嘎拉图的大儿子从大学毕业了，即使像浩毕斯嘎拉图这样的人，也没有太清楚他的儿子到底在学校里学了什么，不过很幸运，年轻人回到了草原上，愿意和父亲一起工作。虽然年长一点的牧民看不惯小伙子，觉得他年岁挺大的了还对家里着急的事都没概念，但是能回来已经算有希望了。

而年轻一代的牧民仍然愿意花钱、花时间陪读，陪孩子上学。因为现代化是每个人都绕不开的路，保持和现代社会的对话、交流、交易、共生的能力，对每个牧民来说都至关重要。

祖先背影，大地家园

我走在去往草原的路上

我走在去往草原的路上，
天高云淡，绿野无限。
我看着眼前的路通向天际，
又沿着它翻过山梁，
看着它在下一片原野上伸展。

我走在去往草原的路上，
浮云一层层一朵朵奔向天边，
右边大朵大朵的棉花，
是被阳光晒起来的露水，
左边高起的积雨云下面，
正经历一场暴雨，
风把草吹弯了，
它告诉我一会儿是下雨还是暴晒。

我走在去往草原的路上，
小伙子们骑着马等在下一个路口，
姑娘们正在准备美食，
质朴美好的生活像鸟蛋一样脆弱，
我要把它孵成小鸟，让它在天上飞翔。

我走在去往草原的路上，
路很长，通向一个又一个天边。
原来我已经在这里很久了，
翻过了许多的天际线，
看过许多的鲜花摇曳成繁星满天，
看不够，绣着花边的衣服。
听不够，晚风里的歌。
享不尽的欢乐，诉不完的忧愁。
孤单又有爱，
无尽头的路，无尽头的深情。

关于蒙古民族的起源有个苍狼白鹿的传说。狼多生活在森林和草原间，以草原上更为繁盛，而白鹿多半是指驯鹿，这种鹿能长到通体苍白色，或者身体呈灰色，脖颈是白色的。按照蒙古民族自己的起源传说，这个民族最早出现于森林，从森林走向草原。而内蒙古自治区，不仅有大面积的草原，也有大森林，绝大部分大兴安岭山脉都分布在内蒙古自治区。所以我们探访草原现代时，也要从大森林开始，从森林走向草原。

被误读的地理

你不理解我，不等于我错了，当我们被误解时常常有这种感受。但是换句话说，我们不理解别人，也不等于别人错了。当我们误解一片土地时，就更不等于这片土地错了。经常走在外面，就会发现，我们习惯于坐井观天，对历史、文化甚至自然科学的误读比比皆是。

2012 年夏天，我从海拉尔出发，搭车前往位于兴安岭北部的阿里河，车上有两个上小学的孩子。在陈巴尔虎旗草原上的一个旅游点吃午饭的时候，他们总是问自己的“舅姥爷”：“我们什么时候到东北？”

“舅老爷”是个四十来岁的阿里河人，阿里河是呼伦贝尔市鄂伦春自治旗的旗府所在地。每次孩子问他这个问题的时候，他就无奈地皱着眉头反问：“你现在不在东北吗？”

小孩儿立刻就沉默了，露出很无辜的表情，但是过一会儿他就会再问一遍。终于那个小姑娘反驳了：“这是内蒙古！”

“那我们要去的地方就不是内蒙古了吗？”我问小姑娘，“你的内蒙古是什么意思？”

小孩儿又“晕”了，舅老爷嘬着牙说：“别问这种没脑子的问题行吗？”

两个小孩儿的祖父母辈曾经是大兴安岭中的林场工人，先后在牙克石、根河、阿里河一带的几个林场工作过，后来回了河南老家，这次带着儿孙故地重游，看望仍然留在这里的孩子们的姥姥。在孩子们学到的知识中，东北有大森林，内蒙古有大草原。很多人不知道大兴安岭的绝大部分都在内蒙古，是大森林，同时它又属于中国东北的范畴。东北这个概念并不只有东三省，还包括内蒙古东北部。生活在这里的人觉得天经地义的事情，却很难向外人解释清楚。

十几天以后，我坐车从阿里河去根河，车上有个背包客，看着窗外的森林，忽然问旁边的人："这里怎么不是草原？"

"这是森林呀！当然不是草原。"一位老林业员不屑地说。

"这里不是内蒙古吗？"那个人局促地追问。

"内蒙古就非得是草原呀？"

"哦，我知道了，那呼伦贝尔那边是草原啊？"

"我们这也是呼伦贝尔。"

……

"拽"一下吧，孔子曰："人不知而不愠不亦君子乎？"——你不理解，不等于我错了。如果说我们误读了历史还可以辩解说我们这是另一种视角，但是误读了地理就只能承认自己的荒谬了，高山大河森林草原就摆在那，它们是不会错的。

从地理上说，大兴安岭山脉总体上呈现东北—西南走向，全长1220公里，宽200~300公里，北起黑龙江畔，南到赤峰北部的希拉沐伦河上游，余脉深入到河北境内，东侧为东北平原，西侧为内蒙古高原。从行政区划上说，大兴安岭大部分山脉在内蒙古境内，经过呼伦贝尔市、兴安盟、通辽市、赤峰市，锡林郭勒盟东端也挂上一点边，其中在呼伦贝尔市这一段最长，面积也最大。同时，黑龙江省行政上有个大兴安岭地区，这是个地级行政区，主要包括大兴安岭东北角的各个林场，其中的加格达奇是行署所在地。加格达奇在行政区划和国家地图上属于内蒙古，但租借给了黑龙江，行政管理归黑龙江。连网络信息也把大兴安岭山脉和大兴安岭地区混为一谈，以讹传讹，就不能怪孩子们糊涂了。

按照孔夫子的标准，高山大河是真君子，因为它们不会为人类的无知而愤怒。但是现在我们也许有必要了解大山了，作为大山的孩子，当人类长大了，不再是受大山呵护和教导的孩童了，有必要了解自己的母亲，懂得怎样孝敬，怎样奉养。

母亲的背影

穿过呼伦贝尔草原东北部的陈巴尔虎旗的时候，我看着窗外的风景突然想哭，这宽广无边的风景竟然如此温柔。

我除了经常用文字表达，与一片土地对话，也喜欢摄影。我拍过很多草原的图片，但是总觉得和有些摄影师拍的风光片不一样。有一天，有个呼伦贝尔的朋友在微博上贴了他在呼伦贝尔草原拍的照片，我回帖说："你拍的草原是柔软的，我拍的是坚硬的。不知道为什么？"这话说得多少有点傲慢，觉得人家不够写实，但是我也有一点奇怪，在我早期拍的图片中是有柔软的草原的，不过后来就没有拍到过了。

这一次去呼伦贝尔，我忽然间就明白了那个疑问，因为我很多年没有在盛夏到过呼伦贝尔了，我的大部分照片是拍摄于锡林郭勒草原的，或者拍摄于严冬的呼伦贝尔。内蒙古最美的两片大草原其实是不一样的，锡林郭勒是相对坚硬的，而呼伦贝尔在夏季来临以后是柔美的。

呼伦贝尔之所以柔美，其实背后藏着一个很简单又容易被忽视的自然地理学原理，呼伦贝尔草原主要的类型是草甸草原，而锡林郭勒草原的主要类型是典型草原。草甸草原的水资源丰富一些，典型草原相对要干旱一些，所以草的种类不一样。典型草原上经常生长带着"银针"的针茅、硬扎扎的冷蒿这一类的植物，而盐碱洼地上生长的芨芨草干了以后更硬，羊都不愿意咬，这些草连成片以后，整个风景多少就有了点坚硬感。但是草甸草原上，针茅和冷蒿就少得多了，可以看到更多灰色的细软的羊草和其他柔软的草，而湿地上多长柳条和芦苇，各种又细又软的草连成片以后，整个草原也显得柔软了，风吹过，草上有浪，泛着光泽，就好像丝绸一样。湿度的不同造就了草的不同，而不同的湿度源自它和大兴安岭的距离，蒙古草原的年均降水量在 300 毫米以下，蒸发量在 2000 毫米以上，草原仰赖大山里流出的无数河流的滋养，距离越近，越湿润，所以山是草原的母亲。

山不仅是草原的母亲，也是草原民族的母亲。吉祥之家的爸爸妈妈——布仁巴雅尔和乌日娜夫妇在推出“吉祥三宝”、成立了“五彩呼伦贝尔”儿童合唱团之后，又做了一部反映使鹿鄂温克生活的舞台剧《敖鲁古雅》，他们每个夏天都会在海拉尔和根河两地演出。敖鲁古雅是大兴安岭中的使鹿鄂温克部落生活的地方。从今天的民族归属上说，布仁巴雅尔是蒙古族，乌日娜是鄂温克族，但是在布仁巴雅尔看来民族是个复杂的概念，可这个概念一旦确定，大家就会产生很强的群体意识，这也不知道是怎么回事？乌日娜是呼伦贝尔草原上的鄂温克族，鄂温克族是从事畜牧业的，但据说也来自大森林，而且时间并不长，只有二三百年；而布仁巴雅尔是巴尔虎蒙古人，虽然他们今天是牧人，但是总爱说自己是林中百姓，这个部落历史上曾往复于森林和草原之间。出于共同的关注，两个人一起制作了反映森林原住民生活的舞台剧《敖鲁古雅》。

我问布仁巴雅尔，在他们采风的过程中，有没有什么重要的发现？他说：“有啊！太多了！我们蒙古人是哪来的？是森林里走出来的！我们为什么要祭祀敖包？因为我们要祭祀山呀！到了草原上没那么多山了，怎么办？拿石头也得象征性地垒个山出来。敖包上为什么要插树枝、柳条？因为森林里有树呀！”

据《蒙古秘史》上记载，元朝人的祖先是一只苍色的狼和一只颜色惨白的母鹿相配生下来的，第一代始祖的名字叫作“巴塔赤罕”，他是成吉思汗家族和成吉思汗时代众多的贵族的祖先。苍色的狼，我们今天还经常能够在草原上看到，就是灰狼，而惨白色的母鹿如今也还在大兴安岭的森林中，就是驯鹿。在《蒙古秘史》中，比较早的先祖还有吃鹿肉的记录，但是到了成吉思汗前几代马的地位大幅度提高，看不到鹿的身影了。进入草原的蒙古人骑上了善于在开阔的草原奔跑的马，而把鹿留在了大森林里。但是走遍世界的蒙古人仍然记得，他们是从森林里走出来的，他们的

“老祖母”是一头惨白色的母鹿。

风雨的来由

“积土成山，风雨兴焉。”很久以前，人们就注意到山可以兴风雨，今天我们知道，暖湿的空气遇到山就会上升变冷，而形成雨，于是大兴安岭不仅使干旱的北方地区兴起了风雨，还是许多河流的发源地，河流离开山区又滋润了东部的松嫩平原和西部的呼伦贝尔草原，大兴安岭向东南绵延，进一步滋养了东南部的科尔沁草原、辽河平原和西北部的锡林郭勒草原的东南部及赤峰的克什克腾地区，河北的风水宝地承德也靠这座大山的恩赐。

进入大兴安岭，就是如诗如梦的白桦林。老舍先生在《林海》中形容白桦树是“少女的银裙”，确实，白桦树多长在坡地上相对较低的地方。所以像整座山的裙子，而到了最低河谷里就会生长杨树和柳树，山坡高一点的地方生长落叶松，大片的兴安落叶松是大兴安岭北部西坡的主旋律。呼伦贝尔市的额尔古纳、根河、牙克石三个县级市都在大兴安岭北部的西坡，在这里，你基本上可以用车窗外的植物判断自己是在上坡还是在下坡，以及大概在山岭上的高度。大兴安岭的山势一直都是那样，非常平缓，渐渐地隆起，高山深谷也有，但是不太多，多数情况下，在你感觉不到的时候就很高了，不知不觉间又低了，除了司机加油和收油之外，只有草木泄露着大山的秘密。没有燕山进入北京平原时那种三级跳的感觉，也没有太行山那样的峭壁，不像横断山有大峡谷，在兴安岭有时候翻过了山脊也不太感觉到。只是行政区之间要么以山脊要么以河流为界。

在大兴安岭北段中部山坳里生长着一种“偃松”，这种松树在其他地方很少见，它几乎是灌木，绿得发亮的枝丫像孔雀尾巴一样伸展着，枝头打的松子恰好就是孔雀尾羽上的“眼睛”。在外界看来原始而神秘的使鹿鄂温克族就生活在这一带。

裸子植物是比较容易形成地方势力的，如果人不加干扰的话，它们的分布区可能经年不变。大名鼎鼎的樟子松现在在大兴安岭各处都能多少见到一些，这是林业部门多年人工植树造林造成的植物种群扩散。实际上樟子松原本只长在大兴安岭中部的红花尔基一带，它需要一点沙质的土壤，比兴安落叶松更需要温暖一点的气候，它的生长区西边就是广阔的呼伦贝尔草原。

大兴安岭的北段主要是南北走向，经过兴安盟附近地区折成东北—西南走向，一条河从西坡缓缓流出，叫作哈拉哈河，它穿过锡林郭勒草原东端，流入蒙古国的一角，从那里汇入贝尔湖，从贝尔湖出来的乌尔逊河流入呼伦湖，在离开大兴安岭已经比较远的地方形成广阔的湿地，并在此和大兴安岭再次相遇，湿地接纳来自东方的伊敏河、海拉尔河、莫尔格勒河，这些河流共同养育呼伦贝尔草原。这片湿地向北流出的是额尔古纳河，一路收纳北部的根河、激流河，形成黑龙江干流。

嫩江发源于兴安岭北部的东坡，离黑龙江干流只有一山之隔，但是却要在数千里外与黑龙江相遇并融为一体。而一旦翻过了大兴安岭最高的山脊也就是嫩江和额尔古纳河的分水岭，植物就变了，阔叶树明显增多，从相对单一的落叶松林变成了混交林，越往小兴安岭的方向走，就越明显。到了嫩江附近，小兴安岭的红松也登场了，但是不像伊春那边形成茂盛的单一的红松林，这里的红松只是零星的几棵或小片。嫩江是内蒙古和黑龙江的省界，西边是内蒙古的鄂伦春自治旗，东边的黑龙江一侧也散布着鄂伦春村落。

嫩江沿着东南山麓一路接纳各种支流逐渐加宽加深，形成广阔的湿地和美丽的河曲，到靠近扎龙湿地附近，向东北流去，进入松嫩平原，再进入三江平原，在那里和它老家的亲戚——黑龙江握手。在嫩江拐弯的地方生活着许多达斡尔族人，大兴安岭东边的人多从事农耕，而西边则有很多牧民。

大兴安岭过了嫩江拐弯的地方往南，希拉沐伦河以及辽河水系的诸多河流发源于此，滋养科尔沁草原和辽河平原。在科尔沁草原大规模农业开发之前，这里不只是“风吹草低见牛羊”，而是骆驼进去以后，驼峰会像船漂在水面上一样露在草梢上，人进去了都找不到。科尔沁部起源于成吉思汗的弟弟哈萨尔和他的属民，因为擅长使用弓箭而被命名为“科尔沁”——弓箭手。经过数百年，科尔沁部从额尔古纳河流域东迁到嫩江流域，被称为“嫩科尔沁”，而后向东南搬迁到辽河上游。在这里他们和后金相遇，经过几番较量，承认并拥护后金的君主，成为他们打天下最重要的同盟者。

大兴安岭南段的西北坡则有乌拉盖河等一些小河滋养着锡林郭勒的乌珠穆沁草原。大兴安岭再向南绵延进入赤峰境内，它的一条余脉上长着有植物活化石之称的“沙地云杉”。大兴安岭的主峰黄岗梁也在赤峰克什克腾旗境内。

我这次到达大兴安岭的季节在阳历七月，已经到了大兴安岭“采秋”的季节。住在林区的各种人都骑上摩托去山里采秋，先是蓝莓，当地叫作“都柿”，而后是北国红豆，当地叫作“雅格达”，而蘑菇则是每次雨后人们的追求。林间有大片深一脚、浅一脚的湿地，苔藓、浆果、草、蘑菇养育了当地的野生动物，虽然如今它们已经难得一见。

而我上次感受到大兴安岭，是在千里之外的克什克腾旗。那是一个严寒的冬天，我们去草原上看冬季那达慕，暴风把雪吹成了烟雾，羽绒衣好像纱布一样透风。我们提前结束草原上的活动开车往回赶，路上风渐渐息了。到了旗里，我跟旅游局的额尔登木图大哥说：“好像过了一个山，风就小了。”他笑着说：“你知道你过的是什么山吗？那就是大兴安岭。”回想起来我们好像只是过了一个不太高的土丘。大兴安岭不仅供水，而且收风，东北平原和华北平原这两片风水宝地也都仰仗着这座高山。

鄂温克猎民

布冬霞是大兴安岭北部的鄂温克族猎民，住在离根河市区50公里左右的山林里。在她的猎民点附近，我们停下车，路边有条清澈的小河，上面有原木的小桥，好像到了童话世界一样。过了桥，周围都是茂密的森林，地上喧喧的，都是松针。林间狗叫声骤起，一个穿红色长袍的女人走出来，她就是布冬霞。“这是我二姑!”根河市人民代表大会常务委员会主任古新军介绍说：“这就是她的家，你在这随便看看吧！鹿就在山上！看见了吗？在那里!”我顺着他指的方向看过去，渐渐地在树林里看到了越来越多的鹿，并不是鹿逐渐多了，鹿群本来在那儿，只是我要过一会儿才能发现它们。布冬霞的营地里有三顶帐篷、两个撮罗子（又叫仙人柱，是鄂伦春族、鄂温克族、赫哲族等东北狩猎和游牧民族的一种圆锥形“房子”），这个猎民点有两户人家。鹿群在营地后面，鹿的脖子下都系着铜质的鹿铃，山林里飘荡着悦耳的铃声，更显得山林静悄悄的。布冬霞的丈夫用拳头打了古新军几下，笑骂着表示欢迎。

我到布冬霞家不久，狗又叫起来，一辆大巴车停在刚才的小木桥边，布冬霞往外迎接，领队的人说：“这就是原始部落，这就是他们的女首领。”游客们立刻就尖叫起来，大喊着“啊！他们就住这呀？”“鹿在哪？会不会咬我呀？”寂静的山林一瞬间就变得人声喧闹。其实这个猎民点只住了两家人，谈不上部落，也谈不上首领。不过被人这么一介绍，布冬霞就是原始部落的女首领了。

玛利亚·索的猎民点距根河市两百多公里，那时猎民点还没有经营旅游业，据说民风更淳。这个猎民点住着六七户人家，有四五顶帐篷。玛利亚·索家的在最里面，新扎的帐篷地面上还有花花草草，一条不友好的大狗就趴在我坐的床底下。

玛利亚·索的女儿得克沙正在洗从市场上买来的黄花鱼，而她的儿子

一把搂住司机，问他有没有带点啤酒？司机说没有，他笑着打趣他说：“那你跑这么远来干啥？”这个猎民点离周围各个镇子都远，跑进来看他们是应该带一些不容易保鲜的东西，于是他俩开始讨论啤酒算不算容易变质的东西。而后，司机抱怨道：“你们搬家了也不留个标志，我都找不到！”“我的车不是在路口呢吗？那个黑车你没见？”下砂石路的地方停着辆黑色的轿车，是玛利亚·索的儿子的，开不进猎民点上，就停在那了，我的司机是附近的汗马保护区安排来送我的，和这家人很熟，我们就是根据那辆车找进来的。

玛利亚·索一直被誉为鄂温克族最后一个酋长，但是布冬霞告诉我，我们鄂温克族有头人，没有酋长，玛利亚·索只是森林里年纪最大的老人。而得克沙提到母亲时只是说：“我不能下山，我不得在这陪她吗？”老奶奶九十多岁了，对不时打搅她的访客有些疲惫，他的儿子给她找到了一个铜质的古老鹿铃，她立刻高兴地笑起来，反复摩挲，她家现在用的鹿铃大都是半个自行车铃，很少有这么讲究的鹿铃了。

得克沙有意无意地和我聊天，她很快就知道了我认识哪一拨到她这里来采访过的人：“《人与生物圈》那个报道很有深度，对我们帮助很大，韩老师，郑宏他们都还好吗？你们还能见吗？韩老师退休了吧？郑宏很能干……他们那个报道前，我们被赶来赶去的，从那以后，慢慢地就好了！现在林业部门的领导也经常来看我们，问问有什么困难，比那时候好多了。2003年让我们下山来着，根本不是那个事，鹿怎么能圈养呢？现在也没人提了。”后来我听一位摄影师说，他到这的时候，得克沙也很快就说出了他认识的摄影师的名字以及他们的摄影风格和为人特点。而《中国国家地理》的大队人马来到这里的时候，得克沙也很快就知道跟谁可以提到谁。她有非常强的交往能力，对外面的世界一点儿都不陌生。

我从以前写他们的文章里了解到，过去的鄂温克族是不锯鹿茸的，开始的时候，他们也接受不了，觉得让鹿受苦了。得克沙一边洗鱼一边说：

“我们这离城镇远，主要靠锯茸，不像布冬霞他们离城市近的，可以不锯，搞旅游业，留着好看。我去过挪威，那也有养驯鹿的人——萨米人。”“我跟他们那儿的养鹿协会主席约翰聊天，他听说我们这的鹿锯茸，就说：‘在挪威鹿锯茸是要坐监狱的。’我就问：‘那你们养鹿的经济收入从哪来呀？’他说：‘卖鹿皮和鹿肉。’我说：‘那你们卖鹿皮和鹿肉把鹿的命都要了，不犯法吗？’老头就笑了。”得克沙也笑了，又机智，又朴实。

“这个事就是这样，养驯鹿的民族在北极附近各个国家都有，但是每个国家情况不一样，生存方式也不一样了。像英国、德国的驯鹿民族主要就是搞旅游，挪威的萨米人实际上他们可以跨界，瑞典、芬兰都能去，他们主要是卖鹿皮和鹿肉，咱们这因为中国有中医的缘故，所以卖鹿茸，咱们这鹿少，卖皮、卖肉就不能当成主要的了，保护还来不及呢！蒙古国的查腾人也是养鹿民族，他们养鹿又和我们不是一回事，因为蒙古国的人喜欢奶食，他们还卖鹿奶的奶豆腐。实际上我们和俄罗斯阿莫尔州的埃文基人一样，埃文基我们说就是 ewenki，一样的，翻译时不一样了，我们两边话也通。他们养驯鹿不卖肉也不锯茸，就是个交通工具，纯靠打猎，他们那猎物也多……”

如果得克沙真生活在原始社会，那我们对原始社会的认识可真不靠谱，她住在兴安岭深处的一个小帐篷里，但关于自己的民族万里之外的事情她都知道。

山林的孩子

从 2011 年开始，一到夏天，舞台剧《敖鲁古雅》就在根河和海拉尔两地上演。这个舞台剧讲述了一个简单而又经典的爱情故事，一个养驯鹿的少女遇到了狼群，被勇敢的猎人救下，并且把她带回了营地，营地里的猎人不服气，和他比试，甚至打斗起来。家中长者让他们到猎场上比试，他们遇到了熊，经过一番坎坷，美丽的少女和她的救命恩人终成眷属。这个故事是用舞蹈表现的，虽然叫作原生态舞台剧，但是大部分演员并不是使鹿鄂温克族的，而是呼伦贝尔本地少数民族青年。孩子们在舞台上非常卖力，每天晚上演，仍然跳得高，舞得起劲，丝毫不马虎，解释这一原因，除了排练时用心以外，更因为舞蹈唤醒了孩子们血脉里对森林的热爱，所以他们在表演的时候是投入到故事情节之中了，享受故事中今天已经不容易过上的生活。

舞台剧中有一个情节，猎人们不正面提“熊”，只是说“它”，猎到熊以后，要把肉分给乌鸦，表示是乌鸦吃了熊肉，以逃避神灵的惩罚。和盗猎者相比，森林里的猎民对野生动物取之有度，心存敬畏，但是和森林外的人相比，猎民对野兽出没又非常淡然。

那天到布冬霞家的时候，远远地看到一头公鹿回来了，我什么异常也没发现，但是布冬霞立刻就去了鹿群那边，然后就大声喊她的丈夫，她的丈夫也上去了，两人在一起议论。原来公鹿的臀部和后腿有伤，看不到血，只有皮毛上有凹陷的抓痕，好像是一种中型食肉动物抓的。“哎，不是黑瞎子，”布冬霞的丈夫说，当地人管森林里的熊叫作“黑瞎子”，“黑瞎子比这厉害，这东西个头不大，不过也挺厉害的，不是猞猁就是貂熊。这鹿够厉害的，要不就完了！有点本事！”他一边说，一边比画猛兽扑咬驯鹿时的姿态，推测猛兽的个头和扑咬过程。

我听了一凛：“这里还有猞猁和熊？”

“有！”布冬霞回答。

“会到营地里来吗？”

“猞猁不来，熊会来。”

“熊来了怎么办？”

“不用理它！”

虽然每天游客人声嘈杂，但是布冬霞一家人并没有变得和那些游客一样，他们对森林中的一切保持着淡定和熟悉。熟悉使他们对我们恐惧的事情不感到恐慌，猎民不会因为驯鹿受到袭击就去追捕猛兽，就像城里人不会因为出了车祸就要求把汽车都砸了一样。

《敖鲁古雅》剧的总导演乌日娜家的墙上有一张撮罗子照片，森林里下着雪，一个圆锥形的撮罗子静立其间，非常美。我忽然想到一个问题："这个很冷吧?""就是呀！冷!"乌日娜拖长"冷"字的声音，肯定地回答。

"撮罗子鄂温克人叫'仙人柱'，其实发音是'斜让'，是去掉树枝的树干的意思，让他们一翻译成了神仙住的地方了。"古新军说，"搭仙人柱不能刨掉树皮，不然下雨就流到里面来了，留着树皮，别看顶上是空的，雨雪都进不来。特别科学，特别有道理！搬家的时候，只拆外面的皮，真正里面的'斜让'不搬，不像蒙古包要拆木头架子！我们鄂温克人在森林里看到这个不能破坏，就算没人用了，也只能让它自己烂掉!"

但是现在鄂温克人都住白帐篷了，钢制的骨架，是新中国成立以后政府为了提高猎民的生活水平，向他们推广的。"以前，我们二十多天就搬家，现在搬一次可麻烦了，得打电话让乡里派卡车来，半年才搬一次。以前我们周围垃圾多了就搬，鄂温克人不在脏地方待着。现在帐篷沉了，也没那么多地方，我们也习惯了。"得克沙抬头看了看周围杂乱的环境说，"以前也没有白色垃圾，就是吃剩下的东西，但是我们鄂温克人到现在不扔白色垃圾，在林子里发现了，都聚拢起来在适当的时候运到乡里去，绝对不在森林里乱扔!"

驯鹿喜欢吃苔藓，这个食性不仅让外面的人听着惊讶，就是在布冬霞和得克沙的猎民点附近，也看不到多少苔藓。不过得克沙的猎民点不远处就是汗马保护区，这个保护区被誉为中国最原始的保护区之一。我从中心站徒步进入保护区，里面是各种类型的湿地，走在森林里，像走在海绵上一样，一脚踩下去都是苔藓，保护区最核心的地方很难进去，据说那里有一个碱场，碱场中间还有鄂温克人捕猎用的围栏，是一个木头圈子。森林里的很多动物，如驼鹿、马鹿、狍子都需要吃碱，它们经常会去碱场舔碱，不小心就进入了木头围起来的大圈中，猎人在外面开枪，动物一下跑不出来，就被打到了，虽然曾经长期作为鄂温克人的猎场，那个地方还是成了兴安岭野生动物最后的庇护所。虽然得克沙也会抱怨：“本来是我们的地方，现在不让进了，成了保护区归林业了！”但她还是说，“保护起来好，咱们国家的保护区就是太少了！我琢磨着，这大森林、这些动物，太应该保护了！早就该保护了！保护的力度还是不够。”

驯鹿和其他种类的鹿一样，也喜欢碱，驯鹿夜里自己出去到森林里吃苔藓，而猎民只要在家里准备上碱，大部分驯鹿就会自己回来。白天，猎民们还会在林中点燃一些潮湿的倒木，没有明火，只是为了沤烟，烟可以驱走夏天的蚊虫，于是驯鹿到了白天就主动回到烟附近休息。

《敖鲁古雅》舞台剧中还有一个很美丽的舞蹈——“仙鹤和松鸡之舞”。少女梦见自己变成了仙鹤，心爱的猎人变成了松鸡，他们相对着翩翩起舞。鄂温克人崇拜仙鹤和松鸡，乍听上去有点儿搞笑。在汗马保护区，我们一起进山的两位动物学家都是研究鸟类的，一位是林业大学的郭玉民老师。一位是李显达，他在山脊另一侧的嫩江流域从事鸟类保护，他工作的那个地方刚刚建立了黑嘴松鸡保护区。而郭老师一到保护区管理局就开始打听这里有没有白头鹤的行踪。徒步在保护区之中，李显达又兴奋又神秘地说：“这个生境越走越像！”“像什么？”我问。“白头鹤的栖息地！”他说。现在不管在保护区里面还是在外围，见到松鸡还是比较容易的，但是鹤就神秘得多了。不过既然鄂温克文化中还能采集到仙鹤崇拜的内容，相信他们确曾和某一种或几种鹤共享家园。

独步大兴安岭，碰到的最多的人群，其实是林业的人，在林场上班的人、家属或后代。从 20 世纪 50 年代林业的人进入这里已经有三代人了，他们最喜欢跟我说的一句话是：“你一个女孩子跑到这个地方来，多遭罪呀！”而我离开布冬霞家的时候，她对我说：“你下次再来，冬天来！我喜欢冬天，冬天没这么多人！”这是很了不起的一句话。大兴安岭的冬天是零下四五十度的严寒，一个在冬天住过帐篷的人告诉我，那时候，睡在火炉边，一面烤火烤得皮疼，一面背火冻得肉疼。林业上的人们在这么好的夏天还觉得我是来遭罪，但是布冬霞说她喜欢冬天，冷得可以冻掉鼻子耳朵的冬天，是她的比夏天更美好的乐土。

失乐园

得克沙描述的埃文基人的生存方式是中国的使鹿鄂温克人从前的生活状态。他们饲养驯鹿作为森林里的交通工具，以打猎为生，和外面有商品交易。而今天中国的使鹿鄂温克人已经彻底放下猎枪，靠鹿茸和旅游业为生。而与他们操同一种语言的鄂伦春族则没有驯鹿，靠种地为生，保存着一点儿打猎的传统，有些民族乡每年的冬季还允许他们打猎两个月。据鄂伦春的非物质文化遗产传承人额尔登挂奶奶说，鄂伦春原来也有驯鹿，到了康熙年间就改骑马了。所以可以理解为两个民族各自保留了传统文化的一部分——使鹿和狩猎。

在新生乡闲暇的时候，孟中叔叔对我说：“我刚才去找一位老人聊天，他家院子里有三四条猎狗，那狗真不错！在家里可温顺了，一旦进了山可不一样了！”孟叔带我去看了那些狗，和看家狗不一样，不在家附近攻击人。新生乡这些貌不惊人的狗也引起了来参加活动的人们的注意，并且把它们视为狩猎文化传承的现象。但是现在新生乡的猎民每年只有冬天的两个月有枪，还可以到森林里打猎，这种打猎已经谈不上生产劳动，更像娱乐活动，十几个小伙子出门半个月，打不来两只动物。按照我们现在对自然界的认识，打猎是一种非常不靠谱的生活，温饱不足。

但是吴雅芝回忆说：“我们小的时候，不是这样的，我小时候从来不担心家里狍子肉吃光了，那狍子就在我们家附近，眼看着狍子肉吃光了，我爸爸出去一趟，一会儿就拎一个回来。”

一个在电视台工作的鄂伦春族小伙子说："我们鄂伦春族，以前哥俩说聚聚喝点酒，一个去劈柴生火，一个拿个筛子去捞鱼，现捞现吃，下了锅两个人就可以喝起来了。"

按照鄂温克族对季节的认识，一年有六个季节：图斡是最冷的季节，大致相当于公历的十二月到一月；西勒是雪变粘的季节，大致在公历的二月和三月；以此类推，每个季节两个月，能涅是春天，就乌是夏天，郝米勒和是蚊虫多的季节，博咯是深秋，这是我根据得克沙的发音用汉字记下来的，跟原来的音不是很准。每个季节，大自然都有不同的赐予，山里人都会有不同的美味，也有不同的生产劳作，生活的乐趣也不相同。我们来这个季节就是蚊子多的季节，也是浆果的季节，蓝莓和红豆都成熟了，满山都是采秋的林业工人。

清朝建立以后，皇族对祖宗发祥地实行了封禁政策，封禁政策对山林居民的影响不太好说，因为外人不了解，没什么记载。而后清朝开始实行贡貂政策，森林里的百姓要向朝廷提供珍贵的皮毛。去收皮毛的官员叫作"安达"。安达本来是蒙古语"兄弟""把兄弟""铁哥们"这类的意思，官员叫这个名字有和当地居民套近乎的意思。安达收皮毛也带去森林百姓需要的物资，除了朝廷安排的，还有自己的私货，"安达"渐渐地成了商人的名字。

大兴安岭山脉中最早的一个林场是阿尔山林场，新中国成立以后，林业开始大规模进入大兴安岭，20 世纪 50 年代，大兴安岭陆续建了十三个林场，几十万林业工人进入林区，当时生活在大兴安岭北部山区的鄂伦春族不足 1000 人，鄂温克族虽然稍微多一点儿，但是生活在森林里的使鹿鄂温克族至今也不过 200 多人。林场工人进入兴安岭是来采伐树木的，一开始，鄂温克和鄂伦春居民还时常拿着猎物到林业工人的小卖部买东西，告诉工人们哪里能开路，哪棵是神树不能伐。但是那些粗大的神树首先成了林业工人的目标，林业工人那时候经常因为伐大树而出事故，虽然心存忌惮，但大树还是倒了。

后来，山民发现狩猎场也变小了。山民打猎有个说法叫作：“打公不打母，打弱不打强。”雄性的体质不好的野生动物在自然界没有交配机会，打了不影响种群繁衍，而且打掉了可以帮助大森林清理它们。所以鄂伦春人自认为是森林的清洁工。

得克沙回忆说，猎物真正减少就是在20世纪80年代以后，盗猎的一下子就多了，给点儿钱也就没人管了。到了2003年，要求使鹿鄂温克族下山前后的几年，鄂伦春旗也开始禁猎和搬迁，有的地方禁猎十个月，能打猎的两个月也没办法打到猎物。没有猎物，狩猎文化也就难以为继了。

我问得克沙：“你觉得驯鹿文化还能承传吗？”

她想想说：“应该会吧！都说不行了，可我想着，你要是有六十头鹿，你的孩子能说不要它了吗？”

这就是使鹿鄂温克人。布冬霞一家养驯鹿的主要收入来源是旅游业，她的名片就摆在根河市边上的敖鲁古雅乡的博物馆里。游客也可以在博物馆买到来她家旅游的票，然后集体坐车上来。她们家旅游的年收入有20万~30万元。她生活在森林不是没有经济实力过“更好的生活”，而是因为她不觉得城里的生活是“更好的生活”。而守护驯鹿群对得克沙来说天经地义，她对外面的世界并不陌生，只不过我们眼中充满诱惑的物质世界她却没觉得怎么样，而且她相信驯鹿对她的后代子孙也依然重要。

我猜想或许就是山林里的人们这份对森林的爱、对亲人和朋友的不苛责、对物质的淡然、对严酷的环境的适应使他们生存能力超强，经常迁徙使他们见多识广，而且他们还有一个神奇的能力是善于认出纯净的灵魂。

同一种文化，用不同的目光看，得出的结论是不一样的。几年前，我在北京的蒙古族朋友们在网上传一组国外摄影师在俄罗斯拍摄的驯鹿的生活画面，一些穿着兽皮的年轻人正在风雪中分解新捕的猎物，一个漂亮的小姑娘，吃得满嘴是血，对着镜头露出明亮的笑容。用一般中国人的眼光看，他们真是过着茹毛饮血的原始生活，但是这些蒙古族朋友传递这些照片时却是因为世界上还有人这样生活，让他们觉得这个世界还有希望。

迁徙的力量

沙暴来袭

“茫茫草原，郁郁寡欢，鸟不语，花不鲜，无奈苍天不下雨，又是大旱年。茫茫草原，八方围栏，封大地，锁自然，无奈热浪滚滚来，吹干了饮水泉。骄阳似火，烈日炎炎，风卷黄沙刮满天，可怜我的羊群，可怜，可怜……” 20 世纪 90 年代，腾格尔创作了这首《又是大旱年》，歌中就唱到了网围栏的问题。1996 年前后，网围栏开始大规模推广，蒙古人本能地认为这件事不对。十几年来，随着网围栏的推广，草原持续退化，牧场斑块儿状沙化，大型野生动物消失，游牧变成了定居，网围栏能偶然让一小片草地比别处草多，但是却干扰了整个生态系统。

元登阿爸的家在东乌珠穆沁旗的额吉淖尔苏木，这里曾经是锡林郭勒草原上最好的地方之一。有一段时期，每到春天来临，都会有沙尘暴。元登阿爸把沙尘暴叫作“沙漠风”，“一刮沙漠风就全完了，草场就长灰菜了，你知道灰菜吗？猪吃的那种草，灰菜到了秋天就干了，一干就什么都没有了。”

我住在元登阿爸家那年是 2010 年 4 月。四月份的北京草长莺飞，鲜花烂漫，但是四月份的草原离返青还有一个月，这也是草原最残酷的季节。春天已经来了，雪化了，大风起了，但是牧草还没有返青。有一天晚上风特别大，清晨天色昏暗，土黄色的阴霾笼罩着大地，风还在继续刮。天亮以后，天空的颜色逐渐加深，从土黄变成橘黄，又变成了土黄，那时沙尘暴越来越重，随着太阳升高就变成了橘黄，随着土越来越厚，就又变成了土黄。外面的能见度非常低，寒冷刺骨，阿爸和额吉都是六十岁的人了，却穿防风服，像个太空人一样，骑上摩托去看放在野外的羊。

草原上，沙尘暴有很多种，有远方来的和本地起的。那天的沙尘暴就是本地起的。元登阿爸的羊圈离房子一公里左右，由于牲口经常在这个地区活动，方圆三四公里范围内完全秃了，这就是“斑秃状退化”。在牧民刚刚开始定居的时候，就有人预言过，房子和棚圈周围会发生斑秃状退化。但是当时外界还有种议论，牺牲小片可以保护大片。但事实不是这样的，小片的土地裸露以后，会随风起土，而退化的土地上多长一年生的灰菜，灰菜细小的种子也随风传播，这种植物生长速度飞快，抢夺其他植物的营养，同时不能过冬，也就不能在风大的春季保护草原。就这样，沙尘暴形成一种恶性循环。

20 世纪 90 年代以前元登阿爸还没有见过沙尘暴，住在他家西边二百公里的敖其尔苏和，2000 年第一次看到沙尘暴；住在他家东边二百公里的牧民琪琪格，2007 年第一次看到沙尘暴。

“从拉上网围栏，一年不如一年。”和元登阿爸同一个嘎查的敖云毕利格也这么说。在草原上，降水的时空分布不均，同一片草原，东边日出西边雨是常事，草好不好也是动态的：去年好，今年不一定好；两公里外好，这边不一定好。这个道理讲给生态系统相对稳定的南方人很难很难理解。但是有一次我跟大兴安岭一个保护区的负责人聊天说：“这就像你们山里的红豆，今年这片山长得好，明年那片山长得好，大家收秋的时候都去长得好的地方收，明年还能长，非要在长得差的地方收，又累又收不了多少，如果在长得不好的地方收，为了多收连秧一起拉，第二年也不能长好了。”

他立刻说：“哦，是这个道理。”

“另外，你们保护动物，应该也知道，一个数量在 200 左右的动物种群是相对稳定的，如果一下子打猎打到了十七八个，绝不是明年不打了就能恢复的。”

“那当然。”他说。

草原也是这样，长势不好的草场如果非要利用，吃绝了，恢复也不是一年、两年的事。但是在草原实行承包制以后，每家放牧的地盘都固定下来了，即使今年自家这片草的长势不好，也不能去别人家。于是一年、两年，草场退化以后再想恢复就难了。

传统游牧是一个非常复杂的系统的科学体系。我在呼伦贝尔草原上见过一位七十多岁的老牧民吉格米德，他原来有一个重要的工作，就是勘察草场，规划整个嘎查下一个季节大家往哪里迁徙，各家在哪里扎营，扎营多少天，哪一块草场今年用，哪一块留到明年用，要不要去其他嘎查或者旗县借草场，带着牲畜出去“走敖特尔”。我问他一些具体的判断方法时，他拿出一块手绢，铺在身边说：“我们在草地上选一块方形的地，看里面有多少种草、多高、密度怎么样、都长了哪些种类，我们不止做一块，在离河近的地方、远的地方，山坡上都要选。”我刚刚跟着内蒙古农业大学做过一次草原考察，因而发现这完全是农业大学今天使用的评价草原质量和健康状况的方法。而这只是牧民勘察草场的方法之一，此外还有天气预测、气候变化预测等方法。在草场分到各家各户之后，这些方法就用不着了，已经很久没人问过老爷子了。

锡林郭勒盟东乌珠穆沁旗的老牧民元登阿爸说：“草原分到各家各户以后，家家的户主都是嘎查长，哪有那么多有本事的？”元登阿爸也当过很多年嘎查长，那时候，谁家的草吃得短了，他就会要求大家搬家。但是现在，他自己老了，草场也分了，没心气把羊群赶到远处了，于是自家的门前也退化得很厉害。几公里之外他的堂兄家草场就保护得很好。失去管理也是草场斑块化退化的原因。

“我这个草场以前就是过冬的地方，是老地方，本来是最好的!”他说，但是正是因为是过冬的地方，他的草场没有水源，夏天要靠拉水才能维持，为此他打井、借贷花去 20 多万元，卖掉了绝大部分牲畜，只剩下 100 只羊，仍然无力地看着草场退化。

从主动到被动

敖其尔苏和是阿巴嘎旗伊和乌苏嘎查的老嘎查长，阿巴嘎旗位于锡林郭勒盟中北部，因为这个旗的人是成吉思汗的弟弟别勒古台的后裔，所以得到这个名字——“阿巴嘎”，是叔叔、叔王的意思。这个部落在草原上四处迁徙，直到清朝中叶才确定在这个地方。

锡林郭勒盟中北部是典型草原向荒漠草原过渡的地区，生态脆弱，容易退化。伊和乌苏是当地硕果仅存的水草丰美的一个嘎查。“1958 年分草场的时候放牧的范围就固定下来了，以前草不好的时候边境那边我们都去放牧，边境线固定以后就不能去了，放牧半径也就是个 50 到 60 公里了。”虽然如此，由于地形的关系，伊和乌苏有很多无水草场，草场上没有河流、湖泊、湿地，也打不出井水，但是冬天下雪以后，牛羊可以一边吃草一边吃雪，所以只能做冬牧场用。伊和乌苏的冬季草场和夏季草场都相对完整而且距离比较远，分了草场以后，每家都分到五千亩到一万亩土地以内，还要既包括冬牧场又包括夏牧场，没有办法，因此只能每家分别分冬牧场、夏牧场、秋草场、打草场。这样虽然草场分到了一家一户，但每家仍然要按季节搬迁。几年后，伊和乌苏成了附近唯一幸存的嘎查。附近和他们水草条件相似的白音乌拉嘎查已经因退化严重全面禁牧了，而禁牧以后，也并没有明显的恢复。

过去人们总说，靠禁牧来恢复草原，这是农耕文化和游牧文化在思维方式上的冲突。但是我不这么认为，因为农民也是知道一些事情的，比如“掐尖”，以前冬小麦返青的时候，农民要用碾子压一下，或者用手掐尖，

甚至还会让小毛驴吃一下。从植物学角度讲，植物有顶端优势，掐掉顶尖，可以刺激侧枝生长，提高植物的密度。另外农民有句俗话：“庄稼一枝花，全靠粪当家。”如果土地上没用动物粪便，植物的长势就差得很远了。因此，靠禁牧恢复草原大抵是城里人想出来的，但凡接触土地的人不至于有这种想法。

“草场退化不是牲口多了，是循环不开了。”数百公里之外，有个叫闫军的牧民这样说的。闫军所在的嘎查叫作吉日嘎查，那里有个农业农村部重点项目“划区轮牧”。在嘎查上选 9 万亩土地，把 64 户牧民分成 13 组，把 9 万亩土地分成 13 个长条，每个长条分成 7 份，让羊在每个方块里待一天，7 天正好一个循环。这个项目投资 1700 多万元，用网围栏把土地拉成 13 乘 7 个方格，打 13 口机井，作为羊饮水的地方。然而问题是，吉日嘎查地势起伏，这 13 条土地有的在山梁上，有的在洼地里。草原上打井，也不是随便什么地方都能打出水的，13 口井中只有两口打出水来。所以一个很现实的问题就是，羊不能待在那些小方格里，必须每天回到各家附近的饮水点喝水。于是羊就得每天从小方格里出来，近处的还好办，远处的走了那么远再出来，还不够羊累的，而且牧道也没留，要走别人的方格才能出来。于是大家只好不把羊往里放了。而有水源的小块地，还能用，就有些人家在用。还有人把洼地里的小方格当打草场用了，所以原来全嘎查统筹使用的公用放牧场变成了支离破碎的、没办法使用的土地。“我们现在，这圈起来不让放，那圈起来不让放，我们嘎查放牧的土地一共就 20 万亩，这又祸害了 9 万亩，我们就没地方放牧了！”闫军说，“你说这 1000 多万元，给我们一家分个二三十万元，自己干自己想干的，不知道解决多少问题，就这么祸害了！”

浅一点说，游牧制度终结和草原退化的时间是同步的。而深一点说，顺应草原生态的传统管理制度被破坏了，新建的管理制度跟草原对着干，也就有了沙尘暴肆虐的局面。

敖其尔苏和当嘎查长时，也负责过勘察草原，安排各家去的地方，选择谁来做羊倌、谁适合做马倌、谁做牛倌，安排不会放牧的人做其他辅助性工作。游牧是一种更加接近于公司化的运作方式，公司里有不同的部门，运作公司的不同业务。

我有一次读《蒙古秘史》，看到铁木真离开札木合自立门户，立刻很多人来投奔他，这就好像一个公司的副总裁新开了一家公司，原来的员工就纷纷来给他干，如果是农耕社会这是不被理解的。社会科学院民族研究所的杜世伟研究了很多年游牧文化，他的妻子是个蒙古国的蒙古人，他对这一段也很有感触，他说：游牧这样的，你能判断水草变化、动物的迁徙时间和路线，只要你有游牧这方面的能力，大家跟着你都会好，所以大家就自带牲畜来入股，农耕的话就不可能了，因为你有本事没有土地也不行。

敖其尔苏和的儿子孟克图利格尔是如今的嘎查长了，现在伊和乌苏嘎查虽然还迁场，但是由于引入土地承包制度，每家的地盘都固定下来，所以必须迁到固定的地方，也拉了纵横交错的网围栏，不用再勘察草场了。牲畜承包到户，导致牛倌、羊倌、马倌的分工不能实现了，所以也不用分工了。他现在除了管大家搬迁的时间以外，就是管救灾，以及劝缺钱的牧民不要借高利贷。

从前游牧的管理重点是事先判断灾害可能发生的情况和时间，准备避灾和应对措施，现在管理重点是灾害发生时救灾和发生后解决经济困难问题了。

山不转水转

敖云毕利格前几年每年花三万元钱把他家后面的一万亩草场租下来，以扩大他的放牧半径。租了三年，他发现，如果那个地方不下雨，那不是白租了？于是他改变方法了，他把羊放到别人家的草场上，每家按游牧时代的方式，放半个月，按羊头数给人家开工资，半个月到了，再换一家，找草好能接受他的羊的人家，同时他的羊也可以经常换换口味，在湿地吃半个月，在山坡吃半个月，以保持营养均衡。

锡林郭勒盟南部的正蓝旗，苏乙拉图家也定居了，但是他每年五月份出去为整个嘎查看夏草场，六月全家带着牲畜去夏草场待一个多月，而后去从别的嘎查那里借的草场，直到十二月份才回家。

前几年由于分草场，大型牲畜生长困难，现在马群开始逐步恢复。敖其尔苏和说："马是种草的动物，一边跑，一边带着草种，蹄子一踩就种下了。"除此之外，动物的迁徙是一种重要的物质交换，粪便、身上挂的草籽、蹄子里带的土，都是物质交换。内蒙古农业大学的包翔老师做过实验，国境线另一侧还在游牧的蒙古国，土壤中的氮含量是这边的十倍。氮是植物生长最需要的营养成分之一，美国科学家甚至研究出，鲑鱼每年在阿拉斯加的洄游为当地带来了海洋中的氮，才有了浓郁茂密的森林。

那木吉勒道尔吉的老家在锡林郭勒盟南部的正镶白旗。正镶白旗植物资源丰富，但是人口密度大，加上外来人口多，在草场分产到户之后，他家只分到了 500 亩草场。草场亩数自然比农田亩数多得多，但是游牧没有半径就没法维持，为了供养儿女上学，他到了地处边境的满都宝力格来做羊倌。现在他的夏牧场距冬牧场 75 公里，而且还有秋营盘，距夏营盘 35 公里。主人家的羊群里，有 200 只羊是他的，在这里生活比在老家做地主还好。现在儿女都大了，各自成家，他继续跟着羊群迁徙，他知道这种生活发不了大财，但是也相信保持"小康"是没有问题的。

额吉淖尔的宝音一家兄弟三个，分过草场以后，牧民最愁的就是儿子多，女儿大了嫁给别人家，草场就给自己的兄弟留下，兄弟大了各自成家，越分越小，草场就倒腾不开了。宝音的哥哥已经成家，分家单过，弟弟也结婚了，并且承担照顾父母的责任，宝音的处境就难了，他不忍心再分割土地，可又不能不娶媳妇。除此之外，宝音还有个理想，就是回归曾经的游牧生活。一天他在集市上看到一个招聘羊倌的广告，在那木吉勒道尔吉做羊倌的那个地区，有一家在招羊倌。他应聘了，回到家，他对母亲说：“草好的时候，我没放过羊，满都那边草好，我要去体会一下，再说那边的羊倌干好了都能有两三百只羊，家里的地我不要了，他们那草场很好，新搭的蒙古包也给我住。”两三百只羊在宝音家这边已经是大户了，他们这里也有过每家八百、一千只羊的时代，但是随着草场退化，已经养不起了。我问他：“你住蒙古包行吗？”他说：“我在蒙古包里住到十五岁呢！怎么不行？”

家里虽然舍不得，还是给他收拾好了行李送他去，他的对象也跟他一起去了。他打电话回来说：“草好，就是有狼，吃饭都不踏实，老得出去赶狼。”宝音接完羊羔并没有实现在满都干成有三百只羊的羊倌的理想。接完羊羔，他又去呼和浩特打工，然后出门四处漂泊。

腾格尔在创作《又是大旱年》的前后，参演了一部电影，就是《黑骏马》，片中进城当了歌手的男主人公抛下了草原上的妹妹，让她的生活陷入了很深的困境。但是小说原文不是这个意思：在城里迷失了人生的男主人公到草原上寻找青梅竹马的妹妹，却看到生活淳朴的妹妹已经战胜了最艰苦的困境，过着艰辛而温暖的生活，而男主人公也知道自己错过人生最宝贵的幸福，但这次经历也帮他找回人生的方向。在草原上插过队，和《狼图腾》的作者姜戎在同一个毡房里住过的画家陈继群说：“哎，那个电影是谢飞拍的，他不懂！”

起初我不知道他不懂什么，看过小说以后，我知道了，作为外人，他们觉得游牧生产方式落后，生活在其中的人很辛苦。这个只是在不了解情况的时候，人们做出的想象。游牧在草原上是符合自然规律、自有道理的，即使草场分到各家各户，即使管理制度被破坏，还是只有掌握它内在规律的人能够生活好，也能让草原好。

北方的狼族

20 世纪 50 年代有一部电影叫作《草原上的人》，对很多人来说，那是草原生活第一次以可视的形式展现在人们面前。这部电影很快风靡全国，其中的插曲《敖包相会》至今传唱不衰。这部电影虽然展示了草原生活画卷，但是创作者对草原的传统文化却了解甚少。比如敖包是祭祀场所，不是谈恋爱的地方。这部电影还有一首歌，其中有句歌词："我们打死野狼是为了牛羊兴旺。"但是，无论从生态上、文化上、信仰上，这话都说不通。

洪水猛兽

长篇小说《狼图腾》于 2004 年问世，仿佛洪水猛兽来袭一样引起轩然大波。各种评论多得数不过来，批了什么我就不说了，再说我也没都看，更无心帮姜戎先生辩论。毕竟人家写了一本书，都没能说服别人，我多说两句也没有用。

不过人们对洪水猛兽的态度，以及这个成语的形成，倒是一件非常有意思的事情，显示了农耕民族与大自然之间的关系。这个词语出于《孟子》："昔者禹抑洪水而天下平，周公兼夷狄、驱猛兽而百姓宁。"远古时代，农耕民族最怕的两件事就是洪水和猛兽，有了这两件事，天下就不太平，百姓就不安宁。

但是游牧民族就不一样了，"毡房搭在多石处，牧羊走在有狼处。"这是蒙古民族对新婚夫妇的嘱咐。新婚夫妇成家自立，这时老人会把人生中最重要的智慧传给他们，而蒙古民族传给年轻人的智慧既不是关乎发达兴旺的，也不是关乎早生贵子的，而是关于"洪水猛兽"的。

蒙古高原，风大，土壤层瘠薄，石头露出地面的地方一般地势较高，洪水下来的时候毡房不会被冲倒，所以毡房要搭在多石的地方。洪水冲进庄稼地，一年的收成就完了，收成完了，食物来源就完了，没有食物就要饿死了。但是洪水溢满草原，不过是周期性自然现象，来年这里会牧草丰美，游牧民族不需要“抑洪水”，只要自己的家别让水冲了就行了。“牧羊走在有狼处”就更有意思了，狼是羊的天敌，但是放羊还专门要选有狼的地方。游牧人对洪水猛兽的态度不是对抗，而是共生，而且非常非常需要它们。

那木吉勒道尔吉生活的地方在乃林郭勒草原。郭勒是蒙古语“河”的意思，乃林郭勒是穿过这片草原的一条小河，这片草原原本僻静而寂寞，但是现在颇有了一点名气——第一，因为它是传奇故事《狼图腾》的发生地；第二，它被认为是中国内蒙古草原上最后的保存着比较完整的游牧文化的地方。

那木吉勒道尔吉夏天仍然住在蒙古包里，这个蒙古包是他年轻时得的奖品，他在一次围猎行动中打死了四只狼。他说：“那时候，都打，大队组织打，其实老人也说过，这样打狼不好。”他说，“羊有一种病，身上长水泡，狼进去，把有病的羊拿走了，羊群就干净了，还有别的好处，总的来说，狼是有好处的。”同样在乃林郭勒一带生活的老牧民巴拉沁老人也说：“有狼的时候，不用像现在打这么多针。”

狼到底有什么好处，每个牧民的说法是不一样的，但是都有说辞。锡林郭勒盟阿巴嘎旗的老牧民敖其尔苏和说：“我们喜欢有狼，狼吃了羊是好事，说明我的羊好！狼吃羊很挑剔，圈养的羊身上膻味重，狼还不吃呢！我的羊好，狼才吃！”

克什克腾旗西北部草原行政上虽然属于赤峰市，但地理上是锡林郭勒草原的延伸。那里的牧民宝音达来说：“我们这原来有狼，现在没有了，狼是自己走的，不是打的，我们这不好了，狼看透了！”他说“不好了”，包含很多含义：环境退化了，人学坏了，杂人多了，等等。

蒙古人还有句古老的谚语说："狼在羊群附近走动，可以让羊保持警惕，有利健康。"同样是出自《孟子》的名言："生于忧患，死于安乐"，或者可以稍稍解释一下洪水猛兽对游牧人的意义：他们愿意和洪水猛兽相处，其中的"忧患"恰恰是让游牧人生生不息的力量。但是，或许游牧人从来不觉得洪水猛兽是忧患，它们是自然固有的力量。河流不再发洪水，草原失去猛兽，才是真正的忧患。

狼主家风

认识的不同，会导致人们做出一些非常有意思的不同判断。例如，当《狼图腾》问世以后，就引起人们的热烈反响——认为这本书推崇凶残、狡诈、唯利是图。如果你事先树立了这样一个狼的形象，当你看到古代的文献和文艺作品中，称北方民族的首领为"狼主"的时候，可能会觉得这是一个污蔑性的称呼。而后看到无论是匈奴单于、突厥可汗还是金朝皇帝，都很乐意听人这么称呼，所以可能进一步推论他们不知廉耻、生性凶残。

史书里也会有类似的价值判断，比如《史记》的《匈奴列传》中记载匈奴人作战："利则进，不利则退，不羞遁走。苟利所在，不知礼义。"前一句是事实陈述，后一句是价值判断。但是，据《资治通鉴》（卷一百九十六）记载，李世民有一次嘱咐他的出征将领时说："凡用兵之道，见利速进，不利速退。"用在这，就不能做"苟利所在，不知礼义"的判断了。

《史记》的《匈奴列传》记下了非常宝贵的匈奴人的古代生活、作战、国家结构方面的信息，而且大部分信息和蒙古族牧民 20 到 30 年前的生活状态依然吻合。"随畜牧而转移""逐水草迁徙"，这是讲匈奴的游牧生活场景。"毋城郭常处耕田之业，然亦各有分地。毋文书，以言语为约束。"这是讲土地管理制度和行政方式。除此之外，还讲了匈奴人放牧的牲畜：马、牛、羊、骆驼、骡子、骡子的第二代串种，还有两种今天可能见不到的牲畜。

《匈奴列传》中很有意思的一句话是："壮者食肥美，老者食其馀。贵壮健，贱老弱。"这句话引申之后就是"暴长虐老"。今天我们走在草原上，看到蒙古人对老人都非常尊敬，有很深的感情，但这一点都不妨碍他们今天依然"贵壮健"。而且在蒙古人家里吃肉，年轻人割下肉，都是很有礼貌地递给老人一块。既然这一段其他介绍如此准确，为什么就这个问题差距这么大呢？有句话叫"误信传言"，其实传言本身可能并没错，但是和自己有限的经验结合以后，做出的价值判断就去了千里之外了。例如，如果你一生所见过的山都是桂林那样的山，当有人形容一座山方圆七百里时，你会不会觉得这山高得可以上太空了？没有到过草原的人，对草原、对草原人、对游牧、对狼的认识，也大多限于此。

游牧人很早以前就有退休的传统，退休并不是停止工作，而是放弃管理家庭和社会事务的权力，交给孩子。在50年前，汉族人不能理解这种管理方法，也不足为怪。可是在今天，这也应该是很平常的事情。至于吃饭的时候，会紧着当家人和在外劳作的人吃好的，也不等于虐待老人，因为游牧民族几乎没有食品供给危机。

2012年，敖其尔苏和六十来岁了，身体相当硬朗，他曾经是伊和乌苏嘎查的嘎查长，现在他的儿子是嘎查长。儿子很精明，老爷子的脑子也很清楚，儿子尊重老爷子的经验，老爷子也不干涉儿子的决定。狼群的很多规则似乎仍然影响着蒙古人的社会关系，例如友爱、团结，亲属之间不记仇，靠实力区分等级，冠军是可以挑战的，但失败的一方会尊重新秩序，并且重建友谊……

有件事，我也很奇怪，我在草原上从来没有听说过狼袭击人的事情，人们在谈论到狼的时候，多半是在讲打狼时的奇异经历，或者有时也会谈到狼袭击牲畜的事情，牧民讲到的狼都是怕人的。但是我确实听汉族农民讲过很多受到狼袭击的故事——脸被咬了，狼的前爪搭在人肩上，衣服被挠破了之类的，在北京郊区，狼有个别称，叫“二大爷”，人们说我遇见“二大爷”了，就是遇见狼了。我很怀疑是草原狼的食物链和农区狼的食物链不一样，所以造成了大家认识上的差异。不过也有另一种可能，就是认识的差异本来就存在。

敖其尔苏和一谈到狼就兴奋，他带着一种渴望，渴望在自己的草场上再次见到狼。他用一种羡慕的口气说，阿巴嘎旗的边境上有一个牧户的草场上有一窝狼，从来不吃自己家的牲畜，有了它，别的狼也不来了。敖其尔苏和过去也打狼，他说：“我们蒙古人过去也打狼，不是为了把狼打死，是为了娱乐，类似赛马、互相比试本领。春天马越早脱毛身体越好，所以去打狼，就可以赛马，帮助马脱毛，还可以在姑娘们面前显摆……”敖其尔苏和说到这，还稍微有一点儿不好意思。

2010 年春天，我在东乌珠穆沁旗的牧民敖云毕利格家住了一段时间，那时他们家正在接生小羊羔，十几天的时间家里一下有了一百多只小羊羔，小羊羔一生下来就放在野外，每隔一两天就有一只被狐狸咬死。从经济上说，每个小羊羔养到秋季都值 500~800 元钱，是牧民家重要的收入。所以敖云毕利格每天让帮他放羊的巴图站在上风口大声唱歌，好让狐狸知道附近有人，就可以收敛一点。但是从来没有听敖云毕利格有半点要找狐狸算账、围打狐狸，或者去掏狐狸洞的意思，这个问题他想都没想过。

“当然不想了。”我把这个故事告诉敖其尔苏和时，他说，“我们这，绊上的马被狼吃了，吃了就吃了！”所谓绊上的马就是牧民的坐骑，为了防止它卸掉鞍子以后跑回马群，又让它可以各处吃草，牧民就用马绊子把它的三条腿松松地拴起来，这样抓的时候比较方便，但是这样它在受到狼的攻击的时候，也很难逃脱了。照理牧民对坐骑是最爱的，但是面对狼的袭击，牧民仍然觉得还是有狼好。敖云毕利格谈到狐狸的时候甚至说：“要是有狼就好了，就把这东西治住了，现在没东西治它。”

苍天在上

“老天也是要吃饭的。”我有个朋友在蒙古国旅行，碰到一匹马难产，倒在地上很长时间了，血流出来，可以看见小马潮湿的腿，兀鹫已经在附近盘旋。几个朋友连忙去附近的牧民家请他们帮忙。春天里，牧民的工作非常忙，要照顾的小生命很多，年轻人都出去忙了，只有一个老太太在家，她听了这个消息后，想了想说：“我实在救不了，谢谢你们了！不要管它了，老天也是要吃饭的！”我把这个故事告诉克什克腾的宝音达来，他听了以后说：“对，就是这个话，马不是个难产的东西，牛要是难产就应该救，可是马是打个滚就能生小马的，如果马难产了，那就是老天要了。”

还有一次，我的一个朋友刚刚去过青海，宝音达来就问她青海的草场好不好，她说：“草场好，就是野生动物太多，去年有个熊把一个人都吃了。”宝音达来听了以后说：“那不要紧，灵物多是好事。”

我从 2008 年认识克什克腾的宝音达来大哥，到他 2020 年去世，一直和他断断续续有交往，就像走亲戚一样。按照过去的看法，他可能很迷信，他所讲的狼的故事，大都与此有关。他说起狼时是有忌讳的，不太说狼，而是有很多说法，如“骗牲口”。他说：“这东西可灵了，有一次，我在林子里放牧，割了个柳条要做套马杆的尖，先割了一个有点儿弯，随手就扔了，又割了一个，我刚拿着在套马杆上比划，就听见牛那边乱了，骗牲口的来了，一个两岁的牛给掏了。我们牧民在山上放牧从来不动树，动了树会有灾难。”

宝音达来家的东南有一片松树林，他说，他们这个地方，狼是不袭击人的，从来没有过这种事，但是有一年，松树林那边来了几个林业上的人，盖了个土房，准备砍树，结果去了三只狼，两个扒门，一个在房顶掏了那么大一个洞，幸亏没人。那几个人不敢住了，就走了，这片林子就留下来了。如今那片森林仍然黑漆漆地站在宝音达来家的东南方。

宝音达来说，蒙古人认为狼是长生天的狗，野生动物是长生天的牲畜，这个说法和蒙古国那边的牧民的认识很接近。蒙古国作家纳吉亚更是搜集了牧民讲述的关于狼的故事，写成《天狗》一书，其中对狼的认识非常辩证，一方面蒙古人和狼作对，是狼最可怕的对手，另一方面蒙古人敬狼爱狼，向狼学习。

敖其尔苏和对狼的认识更现实一点。他说，他年轻的时候有枪，也打过狼，但那时候狼多，打了也还有。现在不打了，盼着狼来，还是没有。这就像宝音达来说："我们这不好了"。如果用现代生态学观念解释，那就是栖息地丧失，当草原的健康程度不足以再供狼群栖息的时候，狼就消失了，所以牧民会盼望狼，狼来了，是草原生态恢复健康的重要标志。

敖其尔苏和在一次聚会上，听到几个人互相抱怨。原来，他们嘎查连着好几户的牲畜都被狼咬死了，每家都咬死二十多只。这种情况在草原上并不多见，但是在半农半牧地区常见。敖其尔苏和认为，那里的人对狼的态度和纯牧民不一样。那几个人抱怨说："谁让你掏狼窝来着，你把狼崽都掏空了，干那个缺德事，狼能不报复你吗?"敖其尔苏和从来不掏狼崽。但是有些地方的蒙古族人是掏狼崽的，不过有很多讲究，比如掏的时候，要给狼留一两个，这样狼就会带着孩子搬家，没时间报复了。还有，掏完狼窝的人不能去串门，不然狼就会跟着他的脚印去串门的人家报复。但是当人们不再了解狼以后，狼也就同样会做"出格"的事情了。

蒙古族牧民特别有爱，看见什么都愿意说"可怜的，可怜的。"怜悯并不是滥情，是一种能力，尤其是怜悯给你造成麻烦的人或物，因为你要比它站得更高，能看到更广阔的世界，有更大的胸怀，你才能从心里怜悯它。一个老百姓看到一个管理人员耀武扬威觉得很怒，这是一种态度，但是如果觉得他什么也不懂，前面就是陷阱也看不见，好可怜，就是一种境界了。

蒙古族人会说："狼也可怜，羊也可怜。"羊被狼吃了很可怜，可是狼如果抓不到羊，喂不饱自己的孩子也好可怜。蒙古人的眼睛所能看到的，不只是自己的羊所受到的损失，而是狼的背后有天，万物都要生存。万物兴旺，生生不息，是老天的法则。

我祖何人

《狼图腾》的各种批评里有一个特别有意思，这个批评来自草原的老知青们。一个老知青跟我说："蒙古人没有图腾崇拜，印第安人才有。"我们可以查一下"图腾"一词的意思，图腾的词源是印第安语的音译，有"它的亲属""它的标记"的意思，同时这个词引入汉语引申为"原始社会的人认为跟本氏族有血缘关系的某种动物或自然物，一般用作本氏族的标志。"以上解释出自《现代汉语词典》。

蒙古人有个古老的传说叫作苍狼白鹿，这个故事被蒙古人演绎出无数版本，有的美好，有的神秘，有的世俗，都是一个叫苍狼的男人，和一个叫白鹿的女人的故事。狼祖的传说并没有到此打住，后来《圣母——阿阑豁阿》也讲过，使她受孕的天光离开的时候，像一条黄狗。在蒙古人的意识中，红狼和黄狗是相互交错的。

狼在游牧民族中有特别的地位，这个习俗也源远流长。史书记载，突厥人是匈奴人的分支，他们的始祖的部落战败了，只剩下一个男孩，被人砍掉了双脚，一群狼把他养大了。一头母狼做了他的妻子，敌对的部落知道这个男孩没死后，又来杀他，看到母狼在他身边，准备把母狼也杀掉，母狼跑了，到远方的山洞里躲起来生了十个男孩。

再往前，匈奴人也有一个狼祖的传说：单于有两个女儿，大家都说她们特别漂亮，是天神下凡，单于觉得这两个女儿不能配给凡人，就筑了高台把女儿放在上面。有一头老狼在高台边转，并且在下面打洞。妹妹说，父亲把我们放在这里要许配给天神，没有见到人来，只见到了狼，可见就是天神了。妹妹就下了高台做了狼的妻子，繁衍出的家族，喜欢像狼一样长嚎。今天的蒙古人仍然喜欢唱长调，并且有一种更加接近狼嚎的音乐——呼麦。

有一次我给一套旅游丛书写内蒙古分册的历史、地理、文化部分，编辑给了我几个其他省写好了的内容做参考。我一看其他省的历史，大都是说，我们省哪朝哪代出过一个重要的官员，考过几个状元、进士什么的。我就笑了，内蒙古的分省历史，就是匈奴和秦汉如何如何，鲜卑人建立了北魏，突厥和隋唐时打时和，然后是契丹王朝，然后是蒙古。“秦时明月汉时关”，中国有一半的历史写在草原上。

这个事扯开来就还有两个研究方向。第一个方向是，这些游牧民族之间的关系，既然突厥人是匈奴的分支，史书上记得这么明确，那么北匈奴全数西迁的说法是否可靠呢？贵族和军队西迁后，百姓归附鲜卑，而自称鲜卑更合逻辑，之后突厥、契丹、蒙古的兴起都有将其他部民化为自己属民的过程。

第二个方向是，即使我们不断津津乐道的游牧民族汉化，也只是事情的一方面，因为中原王朝也有游牧文化色彩。

游牧文化并不是隐形文化，或者外族文化，中国两千年的帝国时代，它一直就活着，而且是贵族文化的重要部分，在此之前，游牧民的活动范围就更大了，连山西、河北、关中都有很多游牧民，甚至有游牧政权。

我们总是说统治了中原的少数民族王朝都汉化了，因为他们到了中原都是用中原的方式统治。蒙古人征服了多少个国家不好说，《元史》上统计是四十多个，都是采用当地的主流文化和法律体系来统治的。

或许我们今天应该向北方的狼族学习一下，当我们管理不同的地域，不同的文化区的时候，应尽量重视和吸纳当地文化。

告别大游牧时代

狼牙挂在钥匙上

狼牙挂在钥匙上，
骏马贴在墙上，
草原铺在桌面上……
广阔天地变成了模糊的远方，
鹰、狼、马、鹿都化作似真似幻的传说。

人，走远了，在并不广阔的时空里，
忘却了祖先和故乡，
生长出无知和傲慢，
荒芜的心灵急着去改造荒野的神灵，
心哭了，神灵各种苦笑。

额尔古纳是传说中蒙古民族化铁出山的地方，是伟大的游牧民族的发祥地，是蒙古民族伟大游牧征程的起点，而今那里的蒙古族人已经非常稀少。

元上都是蒙古历史上最为辉煌的都城，曾经是全世界的向往之地，如今它已经淹没在草色之中，恢复了当初选址时的模样，但那里的百姓身上，依稀有蒙古民族辉煌时代留下的痕迹。

额尔古纳，阳光流淌，祖先何往

在额尔古纳，每天可以听到各种版本的蒙古族创世纪传说。生活在额尔古纳以及内蒙古各地的蒙古族人都坚信，那里是蒙古民族的发祥地，但是在额尔古纳你能遇到的蒙古人少之又少，即使遇到，多半不是本地土生土长的。走在这里，眼前是华俄后裔在舞蹈，回族人在牧马，汉族人在打草……与此同时，蒙古人伟大祖先的足迹仍然留在这片土地上，他们的各种传奇在这片土地上回响。

白桦林：
迷失在歌声中

“沉默的河水流向远方，流到我家乡，那里有温暖洁白的毡房和心爱的姑娘。”这首由额尔古纳乐队演唱的，混合着俄罗斯风情的音乐、蒙古人的情怀、汉语歌词的《夜莺》在唐队长的汽车里响着。“我拉你们去白桦林！”唐队长说。路边大片的农田上开着无边无际的金黄的油菜花，偶尔有牛在公路边悠闲地甩着尾巴。2010 年，我在额尔古纳为当地乌兰牧骑一个舞台剧形式的文艺演出写脚本，这期间，唐队长开车带着我们在当地看风景，采集民族风情。

乌兰牧骑是内蒙古的一种文艺单位。唐队长是额尔古纳乌兰牧骑的队长，他的老家在兴安盟的扎赉特旗，当年他被额尔古纳繁荣的贸易打动，调到了这里。中苏刚刚开放边境贸易时形成的激动人心又秩序混乱的边境贸易时代很快结束了，额尔古纳又恢复了宁静。唐队长从此在这个宁静的小城生活了 20 年，娶妻生子，从一个乌兰牧骑的年轻演员熬成了队长。

内蒙古有一种特殊的交通标志，三角形的黄色警告牌上，画着一只黑色的牛。同行的舞蹈编导韩力讲了一个笑话："有一个南方的司机在内蒙古开车，一会儿发现一个黄牌上画个牛，一会儿又看见一个。他想，这是啥呀？以前学交规没学过这个标志呀？这是什么意思？他在又一个画着牛的交通标志前停下车，到牌子前左看右看，叨咕着：'这到底是什么意思？'这时坐在副驾上的内蒙古老哥说：'这是让你开车低调点，别太牛了！'"全车人哄堂大笑。正笑着，一头卧在路边的牛在没有任何预警的情况下站起来，淡定地从车前穿过马路，唐队长又是刹车又是打轮才把它躲了过去。"这玩意还真得低调！"唐队长说，大家又笑起来。

在内蒙古的乡村公路上，开车的人经常会遇到牛羊，羊看到汽车远远开来，就会跑动起来，一般没有什么事情，可牛就不一样了，淡定从容无所畏惧。2005 年夏天，我和一个朋友开一辆 2020 越野车在呼伦贝尔草原上遇到过一群牛。牛缓缓地排着队穿过马路，我们减速后，以 10 公里左右的时速撞到一头山一样的牛的后胯上。牛被撞以后，终于惊了，逃跑了，而我们的车前脸被撞瘪了，再往前开时，远光灯打不到地面上，抬头朝天了。

额尔古纳是个非常适合自驾游的地方，从北京出发走京承高速到赤峰上呼海通道，穿过草原翻过大兴安岭，就可以到达海拉尔，从海拉尔去陈巴尔虎旗大草原，有一条路通向额尔古纳。在额尔古纳和陈巴尔虎旗的交界处，可以看到那个非常有特色的用蒙古文、汉文、英文、俄文写的木质界碑。这一路大约需要两天时间，有点儿辛苦，但是很值得走。不过在这里开车真的不能太牛了。

走着走着，路边突然出现很多车，眼前银亮亮的一片。唐队长把车一停，白桦林到了。下了车，四周是闪闪发亮的雪白的树干，树荫很薄，阳光从树叶间泻下来，树干很晃眼。路边游客很多，但白桦林很大，走进去就安静了。

在我们听过的歌声中白桦林总是和流浪啊、远方啊这样的词连在一起，额尔古纳乐队的那首《夜莺》也选择这片白桦林做 MV 的外景。歌中唱道："有翅膀会渴望飞翔，原谅我去流浪，夜晚寂寞路途漫长，我不会迷失方向……"

额尔古纳乐队的一首《鸿雁》感动了草原上和草原以外广阔世界的人们。他们选择"额尔古纳"——蒙古人传说中和历史上的发祥地作为他们的名字，而额尔古纳市也选择他们做城市的形象代言。很多人喜欢《鸿雁》是因为"酒喝干再斟满，今夜不醉不还"，而我喜欢另外两句："鸿雁，向南方……心中是北方家乡……鸿雁，北归还，带上我的思念……"虽然鸿雁这首歌原本来自阴山以北遥远的乌拉特，但几个乌拉特小伙子却把自己的乐队叫作"额尔古纳"。对额尔古纳人来说，离开白桦林才是流浪的开始，而对于蒙古民族来说离开额尔古纳是他们驰骋天下的开始，回到额尔古纳是他们渴望了几个世纪却难以到达的归途。

马蹄岛：
成吉思汗打马出征的地方

我们头一天晚上到达额尔古纳中心小城拉布达林，第二天去看白桦林、油菜花、根河桥，又和路边的牛嬉戏了半晌。到了黄昏时分，回到唐队长的车上，唐队长说："现在我拉你们去湿地！"我们有点蒙——都累成这样了，还有景点没去？"湿地就在市里，近！"唐队长说。我们又有点晕——市里才多大地方，里面再有个湿地，那是个多小的湿地？不成中山公园了吗？

唐队长开车沿着城区的一条主要道路"金鹊街"来到了一个公园门

口，然后就开进去了。一进去就上山，到了山顶上豁然开朗，一侧是七彩的小城拉布达林，一侧是蜿蜒的根河穿过广阔大地，形成巨大的根河湿地。

在根河湿地有一个环形的小岛，如果把一个圆圈等分成九份，这个小岛就是八面环水，像一个马蹄印，它的名字就叫“马蹄岛”。据说这个地方是成吉思汗西征大军出发的地方。当年西征大军出发的时候，一只猛虎在此拦住去路，成吉思汗的战马抬起前蹄，把猛虎踩进淤泥里，它的马蹄印子留在这里，就形成了马蹄岛。我们可以假装科学地解释说，当时的马蹄印很小，经过八百年水不断流过，逐渐变大，形成了一个很大的岛；也可以直接想象成吉思汗就是个天神般高大的人物，他的战马踩下的马蹄印足够一条大河从中流过。马蹄岛边上的河水中站着一群牛，它们在马蹄岛边，像在马蹄边摆了几个小米粒。

马蹄岛和蜿蜒的根河朝晖夕阴，气象万千。在这之后，我在额尔古纳逗留期间，经常没事就跑到这座小山上欣赏这里的美景，看清晨的雾霭从河面上升起，看夕阳下河水反射着金色的妩媚，看太阳明朗温和的光芒照耀着广阔的大地……

到小山上观看湿地必须从公园门口进，门票很贵，但是如果你是清晨时分去公园欣赏日出，又是步行上山，是可以自由出入的。那时除了正在飘散的晨雾、一露脸就灿烂辉煌的太阳、变化万千的湿地，还能看到很多扛着“长枪短炮”的摄影发烧友。从山上拍摄湿地的角度并不多，但是每个摄影人带回的照片都不一样。

从山顶看山下根河边上有一些河滩，那是根河湿地的另一副面孔。人们都说，不要走到远远看到的美景中去，会失望的，但是去到根河岸边不会。

我第一次到河边是因为作为舞蹈编导的韩力突然没了灵感，乌兰牧骑的副队长明队长开车带我们到根河边待一会儿。车子开进湿地，四周的树木静悄悄的，像静静开放的一大朵一大朵的花，又像飘散在空地上的有点泄气的氢气球，因为系着气球的线都弯着。

根河的水看上去非常静，没有波纹、没有浪花、没有漩涡，天空和白云清晰地映在河水里，树木的倒影整整齐齐，水面上只有我们打水漂的涟漪，但仔细看，根河水流得非常急，悄无声息地快速奔跑。

第二次到根河边完全不一样，整个乌兰牧骑的舞蹈队都过来玩儿，二三十个孩子，扛着锅、抬着羊、拎着菜、拿着酒、耍着水枪在河岸上喊成一片。有人游泳，有人捡柴，有人洗菜，有人煮肉，有人喝酒，有人大呼小叫，他们把队长、老师、导演甚至别的游客都扔到河里。明队长想把大家叫到一起嘱咐一下“注意安全”，结果还没说话就直接被七八个小队员抬起来扔到河里了。真正下了河，才发现河水确实流得很快，顺着河水游都站不起来，要逆着河水才能站起来，河底都是锋利的碎石，并不是圆圆的鹅卵石，这是我第一次穿着运动鞋游泳，不然踩着河底很难往回走。河水并不深，我游泳的地方只比膝盖略深，都不到齐腰深，这个河段最深的地方还不到人的胸口。看我喜欢游泳，乌兰牧骑另一位副队长马队长跟我说，这河水很馋，每年都要带走人，让我别去深的地方。我很感激地接受了建议。

小队员们从树林里捡来干柴，舀了河水。虽然他们当中只有几个人是蒙古族，但是大家都知道怎么煮手把肉，并且都会吃。肉捞上来，又下了羊肉汤面，我们吃了一顿地道的野外蒙古餐。

莫尔道嘎：

原始森林，古老传说

我们去额尔古纳是帮助当地的乌兰牧骑排一台晚会，晚会的导演巴雅尔是来自鄂尔多斯的蒙古人。虽然同在内蒙古，鄂尔多斯远在千里之外，是蒙古族历史的另一端，那里是成吉思汗长眠的地方。鄂尔多斯的蒙古人是成吉思汗的守陵人，他们数百年没有赋税压力，因而歌舞文化发达，出了很多文艺人才。但他们多少有点悲剧情怀，和额尔古纳的一往情深的感觉很不相同。著名歌唱家腾格尔就是鄂尔多斯的蒙古人。他的一首《边城酒店》曾经深深打动我的心，这首歌中有一句歌词：“一杯酒换一个故事。”我们在额尔古纳住的旅店就叫“边城旅店”，而额尔古纳有很多故事——蒙古族的历史故事、英雄故事，还有创世纪传说。

蒙古族的创世纪传说中有两个最为著名，一个是化铁出山，一个是苍狼白鹿，这两个传说都和额尔古纳有关，而且有鼻子有眼儿地被附会到莫尔道嘎。莫尔道嘎在拉布达林北部，现在是一个森林公园。去莫尔道嘎之前，好几个人告诉我：“多带点衣服，那边是原始森林，冷！”

莫尔道嘎森林公园果然是草木繁茂、寒气袭人，林间时有长草的空地。在这里，激流河转变方向流入额尔古纳河，河中间形成两个小岛，人们叫它们“苍狼岛”和“白鹿岛”。相传，蒙古人的祖先孛儿贴赤那和豁埃马兰勒死后长眠在激流河畔，相依而卧，形成两个小岛：苍狼岛和白鹿岛，当然这个是现在的旅游局传的。苍狼和白鹿的传说有很多版本，它们可以被解释为两位祖先的名字，或者天神般的狼和鹿，也许几百年后，这两个岛就变成下一个版本。总之，苍狼白鹿祖先带领乞颜部到斡难河源的孛儿汗山居住，这就是成吉思汗的先祖。这些传说版本不妨碍这两个小岛侧卧在河水中，形成一道美丽的风景。

基于这些震撼人心的传说，巴雅尔导演一口气编了五个舞蹈，表现这些史诗般的故事。舞蹈从密林中的百姓探索道路开始，然后化铁出山，走到辽阔的草原上，走出大山的蒙古儿女流连在额尔古纳母亲河畔幸福生活，直到有一天雄壮地出走，征服世界，最后远方的儿子带着伤痛思念母亲河。这些舞蹈简约地概括了额尔古纳作为蒙古源流的前前后后，也概括了蒙古人的额尔古纳情结。

黑山头：

关于哈萨尔的遐想

在额尔古纳，还有另一位英雄留下了他的足迹，那就是成吉思汗的弟弟哈萨尔。哈萨尔是成吉思汗帐下重要的勇士，是他的左膀右臂，也是蒙古族最大的部落科尔沁部和其他很多小部落的先祖。在中国境内姓包或姓白的蒙古人中（包姓或白姓是从黄金家族的姓氏“孛儿只斤”演变而来的），哈萨尔的子孙比成吉思汗的子孙还要多。哈萨尔最初的封地就在呼伦贝尔草原上。额尔古纳有一座古城遗址叫作“黑山头古城”，虽然这座古城究竟是谁建的，考古学界有分歧，但是在民间，人们相信它就是哈萨尔的王城。

晚会结束以后，唐队长开车载着我们去黑山头古城。去黑山头的路很远，路的两旁先是大片的油菜地，而后逐渐荒凉，森林和草地交替，不断有拉干草的车迎面开来。如今这里蒙古族牧民很少，散居的汉族、回族、俄罗斯族老百姓把整个草原的牧草收割下来，把草晒干后装车，卖给远方牧羊的蒙古人，做他们过冬的饲料。狭窄的道路上，我们经常需要停车，让装得像平衡人一样夸张的干草车从我们身边开过。

翻过柔软的山，跨过沉默的河，在一片很开阔的原野上有一片村庄。和额尔古纳其他的村庄一样，这个村子里有很多“木刻楞子”，那是俄罗斯风格的民居。用大树干相交错垒成墙壁，只有在森林茂盛之地，人们才会如此奢侈。而额尔古纳就是森林茂盛之地，辖区内60%的土地被森林覆盖，四分之一以上的土地是草原。不过，这里的草原上除了旅游度假村已经见不到蒙古包，乡间都是欧式风情的木刻楞子和彩色的小房子。

就在这个村子背后，有一圈四方的夯土城墙，青草已经将它湮没，只有特地指出才能看出来，这就是黑山头古城。墙的四面有四个豁口，是古城门，现在汽车就从那个豁口直接开进去。里面还有一圈城墙，这圈城墙的中心有一片台地。整个古城占地面积不大，但是在很少修建固定建筑的游牧民族生活区，它是十分珍贵的文物。

巴雅尔导演在高台的中心坐下，忽然进入了一种很神往的状态。他的脸迎着阳光，面含微笑，风吹开他的已经长到齐肩的头发，他盘腿坐着，双手撑着腿，架子拉得很大。“干什么呢？美成这样？”同来的人问。

“唉！”巴导轻轻地叹气说，“你说哈萨尔坐在这儿，那是什么感觉？哈萨尔往这儿一坐，那周围全是美女！”大家都笑起来。巴导年轻的时候，是一个帅气的舞蹈家，现在发福了，挺着大肚子、迈着四方步，很有点王者风范，此时，他刚刚经历了一场穿越，冥想了一下哈萨尔在世时的盛况。

高台的对面，有一根系着哈达的木桩，上面用蒙古文和汉文写着纪念哈萨尔的话。唐队长跑到木桩前，口中念念有词，只听他说道：“老祖宗啊！昨天那台晚会要是有什么不对的地方，那可不是我干的，那全是巴导……”

巴导一听，连忙站起来，也跑到木桩前说：“哎呀，老祖宗，那是乌兰牧骑让我干的！他们队长可就在这儿呢！”

我在旁边说：“你们俩别瞎叨咕了，和老祖宗说汉语，他能懂吗？”

巴导拽了我一下，坏笑地说：“听不懂才叨咕呢，听得懂的话哪能随便叨咕？”看起来老祖宗在他们心里还是蛮有约束力的。

巴导和唐队长蒙古语都说得很好，但是他们平时用汉语办公，即使排练反映蒙古历史和传说的舞蹈时也使用汉语排练，因为大量的舞蹈演员都不是蒙古族。

目前，额尔古纳正在打造蒙源文化圣地，把各种蒙古族的起源传说、历史故事都安到额尔古纳，其中不免牵强附会，所以这两个人叨咕叨咕也挺好！

额尔古纳河：

母亲河的礼物

黑山头古城已经地近边境，再往前走就可以看到额尔古纳河了。这条河在我们小学学历史的时候就学习过，书上写着：蒙古民族起源于额尔古纳河畔，在蒙古人心目中，这条河就是母亲河。现在，这条河是中国和俄罗斯的界河，只要跨过浅浅的河水就可以到达俄罗斯。

到达额尔古纳河岸边之前，我们去了一个很偏僻的小村子，拜访了一个农户。这家的女主人长着金色的头发和棕色的眼睛，是第二代华俄后裔，而男主人是地道的汉族人。他们有个漂亮的女儿，叫静静，现在是乌兰牧骑的舞蹈演员。两位队长出来玩，还不忘去队员家里看看，这个小城市的人情味儿是很重的。我们在城里都见过静静，她长着乌黑的头发，浓浓的眉毛，有一双保留着俄罗斯风情的大眼睛。这一带俄罗斯姑娘嫁汉族小伙已经是好几代的传统了，据说俄罗斯姑娘喜欢汉族小伙的家庭责任感强、会过日子。

静静家的房子很大，房后有个小菜园，她的母亲很热情地邀请我们到家里坐，我们却纷纷钻进她的菜园偷菜。静静的父亲原来是个边防军，在边境上工作，被她母亲看中，两人悄悄地恋爱了，后来他父亲退役后就留在了额尔古纳。

从静静家出来，没有多远，我们就到了边境上，额尔古纳河在那里静静流淌。大自然对国境线呀什么的没概念，额尔古纳河看上去和呼伦贝尔草原上的伊敏河、海拉尔河没有什么区别，流水潺潺、蜿蜒曲折，不太深，也不太宽，抬眼看着，十几米以外的对岸就是俄罗斯。

黑山头附近的额尔古纳河河岸离水面高一些，河水从凹岸流过的时候会把下面掏空，上面就会塌下来，我们走在河岸边的时候，有人喊：“别离岸太近，小心塌了掉河里！”又有人说：“这个不能踩塌了！都是国土!”因此有些地方的河岸被石头砌了，防止被水冲塌。生态专家已经对这种方式提出警告，认为这种方式会破坏本地生态，并且指出：大自然是公平的，两国的河岸都有可能被冲塌，没必要用这种方式保卫国土。对岸的俄罗斯看上去和这一侧没什么区别，灌木丛生，沟壑纵横，不过据说那边的弯汊里鱼比这边多，因为俄罗斯人不像中国人这样喜欢钓鱼。一个额尔古纳本地的朋友告诉我，他年轻的时候钓鱼上瘾，为了钓到更多的鱼，趁着夜色，划船去俄罗斯那头的沟汊里钓鱼，现在想起来真后怕，那要是被抓住了，事情就大了，工作什么的全得完！那边拿你当间谍，这边说你叛逃，不知要审多久！这条浅浅的河如今已经是严肃的国境线。

对于同车的蒙古人来说，额尔古纳河作为界河的含义并不重要，重要的是他们终于回到了母亲河身边。巴导把啤酒罐打开，用手指沾着弹到天上、地上，再抹在自己脑门上，然后喝下去。这时天空噼噼啪啪开始掉雨点，远方还可以看到闪电。巴导兴奋地说：“这是母亲河在欢迎我们呢!”在干旱的草原上，下雨是非常吉祥的征兆，这是母亲河送给我们的礼物。

雨过之后，唐队长和明队长支起鱼竿钓鱼。古代的蒙古人，不到穷疯了的地步，是不吃鱼的，今天很多蒙古人仍然保持着这个传统。不过唐队长和明队长这两个蒙古人已经不在乎了，他们非常热衷额尔古纳河的鱼，也是钓鱼老手。

不过，他们那天钓了许久也没有鱼上钩，想必鱼儿都被岸上的欢声笑语吓跑了，额尔古纳河的激流还把两个鱼钩带到了岸边的树丛里。损失了两个鱼钩之后，终于钓到两条手指头长的小鱼。巴导嚷嚷着要用打火机烤着吃，明队长没好气地把小鱼扔回河里，然后把鱼竿收起来，我们把所有的垃圾打包，装回车里带走。

室韦：

蒙古民族的源头，俄罗斯族的小镇

黑山头向北有一个小镇，这个镇非常小，但是在蒙古人当中非常有名，它就是室韦，它有名的原因是它是有据可查的蒙古人的起源地。据中国的史料记载，蒙古源于一个叫作“室韦”的小部落，这个部落后来发展出几个分支，其中的一支叫“蒙兀室韦”，史学家认为这是“蒙古”一词第一次见诸历史。我认为这个考证和传说一样不靠谱，说不定还没有传说靠谱。传说还能说清化铁出山和乞颜氏族的族源，苍狼白鹿的第多少代子孙娶了阿兰圣母，阿兰圣母如何繁衍了尼伦蒙古，以及尼伦蒙古和孛儿只斤家族的关系，等等。史书上记录蒙兀室韦和后来蒙古民族之间的关系则几乎是捕风捉影。但毕竟室韦这个地名今天还在这，它就像一把闪着光的钥匙，让很多人都相信通往历史深处的那扇门就在这里。

我们对室韦也同样充满向往，作为蒙古人有据可查的发祥地，我们很想知道它是什么样子。通向室韦的道路两边都是大森林，韩力在车上抽烟，打开车窗随手把烟头丢弃了。马队长说：“现在不是防火季节，要是防火季节，你敢往外扔烟头？这林子要是燎着了，那事可大了！”

室韦是一个开满鲜花的明丽的小镇，非常小，只有八百多名居民。这里的居民家都盖着木刻楞子，不过和路上看到的那些小村庄不同，这里的木刻楞子都非常讲究，粗大的树干，被油漆刷得锃亮，其中不少是尖顶的俄式别墅。很多人家门口都挂着圆形的小招牌，上面写着“玛莎之家”“玛利亚之家”，等等，是俄罗斯风情的家庭旅馆，可以吃饭和住宿，这个800人的小镇共有3000张床位。

额尔古纳曾经有两个俄罗斯民族乡，一个是恩和，一个是室韦。后来由于室韦作为蒙古源流的精神价值太大，俄罗斯民族乡的名号就被撤销了。当地政府准备在这里打造一个以蒙古起源为主题的文化广场，并且从呼伦贝尔的牧业旗迁移过来一些蒙古族牧民，建立一个蒙古族苏木，作为蒙古族的发祥地。额尔古纳现在没有一个蒙古族苏木。

在北京的时候，在地图上看到“室韦俄罗斯民族乡”的名称时确实有点儿别扭，但是走在室韦的街道上，发现本地居民确实大多是俄罗斯族人，也就是华俄后裔。

从额尔古纳河为中俄界河开始，俄罗斯移民和汉族移民逐渐充实到河流两岸。在边境管制不严的时代，很多俄罗斯人越过边境到这边生活，汉族人也时常到对岸做生意。两个民族相互通婚，形成了中国的俄罗斯族，也就是“华俄后裔”。随着边境政策的紧缩，已经没有什么俄罗斯人再到这边来生活了，华俄后裔不断和汉族混血，已经四五代了。虽然现在他们大多数还信奉东正教，会跳俄罗斯舞蹈，会拉手风琴，会说零星的俄语，但是已经长着黑头发、黑眼睛和圆脸蛋了。

室韦的华俄后裔保持了很多俄罗斯人的生活习惯，每一个房间都特别干净，连地板都一尘不染，闪闪发亮，院子里设有桑拿浴房。不过他们也有中国人的习惯，就是吃桌餐，吃大炖菜和炒菜。

小镇附近就是额尔古纳河，河边有长长的很高的铁网，铁网有一个口子供游人出入，通过那里可以到河边。这里的河岸是平的，水缓缓地打上浅滩。当地牵马的老汉告诉我：现在管得紧，别说人不让过去，就是牲口都不能过，所以要在河边设铁网，只有狗过去不是事儿。

在河对岸是一个俄罗斯的小村庄，我们在河边站了很久，那个村庄一直静悄悄的，没有一个人出来，和光鲜的室韦相比，它显得很破败。村子中间有一个不太高的木架子，是俄罗斯边防军的瞭望哨，而我国这一侧的山坡上有一个灯塔式的建筑，是中国边防军的瞭望哨，瞭望哨下停着一艘雪白的轮船，可以坐它玩界河游。

作为蒙古民族有据可查的起源，室韦今天盛名难负，作为俄罗斯族聚居的小镇，室韦又颇为尴尬。明亮的阳光下，无论是蒙古族还是俄罗斯族，都已疏远了先祖遗迹，只有一个整洁、漂亮的小镇接待着慕名而来的八方游客。

恩和：

美丽与哀愁，两个真实童话

“蒙古人是最容易记住的传说，蒙古人是最容易忘却的回忆”，这句话出自蒙古族诗人多兰的《蒙古人》。它用来形容额尔古纳的那些传说很贴切。额尔古纳关于蒙古的传说那么多，但每一个都有人说它不是真的。无论额尔古纳作为蒙古源流有多少动人的传说，这里的蒙古族本地居民非常少，有些扎着蒙古包，游客一到门口就有人端着银碗、捧着哈达给你敬下马酒的度假村，可能连一个蒙古族服务员都没有。从科尔沁部东迁离开呼伦贝尔草原开始，额尔古纳就从热闹的“历史的后院”变成了宁静的被遗忘的故乡。然而，额尔古纳河作为中俄界河的命运是从尼布楚条约开始的，距今已经有300多年。300多年相对于人类的文明史很短，但对于生活在一个地区的百姓来说，足以沧桑巨变。

额尔古纳有个很美好的爱情故事叫作“一把抓”。当年，一个闯关东的山东小伙子在一次聚会上看上了一个俄罗斯姑娘，她也又深情又腼腆地看着他。这个秘密很快被大家发现了，引来一阵哄笑。小伙子于是大胆地向姑娘求婚。姑娘却推脱说：“你要是能给我买一个一把抓的布拉吉（布拉吉是俄罗斯人对连衣裙的叫法，一把抓的布拉吉是一种非常薄的连衣裙可以整个攥在一只手里），我就嫁给你！”小伙子听了，骑上马穿过当时还很茂密的大森林和人烟稀少的大草原，去了海拉尔。在海拉尔的集市上，小伙子找到了能一把攥在手里的连衣裙。当小伙子拿着布拉吉再次出现在姑娘面前时，姑娘感动了。“你怎么这么傻？要是路上出点事怎么办？遇到土匪怎么办？遇到野兽怎么办？”就像一个童话，从此他们就幸福地生活在一起，如今已经儿孙满堂。明队长的妻子也是一个本地的俄罗斯族，这个故事，就是她姥姥和姥爷的故事，姥爷如今还健在，是个非常乐观的老汉，就生活在恩和。

从莫尔道嘎和室韦回来的路上都可以路过恩和。和室韦一样，这里也有尖顶的木刻楞子，家庭式旅店和从外表已经不太能看出来的俄罗斯族人，但好在俄罗斯的风情还比较真实地保留着。要是赶上俄罗斯的节日或聚会，他们会唱歌跳舞，玩得不亦乐乎。俄罗斯的面包——列巴是这里最好吃的食品之一。

“你知道吗？我们出了一件事，就在恩和！有一个全世界都有名的画家就生活在额尔古纳，我们市里文化口的人都不知道，她死了才知道的！”有一天明队长对我说。

“你是说柳芭吗？”我问他。

“你也知道？”

恩和出名的另一个原因是因为神鹿的女儿柳芭。柳芭原来是根河山林里的使鹿鄂温克人，她的一生非常坎坷，在传统文化和现代文明的夹缝中挣扎，一直没有找到自己的位置。她在家乡的男友在她考上大学后不久自杀身亡，她后来爱上过一个恩和的华俄后裔，但是最终没有结婚。她无法适应城市的人际关系，又无法回到山林继续艰苦寂寞的生活，在城市和山林间来回摆动数年。她在一次醉酒后，被一个汉族农民救起，后来就嫁给他为妻，在恩和隐居下来。柳芭在世的时候，就把自己的故事拍成纪录片，她用兽皮做的画和她的油画都在国际上有一定影响，是个很出名的画家。但是额尔古纳当地人却不知道她，直到柳芭意外溺水身亡，很多来自世界各地的人都到额尔古纳纪念她，人们才知道。

如果你看过柳芭的纪录片，走在恩和的街道上就会有一种亲切感，那些木片连成的篱笆，那些彩色的小房子都似曾相识，但柳芭已经不在这里了。柳芭没有化铁却走出了山林，然后发现这是一条不归之路。柳芭的故乡人在古代也算林中百姓，而按今天的民族划分她不算蒙古人，但是她的命运让我想起蒙古族诗人多兰的一句诗：“蒙古人是额尔古纳·浑挡不住的一流火铁；蒙古人是欲归额尔古纳·浑却已经迷途的苍鹰……”

元上都，繁华已逝，大地依然

正蓝旗的街道很安静，阳光灿烂，广场上立起了演出设备，准备晚间的演出。2012 年 6 月 29 日，元上都遗址申报世界文化遗产投票通过。元上都在内蒙古自治区锡林郭勒盟正蓝旗境内，申遗已多年，今天通过了，是个值得庆祝的事情。然而正蓝旗的街道上非常安静，除了一些官方安排的活动，老百姓各乐其业，几乎不大议论，并不是元上都对这里的百姓不重要，而是这片伟大的遗址一直在这里，一直就是一种存在，无论世界是怎么看的，它都在。

元上都在正蓝旗一片被称为“金莲川”的草原上。金莲花是一种野花，金黄色，形状像莲花，但是和莲花无关，不长在水中，长在草原上，每朵比一元硬币略大。它在浑善达克沙地附近的草原上大片生长，但是很少见到像金莲川草原上那样繁盛的景象。

元朝是游牧的蒙古民族建立的，游牧民族长时间保持按季节搬迁的传统，有多个都城。契丹王朝有多个都城，金朝也有多个都城，而元朝主要的都城包括位于今天蒙古国中部的哈拉和林、位于北京的元大都和位于正蓝旗的上都。其中大都和上都都是忽必烈营建的，上都先于大都建立。而忽必烈以后，元朝的政治中心南移到蒙汉交界地区，上都和大都作为主要的都城被使用，皇帝和百官冬天在大都，夏天到上都来。上都曾经与位于今天北京的元大都一样繁华，但数千年的文明史中，古老的都城淹没于荒草，也是常有的事情。

然而，元上都真正的传奇并不被国人知晓。“上都”作为一个词语，在很多民族的语言中存在，它犹如“香格里拉”一样，表示一个可以用美丽、神秘、繁华、富庶、充满梦幻……以及类似的你可以想象到的词语来形容的一片令人神往之地。天文学家甚至用“上都”一词命名了土星的第六颗卫星。

元上都的遗址在正蓝旗旗府以东 16 公里左右，乍看并没有什么特别的，不过远远地看到草原上有一条长长的隆起，那是城墙罢了，也浸没于草色之中。然而就是这个遗址，曾经有辉煌如紫禁城般的宫室、美丽的太液池、繁华的市场，以及寺院和官府，棋盘式的街道至今仍依稀可辨。我从遗址管理处的门口借了一辆自行车，骑着它沿着沙土路艰难前行。虽然沙土路不适合骑车，但相比而言，步行参观遗址的人通常早早地放弃了，甚至走不到宫城的边上。

上都和大都一样是蒙古人建立的，然而也和大都一样在中国数千年的建都史上首次尽量地使其符合《周礼》。《周礼》记载，都城应该是宫城九倍，从前汉族人自己建立的都城都达不到这个比例，皇宫太大，而都城小。后来到了明朝，也同样缩小了北京的都城面积。但是，草原民族就不一样了，他们有土地，也有气魄，古老的《周礼》符合了这种气魄。

今天的正蓝旗其实不是一个拥有广阔草原的地方，它的南部紧邻河北省，那里过去也是牧业区，然而现在已经是农业区了，有大面积耕地，土豆种植是那边的重要产业。而正蓝旗北部是绵延的浑善达克沙地，传说中的沙尘暴来源。然而，我任何时候跟别人提到这个地方都要为它正名。浑善达克沙地实在是水草丰美，植物生长茂盛的地方，其植物量远远大于北方的典型草原，水源丰富，是京津地区主要河流的发源地，裸露的沙丘很少，被植物覆盖的沙丘形成很多山包，只是因为它叫“沙地”所以才误得其名。金莲川草原就在沙地和农区的中间。虽然不像锡林郭勒和呼伦贝尔的草原那样开车几小时，却不觉得换了地方，但是依然四望无极，车停下来靠双脚丈量仍然不是好主意。

今天这里已经没有太液池，一条弯弯的河水流过广阔的草原，河附近是大片的湿地，水鸟、燕雀种类不少，尖利的、婉转的、粗犷的鸟叫声不绝于耳。上都遗址为了控制盗掘事件，附近已经不允许牧民进入，所以没有什么牲畜，草滩上的草都没有牲畜吃，去年的枯草都在，远远看去有一片一片的黄色斑块。走了很久，只看到两匹马，一匹白马，一匹栗色马，在无边的绿色织锦上悠然吃草，一幅常见又难得一见的草原风景画。常见是因为典型，经常出现于草原题材的油画或图片中，难得一见是因为真正在草原上，很难实际碰到如此典型的画面。金莲花开的季节还没有到，然而这里仍然开满了黄色的小花，从高处看，绿色的织锦上缀满了黄色的小星星，也形成很多斑块，不同的植物种类构成的斑块在草原上形成很多图案。蹲下来看，小花很小、很亮，无边无际。

如果停下来，在上都河边的湿地听鸟叫也没有什么不可以的，因为遗址早已和草原融为一体，以金莲川之美，坐在任何一个角度欣赏都一样。而遗址不过是一圈一圈的矮墙，被青草覆盖，或刚刚做了些简单的复原。遗址的魅力不在于其样貌，而在于遗址的各种传说散发出来的神秘力量。

元上都是忽必烈营建的，当时忽必烈在蒙古帝国中负责漠南汉地事宜，所以经常在汉族生活区活动，认识很多儒者。汉族人对皇帝继位的看法和蒙古人不同，多以为先正名号者即为天子，而蒙古人认为选举产生的才是合法的。忽必烈的哥哥蒙哥汗突然死去，忽必烈返回草原准备参加推举可汗的大会，走到上都所在的地方，就在儒者的簇拥下，搞了个不够有代表性的推举大会，自立为可汗。而后开始了和他的弟弟、公推的可汗阿里不哥的战争，蒙古帝国也由此从实际的征服世界的大帝国变成名义上的统一帝国。而忽必烈建立的元朝，更多以其最初管辖的漠南汉地作为政治经济中心。忽必烈确实是一代大帝，不过这个不够光彩的起点，成了忽必烈英名之外挥之不去的阴影。自从称汗，忽必烈建立了元朝，先建造上都，又建造了元大都。由于元大都为今天的北京城奠定了基础，所以今天更加出名，而元上都毁于战火，后来荒草浸没，渐渐被人遗忘。但是在元朝，两座都城同样繁华，而且在很多元朝的重要事件中，我们曾经以为是发生在大都的事件多半发生在上都，例如忽必烈接见马可·波罗。

我的故事终于绕回来了，上都为什么会变成梦幻而令人神往之地的代名词呢？就是从马可·波罗开始的。马可·波罗在元上都见到了忽必烈皇帝，在《马可·波罗游记》里，他用极尽铺排华丽的辞藻描绘了上都，在很多不够谨慎的翻译版本中，经常把它和大都混同，尤其是很多汉语译者根本不知道“上都”这个地方。其实上都是元朝的夏都，元朝皇帝多在冬天待在大都，此时北京已经草木凋零，了无生趣。所以游记里那个城里繁花似锦，城外野兽成群，皇帝与群臣猎于郊野，甚至可以猎到虎豹的地方不是大都，是上都。上都的宫室楼宇高耸入云，而也有蒙古族传统的宫帐散落附近。建筑物不似汉地的那样都以高墙围成院落，多以孤立的建筑存在，大都的宫殿，从前也没有高耸入云的围墙。通过《马可·波罗游记》，上都这个地方被欧洲人知道了，欧洲当时还没有如此繁华的城市，没有人见过东方式的奢华宫殿，也没有多少人真正见到过上都，于是上都变成一个梦，传递于人们之间，被诗人和文人写进自己的作品，“上都”这个词语被欧洲很多民族使用，表达梦想之地的意思。上都申报世界遗产的时候，很多人并不看好，比之今天依然繁华的北京，比之保存完整的南京，比之抬起脚踩的全是文物的西安，这个地方真的只是草色中矮矮的围墙、难以辨认的街道。无法看到也无从想象的宫殿已经烟消云散，或者这个地方就是一片草原。但是，单凭上都这个词语对欧洲文化的影响，我早已对申遗通过充满信心，欧洲人一定在乎他们世世代代梦想之地的真实所在。

骑车进入宫城，围墙、建筑物的根基逐渐密集，遗址的魅力在于，它赋予人们无穷的想象空间，想象最繁华的时候这个地方什么样、这片土地什么样？然后看看今天，周围草原广阔，在高天之下，远处的山峰都显得低矮，上都的围墙披满青草，早已和草原融为一体，在无边无际的风景中，看不出其高，也看不出其广。只觉得骑车在里面转很累。想想骑车转北京有多累，也可以知道了，何况上都里的道路都是沙石和土的。那些巨大的石基前立着碑，告诉人们这里曾经是哪座哪座建筑，而且多半儿是推断的，对比北京的紫禁城，就知道什么叫消失在历史的长河中。

在元朝的历史中，很多政治事件都发生在上都，六位皇帝在此登基，而元朝的最后一个皇帝妥欢帖木儿面对元末的农民起义，一筹莫展，逃往上都。随之而来的，是农民军大举扑向上都，上都由此化为灰土，终究融化于这片土地。当地的百姓爱这片土地，以遗址为傲，但也以平常心看待，就像一个守着一个永远静静存在的邻居。或者对于上都申遗的成功，当地老百姓还没有那些以上都为梦想之地的欧洲人兴奋吧！

所有的遗址都有它的另一面，遗址死去的一面。常常被人重视的是：它的历史意义，它的文化价值，它的旅游资源，等等，然而遗址有活着的一面，所有的遗址周围都还有生动的老百姓，他们身上仍然带着遗址曾经辉煌的宫殿、繁荣的城市的那个时代的信息密码，可以带我们穿透历史，依稀看见那个时代的模糊的影像。

一到正蓝旗，司机就很骄傲地告诉我，这个地方的风水极好，就是别处不下雨，这里也会下，所以“上都”会选在这片草原上。草原是干旱地区，所以对雨水特别看重，在草原上风水好的地方的一个重要标志就是雨水多。

我到正蓝旗的第二天，正赶上祭祀敖包。正蓝旗的西边有三座敖包，垒起的时间不长，作为全旗的敖包。锡林郭勒盟的每个旗县都有自己旗县的“县级敖包”。这些敖包大多不是传统的，大多是旗县后建造的，用来保佑自己的旗县风调雨顺。而正蓝旗境内绵延的沙山上，更不知有多少敖包。敖包山平时没有什么人，祭祀前一天，我先去转了一圈，只有几个工作人员在往绳索上系哈达和经幡。通常人们在媒体上看到蒙古族、藏族同胞互敬的哈达都是白色的，但是实际上哈达可以有很多颜色，白色、蓝色、红色、绿色、黄色……蒙古族人崇拜蓝色，互相行礼的时候喜欢用，我曾经问一个朋友，白色的哈达和蓝色的哈达在意义上有什么区别？她想了想竟然告诉我说：“没什么区别，前几年流行用白色的，这几年流行用蓝色的。只有黄色不能随便用，主要是献给佛像，或者献给喇嘛的。”此刻，五彩的石堆被各色的哈达装饰起来非常漂亮。哈达中间还有经幡，都是用藏文书写的佛经。敖包祭祀起源于古老的山神崇拜，佛教兴盛时期，祭祀敖包的仪式仍然对百姓极为重要，所以，佛教僧侣被请来主持仪式。

上都遗址附近的山峦上分布的大小十数座敖包，各有不同的祭祀时间。从初夏开始，整个正蓝旗大大小小的祭祀活动不断。而祭祀敖包最吉祥的征兆，莫过于下雨。祭祀时雨下得越大、越久，人们越加高兴，说明来祭祀的人心地善良虔诚，也说明喇嘛念经很灵验。

我在祭敖包的头一天下午去敖包山时，天气尚好，第二天早上五点半，我们出发去往敖包山，天色阴霾，我看见敖包下虔诚的百姓默默地绕着敖包行走，也听到喇嘛念经的声音。转敖包的人摩肩接踵，都是男人和孩子，女人是不能太靠近的。这个习俗听上去男女不平等，但男女原本不同，古老的习俗，还是应该尊重，所以我也没上去，举着相机用长焦镜头照相。光线极差，快要下雨了。人们围着三个敖包，每个转三圈，或总的转三圈，以祈求平安。这个仪式在上都还兴旺的时代就已经有了。祭祀敖包和狩猎是当时重要的皇室活动，既可以祈求平安、祈雨，也是人们增进感情加强联络的好机会。而今天祭祀敖包的作用仍然如此，参加祭祀的人的心情也没有多大变化。

几位穿着砖红色衣服的喇嘛念完经，绕着敖包转，而后收拾了祭品，仪式就结束了。雨点噼噼啪啪落下，很快演变为一场中雨，这样的雨在草原上弥足珍贵。

有祭祀敖包的日子一定有那达慕。这个活动也同样继承自古老的上都时代。但是当时的一些项目已经失传了，比如以羊拐击中目标的比赛，投掷一种名叫“布鲁”弯棍的比赛，等等。那达慕后来被固定在摔跤、赛马、射箭这三个项目上了。正蓝旗旗府上都镇附近，没有宽阔的场地，网围栏很多，不适于赛马，而射箭如今已经很少能见到了，所以那达慕比赛最重要的项目就是摔跤，蒙古人称为“博克”。博克手皆身材高大，骨骼强劲，有人很胖，有人匀称，没有瘦的。博克手的服装非常漂亮，上身是牛皮制的坚硬的褡裢，下身是肥大得如百褶裙一样的摔跤裤，脚蹬跤靴，有成绩的摔跤手脖子上佩戴“江噶”——一种由彩色布条绑成的圆环。仅看装束就可以大概知道一个跤手的实力。新出道的跤手都没有江噶，江噶是最明显的级别标志，江噶越旧的人，资格越老，通常实力强大。当然也有年过四十岁，甚至年近五十岁，该退休的。而年轻的业余摔跤手通常没有漂亮、威风的跤裤，他们穿普通的裤子摔跤。不过任何比赛都不能小看新秀。

博克非常具有观赏性，而且其规则遵循着古老的信条，只摔一次，不分重量级，不分年龄，倒了的就被淘汰，没倒的进入下一轮。所以在博克场上可以看到一些奇怪的现象，高大近两米、装备齐全的摔跤手和一个十几岁尚不及其肩膀高的少年摔跤。少年自然不是对手，也不肯弃权，那位成年的跤手也并不狂傲地一下子把少年摔倒，而是和他角一会儿力，观看的人都赞叹说：“真行啊！没一上来就扳倒，给小男子汉留着脸面。”而后跤手把少年轻轻地扳起来，他就倒掉了，跤手竟然在少年倒地的一瞬间，托着少年的颈肩。上身先着地者为输，所以成年跤手之间都是恨不得对方的肩膀早点着地。跤手托住少年的动作，让大家都笑了，有人说：“应该先抱起来亲一口再让他倒。”这句话一点都不假，虽然这个跤手未必认识跟他摔跤的小男子汉，但是一举一动都显得非常疼爱他。

这类小型的那达慕也通常无公平可言，什么人会碰到什么人，都是组织者说了算，而且一路都一跤定胜负，所以只要排好兵布好阵，有的跤手可以一路轻松过关，有的一路强手如林，所以一般在哪里比赛，当地的跤手一定能赢到最后。跤手们对此早习以为常。来自西乌珠穆沁旗的跤王级人物特木勒第一轮就遇到了一个叫巴特尔的东乌珠穆沁摔跤手，上场看架势就知道高手对高手，何况摔跤手们之间都互相认识。巴特尔的相貌极为英俊，有乌珠穆沁人特有的高鼻深目、棱角刚健的外形。特木勒一看遇到巴特尔就笑了，知道组委会的人收拾他，拍拍巴特尔的肩两个人就开始摔。巴特尔非常认真，也极有实力，特木勒主动弯腰摸了一下地，就算输了。特木勒是本场比赛最著名的摔跤手，后赶来的观众听说特木勒已经输了，都深以为憾。但是接下来巴特尔的麻烦就来了，他每一轮遇到的都是佩戴着旧江嘎的最厉害的摔跤手，这个阵本来是预备给特木勒破的，结果落到巴特尔头上了，他力闯三关，但是终于在第四轮败下阵来。

元上都是蒙古人在以武力得天下的最辉煌的时代建立的，所以战争中的一些原则还渗透在今天的那达慕中。战争没有公平可言，倒了就是输了，输了只能等下次有机会再战，不可能当场再跟你打一次；也没有重量级，一般个子小打不过个子大的；强手亦或会遇到强手，不一定每次都是强手胜弱手最后才相遇。就好像蒙古帝国的开创者成吉思汗，在建立他的大业的过程中不断地和他的安达札木合战斗，札木合每次失败以后，都会寻求新的战场和成吉思汗再战，成吉思汗再次胜利，由此征服新的部落和土地。如此有趣的历史信息仍然藏在蒙古人中间，藏在他们的衣食住行的点滴之中。

正蓝旗的奶食品如今仍然闻名于内蒙古，当然在外面名声有限，主要是蒙古族传统奶食并不被外族广泛接受。但是喜欢奶食品的人都知道正蓝旗奶食，甚至以牧业闻名的乌珠穆沁地区也购买正蓝旗的奶食，因为这里的百姓还继承着给上都的贵族皇亲们提供奶食的技艺。

金莲川草原其实并不太大，如果从地图上看，小得不足以标示出来，正蓝旗附近其实很少有广阔绵延的大草原。尤其向北进入浑善达克沙地，多有绵延的沙山，在沙地里生活的牧民大都没见过广阔的大草原。按照马可·波罗游记的记载，上都附近有很多野生动物，非常适合狩猎，皇家每年在这里举办大型狩猎活动。今天这些野性的地区已经淡出人们的视线，野生动物仍然有，但是不容易见到。上都附近的沙地上有很多稀疏的榆树，而往东也有茂密的森林，曾经的太液池已经蜕变为天然湿地。王朝已逝，大地依然。

正蓝旗的名字来自清朝，蒙古帝国并没有在元上都焚毁后彻底覆灭，而是退回到他们生息的大草原上。在草原上，蒙古可汗带着他的近卫迁徙，跟随者都是各个部落中挑出来的精英，他们有个名字叫作“察哈尔”。察哈尔原本不是一个部落，而是一个类似中央卫戍区的组织。察哈尔跟着蒙古可汗逐渐从蒙古国西部迁徙到今天锡林郭勒盟南部的上都附近，300年前，这里曾经是他们的政治中心。但在这一带，蒙古帝国的最后一个可汗林丹汗败走青海，察哈尔散落在锡林郭勒盟南部。察哈尔后来被编入八旗，乾隆的时候在这一带建立过八旗完整的建制，但后来推行不下去，大部分撤并，今天只剩下正蓝旗、正镶白旗、镶黄旗三个。察哈尔人在清朝统治下主要从事畜牧业，也为国戍边。到了民国时期，察哈尔又一次显露头角，出了好几个将军。今天的察哈尔人在广阔的草原或起伏的沙地中驻牧，在城镇聚居，从事各种行业。他们和上都始终有一层神秘的联系，看不见也摸不着，不知不觉又无处不在。

那达慕举行的那一天，上都申遗的讨论也在进行。大家说：“申遗成功的话，顺便就举行庆祝活动。”但是，那达慕开始以后，似乎完全没有人记得申遗的事情了，大家看到的只是跤手和比赛。投票也没有在当天揭晓结果，等结果揭晓的那天，除了广场上的文艺演出，也不见太多的庆祝，而对于爱好艺术的蒙古人来说，文艺演出和那达慕一样都是常常举办的活动。街上没有人议论申遗的事情，我问出租车司机：“没有庆祝活动吗？”“这不满大街都在庆祝嘛！”司机说。我举目四望，阳光灿烂，草木丰茂，人们各乐其业，也许这就是庆祝吧！

把根留住

蒙古依然

曾经以为大地被冰封雪染，
再不能和春天相见，
但是雪化春来四季轮转，
大地依然。

曾经以为音乐会随流行肤浅，
古老的民歌将成为遗产，
但歌手玩遍了经典流行爵士摇滚，
民歌依然。

曾经以为孩子会变得胆小，
父母不会再舍得独子翻上马背，
但父亲扯着缰绳大马带着小马，
骑士依然。

曾经以为角弓将变成传说，
摔跤手不再受崇拜，
但那达慕复活与旅游业毫不相干，
欢笑依然。

曾经以为母语将被遗忘成古代，
游牧只能陈列在博物馆，
但人们放牧经商求学问史，
文明依然。

纵然大片草原已长满庄稼，
纵然网围栏绊住了黄羊的脚步，
纵然让人心碎的消息四面八方，
蒙古文化仍然会传到下一代，
于是，蒙古依然。

曾经有一段时间，我描写蒙古族文化遗产的文章经常被人冠以“最后的……”标题。《最后的牧马人》《最后的呼麦手》《最后的游牧人》，等等。那时候，我对编辑说：“哪有那么多最后？”编辑们通常迷惑不解。

我记得，我青年时代去听一次古琴的演奏会，演奏家介绍，从唐朝起，人们就担心人心不古，古琴会失传，但是它今天还在。世界上很多美好的东西都一样，不会那么容易就彻底消失。它们还会在。人们的热爱，使它生生不息。

蒙古民歌的复兴

1970 年，在呼伦贝尔，草原上的房子还很少见。在一栋孤零零的房子里，三个人摆了一桌报纸，他们让三个孩子在门外站岗，分别朝三个方向瞭望——如果有人来了，他们就立刻读报纸，学习文件。一切准备停当，三人倒上一点儿酒，他们想做的事情是——唱歌，唱草原上那个时代被禁止的家乡民歌。

在那段岁月里，蒙古民歌也不为人陌生，最有名的是《赞歌》和《敖包相会》，这两首歌几乎家喻户晓。但是除此之外，似乎蒙古草原上就没有什么别的歌了，至少很多年以来，外面的人很少再听到过其他草原歌曲。其实，赞歌的曲调源于一首非常诙谐的科尔沁情歌，歌词唱的是当兵的哥哥向心爱的姑娘索要礼物。不过这个曲调被重新演绎之后，恋爱的情绪就听不出来了。《敖包相会》更是特殊时期的一个误会，敖包是蒙古人祭祀的圣地，通常女人是不能上去的，更别说在那里谈恋爱。它是电影《草原上的人》的插曲。唱这首歌时，有个姑娘和小伙约会的镜头，是在呼伦贝尔一个著名的敖包山拍摄的。在移风易俗、破除封建迷信的年代，一切都有可能发生。这首歌直到今天仍被人广为传唱。

当天空重新呈现蓝色，大地重新披上绿装，蒙古民歌的苏醒漫长而波澜不惊。在外人看来，它平平淡淡，只是阶段性地冒出几首蒙古风格的流行歌而已，但是无数的蒙古族歌者为此前赴后继。

“这就是蒙古人，热爱故乡的人……”腾格尔开始演唱《蒙古人》的时候，是在中央民族大学的一间宿舍里。那忧伤得像哭一样的旋律瞬间打破了人们对于蒙古音乐的认知。但几乎所有国内的蒙古族人在同一时间接受了这首歌，那个时代腾格尔产生的巨大影响力，至今仍然很少有人能达到。久已疏远了民歌的蒙古族人终于又在一首歌中宣称自己是蒙古人了。

那时很多蒙古族人改了名字，不再说蒙古语，几十年没去过草原，甚至腾格尔也有个搞怪的名字叫作“杨占彪”。“养育我的这片土地，当我身躯一样爱惜，沐浴我的江河水，母亲的乳汁一样甘甜。”从民族音乐复兴的第一时间，蒙古人的歌就和家园连在一起。

腾格尔在那个时代创作了很多歌曲，有《天堂》《苍狼大地》……甚至有狂喝豪饮的歌。一些蒙古人生疏的文化主题重新被他的歌唤醒。蒙古民族的家园就是人间天堂，蒙古民族的文化和苍狼联系在一起，这些最基本又最生疏的事实被腾格尔用悠扬伤感的曲调表达出来，猛击着蒙古族人和那个时代全中国人的心。

太阳逐渐升高，但草原的春天来得比较晚，一晃就是十年过去了。2000 年初，一个年轻、时尚的帅哥又一次改变了人们对蒙古人的印象，他是齐峰。要知道蒙古青年是很帅的，在腾格尔沧桑的形象被固化在外人心里的十几年里，你跟人这么说都没人信。《我和草原有个约定》，齐峰开始用他的方式歌唱草原，他开始表达的一个主题是他要回草原。经过十几年的文化复苏，2000 年前后，很多蒙古族人终于发现，自己离开文化的根太久了，这根就是草原。草原其实离北京并不远，齐峰的故乡锡林郭勒如今去一趟已经非常方便，但那时的草原交通不便，有车族也有限。很多人出来上学了、工作了，离开草原，就一去不回头，甚至自己的孩子在远离草原文化环境的城市中不知不觉就长大了，家里在教育孩子时也没有注意，蒙古族一代年轻人接收到的信息和其他人没什么差别。但是，他们还是感觉到了自己骨髓里的不同，相信自己和草原有个约定，他们要去寻找共同的根，到了草原就“走进了阳光迎来了春”。

几乎在同一时期，布仁巴雅尔和乌日娜夫妇带着他们的女儿诺尔曼唱了一首歌《回家吧!》“回家吧，回家吧，家乡有座蒙古包!”那时候夫妇两个不出名，但这首歌很多蒙古人都记得。

布仁巴雅尔就是开篇时那个故事里站岗的三个孩子中的一个，那时他在为爸爸站岗。当他还是一个年轻记者的时候，有一次，在街上闻到了一股熟悉的味道后，他骑着车拼命追——一个老汉赶着一辆运垃圾的马车，那时北京的街上还有马车，他闻到的是马的味道。对草原上任何游丝一样的气息的追逐一直在布仁巴雅尔的生活里。

追逐这种味道的人并不只有布仁巴雅尔。远在德国，一位年迈的大学教授，突然停住脚步，寻找一种气味，终于他找到了，在旁边一片草坪上有人正在剪草。青草散发出清香的味道——草原上多么熟悉的味道。他女儿陪着他，惊讶于父亲的行为，并且上路去替父亲寻找这种味道。这个女儿就是著名诗人席慕蓉，在此之前，很少有人知道，她是蒙古族人。回到草原的席慕蓉写下了《父亲的草原，母亲的河》。“父亲总爱形容草原的清香，让他在天涯海角也不能相忘……”席慕蓉不仅回了父亲的家，也回了母亲的家，看到母亲一直描绘的大河——“希拉沐伦”，或许在南方人眼里这河的水太少了，但是它从赤峰西部草原一路向东奔流的样子却有草原河流特有的洒脱浩荡。回到草原，她还学唱了首家乡的民歌，回去唱给她的姐姐时，姐姐惊住了——这是姥姥的歌，姐姐还是个小姑娘的时候就会唱这首歌，曾经趴在姥姥怀里唱过。

从《蒙古人》开始，蒙古族的音乐以伤感和深情的形式呈现了近二十年，这种印象突然被一首歌奇迹般地打破了，这首歌就是《吉祥三宝》。一个创作者在一个时期可能写下很多歌，哪一首会流行他并不能控制，不一定是他写得最用心的，也不一定是他写得最好的。一首歌创作出来，什么时候流行，也不在创作者的把控之中。但是一首歌能够流行起来，和一个时期众多听者的共同心理需求有关。《吉祥三宝》创作的时间早在它流行起来的八年之前。那时，布仁巴雅尔和乌日娜的女儿诺尔曼还是一个整天问十万个为什么的小孩，布仁巴雅尔用各种有趣的答案糊弄她，乌日娜大笑着让他写一首歌，他就写下了“吉祥三宝”。“太阳、月亮、星星，是什么？——吉祥三宝。爸爸、妈妈和我是什么？——吉祥三宝。”就这么简单的一首歌，八年无人问津，到了它突然被制作公司看中的时候，诺尔曼已经进入变声期，不能再奶声奶气地和父母一起唱这首歌了，于是他们带着乌日娜的侄女，当年9岁大的英格玛唱了这首歌，并且通过2006年春晚家喻户晓。太阳、月亮和星星，爸爸、妈妈和我是吉祥的一家。这个朴素的主题也曾经那么生疏过，它一瞬间打动了太多人。中国人从深陷政治纷争转入一心关心经济，有很多年了，到了回头看自己的家，爱自己的爱人和孩子的时代了。而蒙古族也通过音乐展示了自己民族的另外一面——爱、欢乐、质朴又富于哲理。布仁巴雅尔同时成功的歌曲还有《天边》和《呼伦贝尔大草原》，这个来自呼伦贝尔的家庭从不掩饰他们对家乡的无限热爱。2005—2006年时，呼伦贝尔的交通早已改善，但是对外面的人来说，它仍然远在天边，对数以十万计城市蒙古人来说，它也远在天边。那两年，严重退化的草原迎来了9—11年一次的丰水年，草原又一次惊艳起来。夫妻二人一边在家乡拍摄MV，一边向牧民宣传环保，鼓励大家重建文化自信，守护好家园。

曾经有一个时期，人们以为少数民族的歌曲都是民歌，后来发现那些都是创作歌曲，有点儿失望，又拼命地想把它们分开，这个工作有一定的意义，尤其在版权保护方面，但是对于音乐、歌词、歌曲本身而言，意义不是很大。

出名以前，有一天，回到鄂尔多斯老家的腾格尔喝多了，听见有人在唱《蒙古人》，他站起来，敬了那人一杯酒说："这是我写的歌。"酒桌上的人不屑地把他按倒："民歌怎么是你写的?"腾格尔当时很伤心，但后来他说："这首歌能流传起来才是最好的，大家知不知道是我写的并不重要。"很多年以后，布仁巴雅尔的女儿诺尔曼写的歌曲《乌兰巴托的爸爸》被草原上很多孩子传唱，好像一首民歌一样。布仁巴雅尔对女儿说："你挺厉害呀，我写了那么多歌也成不了民歌，你小时候写一首歌，就成民歌了，你这个太厉害了!"在蒙古族百姓中间，民歌和流行歌曲的界限并不明确，那些被人们不断传唱的歌曲可能是老民歌，也有可能是新写的。而那些老民歌也是某个时期人们创作的，作者在当时可能小有名气或大名鼎鼎，就像今天的歌星一样。

在蒙古族各种创作歌曲努力前行的年代，老民歌也逐渐被拾起，被整理。老艺术家德德玛、拉苏荣又开始在电视台和各种活动中演唱长调，阿拉坦琪琪格的传奇般的《金色圣山》的故事开始流传。阿拉坦琪琪格的姥姥年轻时出门串亲戚，中国和蒙古国的边界就在那几天划定了，于是姥姥和自己的孩子开始长达四十年的分别。到两国邦交正常，阿拉坦琪琪格去蒙古国访问，她的歌声通过收音机传出来的就是姥姥传给妈妈，妈妈又传给她的《金色圣山》，姥姥通过这歌声找到她，和自己的孩子们团聚了。在全家去乌兰巴托见姥姥的短暂日子里，姥姥搂着每一个孩子睡了一个晚上。蒙古人表达爱的方法特别真实、特别让人心疼。

到了2000年的第一个十年里，老艺术家们焕发出青春，而年轻的歌手和乐队组合开始遍地开花。呼伦贝尔的《牧歌》、科尔沁地区的《诺恩吉雅》、锡林郭勒的《都仁扎那》、鄂尔多斯的《送亲歌》、阿拉善的《旅行者之歌》、土尔扈特的《土尔扈特故乡》……伴随着年轻歌手崭露头角，老民歌也重新在蒙古人中间传唱。民歌的光芒是不会只收敛在自己族群中的，巴彦淖尔的小伙子胡斯楞演唱的《鸿雁》开始在全国传唱，它甚至还成为了接待美国总统奥巴马的节目。这首歌的蒙古语版原本叫作《天鹅》。在草原上几乎每一个湖泊里都会在某个特定的季节看到天鹅，等季节到了，它们又会离开。巴彦淖尔最重要的湖泊叫作“乌梁素海”，它宽广而美丽，是候鸟的家园。而巴彦淖尔本身就是湖泊丰富的意思，黄河北岸的这个地方曾经散布着无数湖泊，如今随着农耕的入侵，水渠和灌溉土地逐渐代替了湖泊散落的草原，但天鹅的记忆还没有远走。虽然汉语歌词“酒喝干再斟满，今夜不醉不还”算是深得原词之妙，但是原歌虽然表面上劝远方的朋友留下来畅饮，但却暗含着让朋友们像天鹅一样在季节到了的时候就飞回家乡，不要在此贪杯的意思。蒙古人对将天鹅翻译成鸿雁很认同，有人认为对汉族人来说天鹅在人们心里可能地位太高、太遥远了，鸿雁在汉族人心理上的位置更接近这首歌中天鹅在蒙古人心中的位置。

蒙古音乐好像一个苍穹一样巨大的蒙古包，里面灯火通明，欢歌宴饮，各种风格、各种曲目轮番上演，但是外面人看到的只是一个暗淡的灰影。终于，腾格尔、德德玛、齐宝力高这样的艺术家把这座天一样高的毡房打开了一条缝，一道明亮的光芒投射出来。震撼了外面的世界之余，人们并不知道，这道光不是蒙古音乐的全部，当大门打开，里面还有更加辉煌和神秘的美景。

阿拉善的歌唱家阿拉坦琪琪格主演过一部电影《长调》，影片宣传时，总是有人问，什么是长调？没听过长调的话，任何定义都是徒劳的。就好像影片中阿拉坦琪琪格把手机扔出车窗时的感觉一样，她已经没办法和制作公司解释了。长调是蒙古民歌的灵魂之一，是无限辽阔的土地上无限辽阔的歌。

年轻的歌手莫尔根在十几年前稀里糊涂地从阿拉善到北京学习，她自己至今都很难说清楚她上的是什么学校。她学过美声，学过民族唱法，曾经学到嗓子完全发不出声音，连话都说不出来，晕倒在大街上。她被朋友们抬到德德玛老师家，老师非常心疼，把她介绍给在中央民族大学任教的乌日娜做学生。乌日娜教莫尔根唱长调，唱民歌，把她的声音调整回来。直到有一天，她发现，她要学的歌并不在千里之外的北京，她的妈妈就是长调歌手。

妈妈生长在阿拉善，是个普通的牧民，像很多牧民一样，妈妈也具有音乐天赋，不仅如此，妈妈热爱唱歌，在家乡，任何有一点点仪式化的场合，妈妈都会歌唱——向年长的亲戚敬酒，新煮熟的羊被端上桌。在广袤荒凉的阿拉善，嘹亮的歌声几乎随处可闻。

阿拉善老早有一首歌叫作《苍天般的阿拉善》，无论在当地人还是别的地方的蒙古人中间，这首歌都叫得很响。沙漠和戈壁交替的阿拉善干旱少雨，生活条件艰苦，人口稀少，但也保持着远古的风貌，让人觉得这是天神住的地方。就是这样的地方，曾经在灾年拯救了无数甘肃、宁夏逃荒人的性命。蒙古民族对故乡，对土地有一种特别的感情，在他们的眼里，不要说水草丰美的锡林郭勒、呼伦贝尔是好地方，阿拉善也是富饶辽阔的地方，对土地极低的索取，使土地的财富尽可能地保存下来。莫尔根的长调《富饶辽阔的阿拉善》成为嫦娥一号搭载上天的曲目。这个成绩对莫尔根的生活并没有什么影响，她更想做的是把妈妈盛装打扮扶到舞台，真的成功的时候，莫尔根也是静静地笑着，听着妈妈的声音震撼全场。这些事情重要也不重要，因为生活还在继续，长调的真正价值在于，它还在生活中被牧民演唱，并且交给下一代。

莫尔根来自阿拉善，乌日娜来自呼伦贝尔，他们都善于唱长调。在外人听来，长调是一个极有特异性的歌曲，但是它是有流派的。就好像外人看到的羊都是一样的，但是在蒙古族牧民眼里，每个羊的长相都不同，它们也有血统、家族、亲缘远近。呼伦贝尔是草原水乡，那里的长调清澈透明，阿拉善是荒漠和沙漠，那里的长调坚硬而温暖。长调的第三个流派区在锡林郭勒，而锡林郭勒是广阔的典型草原，这里的长调宽广悠长，近听声音不大，远听直穿地平线。

歌舞之乡鄂尔多斯的长调居然不在三大流派之中，杭锦旗的额尔登朝鲁在乡下过着半农半牧的生活，他一开唱，让人觉得别的音乐就不存在了。他会唱至少两个流派的长调。一种是鄂尔多斯的长调，一种是古汝歌。古汝歌是蒙古族宫廷歌曲，它几乎绝迹，后来在杭锦旗被发现，这种歌很郑重，不像其他歌曲一样可以随时在酒宴上唱。它有一段时间快要失传了，额尔登朝鲁把它们学会，我曾经反复追问他是不是古汝歌的传承人，是不是从家族里学的这种歌，这又是一个没有意义的问题，不管他跟谁学的，他会唱了，他就是传承人。

从额尔登朝鲁的家向东北大约一千公里的锡林郭勒盟东北部，有个在蒙古人中很有名气的部落乌珠穆沁，也有个具有传奇经历的长调歌手，他叫“陶格陶夫”，他就是一个普通的牧民，曾经在不能歌唱的年代对生活万念俱灰，几年前，几位文化工作者成立了“乌珠穆沁长调协会”，他很偶然地参加了活动，竟然一发不可收拾，成了当地有名的长调歌手。从此，他又变得衣着讲究，风度翩翩。牧民并不是遥远土地上的贫苦可怜的人，他们和王公贵族之间只有一步之遥，今天走在草原上，随时会有一个普通的牧民告诉你他是成吉思汗或者哈萨尔的子孙。乌珠穆沁因为牧业文化保存完整，也因为这里当年养育的知青特别成气候，对它大力宣传，它有了一层令人向往的神秘色彩——广阔的草原、完整的民族文化，让人们对它另眼相看。

也是在21世纪的头十年，和蒙古国之间的文化交流由解冻转为活跃让内蒙古的音乐又一次开阔了视野，如果说发现家乡、发现内蒙古的老民歌是发现自己，和蒙古国之间的音乐交流就是发现了世界。当看到蒙古国的歌手用时尚、自信的姿态把富有浓郁蒙古文化色彩的歌曲和流行、摇滚、说唱、跨界结合在一起的时候，年轻的内蒙古歌手们意识到，他们自己也可以这么做。在内蒙古的蒙古人中突然有了自己的流行风，那些歌曲迅速丢掉了刻意的蒙古元素，变得自由、自信、真诚又返璞归真。

早期在北京的蒙古酒吧里有一家很有名气叫“胡戈”，当时的主唱是来自鄂尔多斯的昭日特，蒙古酒吧对蒙古族流行音乐的崛起起着相当重要的作用，他们让蒙古族的流行音乐有了消费渠道，让歌手们能以唱歌为职业活下来。后来影响颇大的黑骏马组合最初也在胡戈登台，那时他们还是满脸村红的乡下男孩，后来他们在另一家酒吧“故乡”找到了明星范。他们最具影响力的作品是《父亲是牧马人》，城市蒙古人此时已经是一个巨大的群体，很多城市蒙古人是学者和机关干部的孩子，但随着教育的发展，很多牧民的孩子通过上学进入了城市，对传统的疏离和未走远成了人们对这首歌共同的需求。

昭日特的代表作《吻你》和《蒙古人》一样，原词是蒙古国诗人写的，内蒙古人谱的曲，几年后，由“土尔扈特公主”哈琳唱红了，哈琳唱片的海报甚至被陈列在额济纳旗旧土尔扈特部王族的小博物馆里。在《吻你》这首歌发行之前，很多蒙古族青年都以为自己民族没什么爱情歌曲。内蒙古的青年这样歌唱爱情：“因为看不够你吻你的眼……因为你聪明懂事吻你的脸……”。蒙古人的爱情一上来就热烈直白。且慢！好像跑快了！回头看一眼。有一种说法认为，歌唱就是为恋爱而生的，几乎所有会唱歌的民族都善于唱情歌，但是内蒙古的歌手很久没有歌唱过爱情了，那么善歌的蒙古人这么多年以来在唱什么？——家乡、土地、大山和大河、苍天、大地、母亲和父亲、英雄，甚至是神灵。一个民族如此热爱自己的土地和父母，敬畏神灵，并且一直为他们歌唱这真的是不多见的。人们在恋爱时会陷入一种痴狂状态，然后歌唱，而在蒙古人心中有比爱情更令人痴狂的爱。

蒙古人真的有一种音乐是唱给神听的，那就是呼麦。如果说长调是唱给无边无际的天和地听的，呼麦就是唱给居住在绵延的大山和宽阔的河谷里的神灵听的。在蒙古国，呼麦也曾经面临过即将失传的窘境，为了恢复呼麦，蒙古国呼麦大师敖都苏荣20世纪90年代开始进行“出口转内销”的努力，他到内蒙古来教学生。

音乐有时有一种非常奇特的心理共鸣，内蒙古的音乐人听到呼麦的声音时，就知道它是蒙古的声音，尽管这声音在内蒙古几乎绝迹。

那时候，还是个音乐爱好者的伊立奇也参加了学习班，当时他几乎不会说蒙古语。敖都苏荣用手指他的肚子、胸腔、喉咙，示意他发声方法，他竟然就学得非常好。伊立奇那时的工作是在首都机场修飞机，会唱呼麦了，他的生活也就改变了。从学生时代就喜欢玩乐队的伊立奇，又玩了一个乐队，这个乐队就是如今鼎鼎大名的“杭盖”。杭盖靠呼麦起家，但他从来没有被音乐流派界限束缚过，如今它的摇滚范越来越猛烈，越来越坚硬。呼麦碰上摇滚，就像冰镇的烈酒一样燃烧起来。

十年前，当那些英俊的小伙子、漂亮的姑娘唱着饱含古老信息的歌曲出现在荧屏、网站上，当然最重要是在蒙古人的酒桌上的时候，人们觉得豁然开朗。老民歌回来了，那些年轻人用现代的乐队结构，或摇滚或流行或传统地把老民歌重新唱起来，这些民歌也就不再是博物馆里的陈列品，而是重新活了，仿佛已经僵化成雕塑的骏马重新奔跑在草原上。与此同时，大家也觉得，这些年轻人在音乐界迅速成功是理所当然的事情，因为他们的歌那么好，他们唱得那么好。

但是到了新千年的头十个年头过完的时候，却没有几个乐队真正唱出来。年轻的音乐人们的头脑渐渐冷静下来。蒙古族的歌是什么？首先是族人之间爱的表达，价值的认同，文化的传承，能卖钱那个事只是个副产品。

杭盖乐队的伊立奇现在很低调，他是拉扯起杭盖乐队的人，也是杭盖曾经的主唱。他开始唱歌的时候学过广播里唱蒙古歌的方式，父亲很不屑，觉得那并不是蒙古人唱歌的方式。今天伊立奇的歌声既不流行，也不是中国式民歌，也不摇滚，他学会了祖辈歌唱的方式，即使在杭盖让全场沸腾时，他的声音仍然冷静而古老。游刃于现代文明的花花世界之间，又自顾自地冷静而古老着，藐视又震撼着围观的人，似乎整个蒙古文化在今天的世界面前都是这个样子。

当文化多元化时代到来的时候，流行也应该多元化，在不同的群体中有自己的流行音乐，这不正是丰富的蒙古民歌形成的过程吗？或许很难有谁再独占鳌头了，但百草丰茂才是草原真正的本色。音乐人不断地出走和回归，歌曲不断被创作、流行、民歌化……民族音乐的生命就在这个过程中复活、变异、承传。土地会变，山河会变、蒙古人的家乡会变，蒙古民歌也会变，但不管怎么变，蒙古人居住过的土地会有蒙古的气息，蒙古民歌总有蒙古气质，蒙古人的神灵不变。

骑士依然

蒙古族牧民的孩子会骑马，这一点儿也不出乎大家意料，但是小骑手却另当别论。小骑手是那达慕大会上骑赛马的孩子，那达慕大会是蒙古族的民间体育运动会，那达慕大会上的赛马从 15 公里到 90 公里不等，这样的运动量在西方属于极限运动了，不过这种运动在蒙古族就是一个娱乐项目，那达慕的意思就是游戏。这个娱乐项目通常由小孩子来完成，因为孩子的体重轻，给马的压力小，容易赛出好成绩。蒙古人爱玩，最艰苦的工作都能成为一种游戏、在最艰苦的环境里他们都能玩起来。

孟根胡义嘎 6 岁开始学骑马。他那时还是家里的独子，妈妈怕他摔了，不愿意让他学。但是，草原上的牧民都住得很远，最近的邻居也相距一两公里。孟根胡义嘎想找小伙伴玩，他有个亲戚，家里有个和他年龄相仿的男孩子，但是家长骑摩托车送他去的次数有限。后来那个男孩子学会了骑马，可以自己骑着马来找他，他却不能骑马去找人家，这样骑马就成了刚需。这个需求正中爸爸下怀，爸爸早就想教他了。

孟根胡义嘎的爸爸那木斯仁是一个酷爱马的人，他平常办事只要不是非开车不可，他一定骑马。那木斯仁热爱马，关心羊群，善于对付骆驼，他喜欢牧民所有的工作，习惯住在蒙古包里，虽然如今有了机井、汽车、摩托，太阳能，但是家里任何机器设备坏了他都得打电话请兄弟或朋友来帮着修。对孟根胡义嘎来说，和贪玩的叔叔、大爷相比，父亲多少有点刻板无趣，但父亲是把孟根胡义嘎放到马背上的人。

孟根胡义嘎形容刚学骑马的两天：摔了无数次。他刚上马完全不会驾驭马，马走起来还好，一停下来，他就从马背上掉下来。爸爸却说“没事”。“没事”是那木斯仁的口头禅，他碰上什么别人觉得危险的事都说没事，用蒙古语说就是“哈嘛贵……”，他每次说这个短句时，都拖长了声音，带着点轻蔑的口吻。孟根胡义嘎开始骑马的两天一直摔下来，到后来，那木斯仁竟然跟儿子说："你别摔了!"两天以后，孟根胡义嘎有感觉了，不再摔下来，接着他就会拉缰绳指挥马向左向右了。那木斯仁带儿子去串门，给他骑了一匹嘴很硬的马，孩子拉缰绳，马不听他的，又摔下来一次，这次之后，孟根胡义嘎就会骑马了。

我认识孟根胡义嘎那年，他九岁，已经会骑马有一两年了，我问他喜不喜欢骑马，他说："不喜欢，有点怕。"他妈妈也说，不想让他练，摔下来哪有不心疼的。但是转过年来，他的叔叔在微信里晒照片，孟根胡义嘎竟然骑着舅舅的马得了冠军。

从一个会骑马的孩子，到小骑手中间的差距还是挺大的。那达慕的极限运动对孩子的考验非常大。我后来问孟根胡义嘎，谁教他骑的赛马，他说是爸爸，但是他叔叔说，是舅舅教的，他喜欢说爸爸。孩子的叔叔的说法非常有趣，也可信："我二哥想教，但是他怕嫂子么，所以教不会。他舅舅拿走就教会了。他舅舅不怕姐姐么!"牧民的汉语不好，所以他们用词不太准，普遍地用"拿"代替很多动词。

孟根胡义嘎的舅舅是一个又结实又帅气的年轻人，也喜欢马，喜欢套马，喜欢调教马。那达慕赛马比赛，虽然要依靠小骑手骑马，但是比赛的胜利者首先不是骑手，是马主。会调教赛马的人蒙古人称为"敖亚齐"，也是非常受尊重的，在蒙古国"敖亚齐"是有职称的，但是在内蒙古就平常多了。老一代的敖亚齐相继老去，年轻人没有再正式系统地学习，但是东学一下、西学一下，加上悟性好，也能调教出好的赛马。

舅舅已经能调出非常厉害的赛马了，他缺一个帮他骑马的孩子。9 岁大的外甥就成了他的最佳人选。9 岁正好有一定的控制力和经验，体重还没长起来，孩子又已经会骑马了，什么都合适，妈妈虽然不支持，但孩子能成为小骑手是爸爸的梦想，这一点妈妈心里清楚，舅舅心里也清楚，不用太多交流，还有点儿怕马的孩子就跟舅舅走了。

不久，舅舅牵着马，孟根胡义嘎骑在上面的照片就出现在我的朋友圈里，先是第三，很快就是一个又一个的第一。那时候，马背上的孟根胡义嘎表情仍然是怯生生的。但是，整整在舅舅家待了一个暑假，帮舅舅参加各种那达慕，各种得第一。

跟着舅舅参加了一夏天那达慕，孟根胡义嘎已经是个非常厉害的小骑手了。而且他开始喜欢骑马，到了冬天，他经常骑着马来往亲戚朋友家，自由自在。我问孟根胡义嘎骑赛马和一般骑马有什么不同，他说："远，屁股磨得厉害。"学骑马摔了无数次，骑赛马又把屁股磨破无数次，我才知道原来蒙古孩子并不是骑马多么有天赋，也是摔出来、磨出来的。

孟根胡义嘎是内蒙古锡林郭勒盟东乌珠穆沁旗的人，乌珠穆沁部落以出摔跤手和赛马手著称。和他年纪相仿的尼玛苏荣是西乌珠穆沁旗的小骑手。尼玛苏荣骑马的老师也是一位驯马师，一位真正的"敖亚齐"，这个项目的非遗传承人。蒙古族有个习俗，女儿出嫁，要到嫁到的地方认干亲。过去草原上路途遥远，女儿嫁到远方无人照顾，父母就去女儿婆家所在的地方找一个自己的朋友，认作女儿的干爹、干妈，帮助在当地照顾女儿，为女儿撑腰。干妈要负责女儿结婚那天把她的一个小辫分成两个，所以当地又称"分发的父母"。教尼玛苏荣骑马的人就是他妈妈的干爹，苏日塔拉图。

苏日塔拉图是著名的驯马师，他有很多赛马需要小骑手骑着参赛。平时身边总要保持有五个左右能骑赛马的孩子，一拨大了，就要训练一拨小的。所以尼玛苏荣很小的时候，干姥爷来家里串门时就经常说，这孩子大点儿跟我学骑马吧！

尼玛苏荣 7 岁左右开始学习骑马，9 岁成为正式参赛的小骑手，现在 11 岁了。他的父亲欣喜地发现，骑赛马让儿子运动能力提升了，各种体育项目——篮球、足球都比以前玩得好，身体灵活，动作反应机敏，而且儿子还变得勇敢了。有一次父亲带着儿子出去骑马，结果儿子摔了，父亲还挺紧张地查看，儿子却说："没关系，我去年还摔过呢！"

父亲很惊讶："那你怎么没说呀？"

儿子骄傲地说："姥爷说了，男子汉骑马摔了是正常的事情，不用跟别人说！"

尼玛苏荣的父亲还发现，儿子的蒙古语水平提高了。尼玛苏荣的父亲是一年轻的嘎查长，整天在草原上忙着很多行政事务，他的妈妈和很多牧区的妈妈一样和父亲两地分居，在城里打工、看着尼玛苏荣上学。孩子从小在城里上学，接触到的蒙古语词汇很狭窄，都是书本上的。学了骑赛马以后，孩子嘴里一下子多了一百多个和马、牧民有关的词汇。有一次，有个人说自己骑的黑马不够好，孩子脱口说出一句蒙古谚语："蒙古男人不能说自己骑过的马和爱过的女人！"大人们都被他惊着了。

如今，很多各行各业的蒙古人，在他们少年时代都有关于骑马的记忆。苏米亚记得，他小的时候，赛马和现在还不太一样。他学骑马的时候，是20世纪90年代，那时候，马还是牧区的主要畜力。有很多马要拉车、放牧，能赛的马不多。苏米亚有个叔叔家有一辆大车——四匹马拉的大马车。拉车的四匹马是非常老实的马。这给苏米亚提供了特别好的学骑马的条件。他有空就跑到叔叔家去骑马。他对马特别地痴迷，后来渐渐成为一位赛马的小骑手。

因为骑赛马没有鞍子和马镫，所以跑起来磨屁股磨得厉害，为了锻炼，苏米亚春节串亲戚的时候，骑着一个没有鞍子的马，走了五十公里。

赛马和干活的马不一样，干活的马长期负重都变得特别老实，但是赛马要保持个性和斗志，所以一般赛马不让人随便骑，也不让干重活。但是每年春天，也要让赛马干一个大活，走远路，让它出汗，把一个冬天的浊气都排出来，这样赛马才能精神起来。

除了骑马，苏米亚对佛教也特别感兴趣，总是吵着要出家。藏传佛教里有一个说法，直译到蒙古语是"黑迈若"，直译成汉语为"风马"，大致是气运的意思。苏米亚能感觉到骑赛马可以让自己的“风马”升起来。有一天，叔叔就问他：“你喜欢马，那你喜欢骑什么颜色的马呀？”苏米亚不假思索地说，喜欢枣红马。叔叔就露出失望的表情。后来苏米亚才知道，原来当地曾经有一位活佛，特别喜欢马，他骑的马是一匹花马，如果苏米亚也喜欢花马，那他就可能是活佛的转世灵童，可惜他喜欢枣红马，对不上号。

苏米亚 15 岁那年，北京雍和宫来牧区招学僧，寺里的老师都知道这里有个小伙子天天要学佛，准备招他。可是招生的时间和旗那达慕的时间碰在了一起。当时苏米亚是他们当地最有经验的小骑手，再大的就骑不了赛马了。苏木有一匹赛马，希望苏米亚骑，家里也有一匹赛马也希望他骑。苏米亚说，那个时代大家都很看重集体荣誉，所以他就骑着苏木的马参加了比赛，得了第二名。错过了寺院报名的时间，一年以后，他才考进寺院。

巴图苏和现在是呼伦贝尔的名人，他做过很多职业，演艺经纪、传媒文化、旅游业，也做过很多那达慕的主持人。他小的时候，也是一名赛马手。他 5 岁就开始骑马，家里的兄弟四人都喜欢赛马，就这样他成了赛马手。

巴图苏和觉得自己在赛马的过程中从马身上学到的，比从人身上学到的还多。他小时候有一次赛马，本来是可以得第一名的，在他超别人马的时候，那个小孩儿用马鞭子甩了一下他的马头，结果，他的马受了惊吓，跑出了赛道。其实蒙古族有古老的习惯规定，马头是不能打的，可是比赛激烈起来，有些人就不管了。

但是马却不一样，蒙古马特别忠诚和坚韧，不管比赛多艰苦，马都一定要完成。作为一个骑手，骑着马跑上几十公里，他特别理解马的辛苦、马的付出。巴图苏和亲眼在赛场上看到过穿过终点倒下的蒙古马。他说，这让他以后干什么工作，都坚持到把工作完成，干出成绩、干出色彩，不半途而废。现在的牧民也有人开始迷恋昂贵的外国马，他觉得，大家越来越不理解什么是蒙古马精神了。克服困难，一定要达到目标，困难越大，勇气也越大，他觉得这才是蒙古马的精神。不像外国马那样，长得漂亮，却连在野外过个冬都过不了。巴图苏和说，蒙古人是走遍欧亚的人，什么马没见过，祖先选择蒙古马，选了这个品种，一定是有道理的。

呼伦贝尔是内蒙古最寒冷的地方，冬季可达零下三十至四十度，加上草原有风，体感温度会更冷。但是，这里也是冬季那达慕很发达的一个地方。冬季那达慕上用小骑手参加比赛在国际上有争议，现在蒙古国也颁布法律，规定了参加那达慕骑手的最小年龄，并且规定，冬季那达慕不能使用小骑手。

但巴图苏和认为，小骑手参加比赛没有关系，只要穿暖和，在马背上，马跑起来就会发热，不会冻伤。真正有危险的，是现在的汽车跟跑现象。那些开着豪华越野车的人跟着跑，这个太危险了。应该除了医疗救护车，别的车都不能跟着跑。

巴图苏和也认为骑赛马可以提升自己的“风马”。他认为，那达慕可以提升整个地区的“风马”，但是那达慕必须给大家带来的是欢乐，不能因为一点得失、胜负就不高兴了，那就不能达到提升“风马”的作用。他还记得他当年赢得比赛时激动、快乐得无与伦比的感觉，他说，没有在那达慕上赢过赛马的人是体会不到那种心情的。

巴图苏和的女儿现在也成为一名小骑手，她开始朦胧地理解父亲的一些感受。每次看那达慕现场赛马或者看电视上的那达慕赛马，巴图苏和都会流泪，女儿就在一旁说：“爸爸又激动了！”

出家以后，苏米亚骑马的机会就少了，但是他每年回家都要骑一骑，好让自己的“风马”升起来。后来，他到蒙古国交流学习佛教，有一天，看到有人骑没有鞍子的马，他赶紧上去也骑了一圈。蒙古国的僧人们都特别高兴，没想到内蒙古的僧人还有人能骑没有鞍子的马。

有一年夏天，尼玛苏荣骑了一匹特殊的马参赛。这匹马是姥爷的宝马，已经十九岁了，是马的老年了，这匹马一生经历过很多大型比赛，得过很多冠军。这一次，姥爷让尼玛苏荣骑着它参加它一生中的最后一次比赛。尼玛苏荣和这匹老马合作，得了第二名。之后，姥爷就把老马的脖子上系上哈达，放生了。从此这匹老马就不用再参加比赛，自由地在草原上吃草喝水，直到寿终。

孟根胡义嘎的家乡现在已经很少使用马作为干活和交通的工具了，赛马反而多了起来。嘎查里还办起了季赛、月赛。考虑到小骑手的安全，加上小孩子要去旗里上学，没放假之前，家长和老师都不同意孩子回来参赛。很多赛马比赛都是成年人骑马参赛。为了公平，成年人的体重要达到一百斤以上。孟根胡义嘎参赛的机会少了。不过他爸爸开始自己训练赛马。2017 年夏天，天气干旱得很严重，祭祀敖包的时候，草都没有返青。爸爸带着家里两岁的马来参加比赛，爸爸骑大马引领，孟根胡义嘎骑小马参赛。那次比赛，他们跑了第十二名，成绩不佳。

孟根胡义嘎说，赛程太短了，只有 15 里，有一些和外国马混血的马混进来了，要是比赛 30 公里，他准赢。

赛马比赛结束后，孟根胡义嘎坐车去了摔跤赛场，孟根胡义嘎在摔跤场看到父亲拉着小马过来了，就朝他跑过去，爬上父亲的白马，搂着他的腰，靠在父亲的后背上。我从来没有见过孟根胡义嘎和父亲如此亲密，以前总是觉得他对父亲有点敬畏，是马把他们父子联结在一起。

在摔跤场，我问孟根胡义嘎现在骑马还怕不怕，他说：“不怕，现在粘在马背上了，怎么骑都没事！”我问他现在赛马还会不会磨破屁股，他说：“不会了！多远都没问题，铁的一样。”他拉起裤腿，给我看了他膝盖内侧的两个伤疤，是学骑马的时候留下的，那时候胆小，技术也不好，夹马夹得太紧，磨破了。他妈妈说他屁股上也有。“怎么不心疼呀！哎……”妈妈说。

马群归来

西乌珠穆沁旗的牧民达布希拉图，曾经养过很多马，达布希拉图养马最艰难的时期，只剩下两个儿马子，70 来匹马。2004 年春节，我去他家做过采访，他周围的年轻牧民都骑摩托车了，只有他一个人坚持骑马。他执拗地说："我就是要这样骑着马走来走去，给年轻人做个榜样。"我写他的报道发稿时，杂志社把我的标题改成《最后的牧马人》。达布希拉图说："我父亲是个牧马人，他的这一套我的三个哥哥都没有承传，如果我不做，就断了。"那时候，看上去他真的像是最后一个坚守马文化的牧马人。

一不小心，十年就过去了。这十年里，我听到的和西乌珠穆沁旗白马有关的消息很少，其中一个是西乌珠穆沁旗举行了 800 匹马参加的赛马大会，另一个是西乌珠穆沁旗的牧民搞起了白马主题的牧业合作社，但关于这两个消息的详细情况，我都知之甚少。

2014 年上半年，我又一次来到西乌珠穆沁旗，我已经失去了达布希拉图的联系方法，辗转托朋友找到西乌珠穆沁旗政协副主席苏亚拉图，他正在下乡走访牧民，他去的地方正好就是西乌珠穆沁旗白马协会所在的苏木，而我正想了解这个协会。

苏亚拉图听说我去过达布希拉图家，就问我这次要不要去？我立刻说："不去了，不去了。"说真的，那次对达布希拉图的访问给我留下了不少阴影，我不敢再去访问他，好像怕碰洒捧在记忆里的一碗清泉水一样，生怕再去看他。也许他已经放弃了，遇到无法逾越的困难……这些担忧徘徊在我心里，不小心十年就过去了。苏亚拉图就给我介绍了一些西乌珠穆沁旗举行的赛马大会和那达慕的情况，听上去还挺乐观的，甚至我有一点儿怀疑，是不是上一次达布希拉图的哥哥夸张了，除了他弟弟，别人也有养马的，整个情况没有那么糟糕？

2004 年春节，我第一次在草原上采访。乌珠穆沁草原被白雪覆盖着，路特别不好走。我们从旗政府走到达布希拉图家花了 4~5 个小时。达布希拉图的哥哥浩毕斯嘎拉图当时是旗旅游局的副局长，那时的局长就是苏亚拉图。浩毕斯嘎拉图开着一辆 2020 越野车，车上有他的妻子和孩子，还有一个在外上大学的侄子。他说，如果不是我们要去，他就等雪化了再去了，路太难走了。

到了草原深处，在达布希拉图家附近，我开始被各种失望的情绪围绕着。那时，对草原以外的人来说，网围栏也属于新生事物，很多蒙古人还在呼吁，接受不了这个改变，但是西乌珠穆沁旗的草原深处，网围栏已经像迷宫一样。网围栏之间留出的道路往往被积雪盖得最深，因为网子挡雪，雪都堆积在两道围栏之间。车偏偏要从这里走，一路上我们不断地下车，加上四驱，冲坡、铲雪，再冲，再铲雪。马匹当时在雪地上还比汽车有些优势，马爬犁不管什么天气都能走。但是网围栏几乎让草原上的直路消失，马匹受不了绕太远。

一路上，我几乎没有看到蒙古包，草原上散落着破败的砖房。达布希拉图家也是如此。房子的面积倒是不小，但是刚刚地震过，震裂了，缝隙没有修，等着国家评灾害等级，给发补助。深冬季节，大人孩子就住在这样的房子里，和野外的区别不大。不过要很多年以后，我才知道，蒙古人确实有深冬季节在野外过夜的能力，有房子，有墙，对他们来说就是挡风了，就算和室外温度一样低，也是可以接受的。

重要的是，西乌珠穆沁旗草原的景观当时看上去就像破败的农村，房子和棚圈零散地散落在草原上，中间是退化的光秃秃的土地。以至于我在北京的那些对乌珠穆沁怀有美好希望的蒙古族朋友看到我拍回去的照片都问我：“这是乌珠穆沁吗？”

在这样的地方养马，我到达布希拉图家住下，没看到马群之前，我都觉得不可能。我那时对马的知识有限，但是还知道马需要 5000 到 10000 亩连成片的草场，而达布希拉图只有1000亩草场。达布希拉图当时还有最后两个马群，70来匹马，他的马也是在几年间从300匹锐减到70匹。最后70匹也差一点卖掉。但是遇到了2000年的大雪灾，他们家的马成为雪后唯一有效的交通工具，他才下定决心不卖这最后两群马。那时候，这个故事听起来可歌可泣。

内蒙古社会科学院的敖仁其很多年以后跟我说起一个观点我还是很难接受，他说："蒙古人不能整天说抗灾抗灾，我们也要承受灾难，没有灾难就没有蒙古人，游牧也承传不了。"这种理解很残酷，但达布希拉图的这个经历，似乎印证了这些话。

我当年见到达布希拉图时，他很不健谈，表情刚毅很少有笑容，穿着华丽的蓝色蒙古袍，默默上马，默默劳作。早上他13岁的儿子给他的马备鞍的样子也像父亲一样刚毅。他4岁大的小外甥跑来跑去，他过一会儿就把他领过来，把孩子的蒙古袍弄整齐，教给孩子过年的规矩。

第二天，他把马群从远一点儿的草场赶回来，他哥哥浩毕斯嘎拉图带着我去看。和马群在一起，达布希拉图显得很英俊，让人想起那首脍炙人口的蒙古民歌《放马的阿尔斯楞》。马倌的魅力名不虚传。达布希拉图在马群中的威武很快又淹没在他生活拮据、工作艰苦、牧马艰难的现实中。浩毕斯嘎拉图在旗里是个干部，他那时在四处游说，想趁牧民还有养马的热情时，为牧民争取政策支持，他说："如果等牧民的热情也没有了，那啥也完了！"

2014年春天，和苏亚拉图见面时，他很详细地向我介绍了赛马大会的情况。2005年，西乌珠穆沁旗举行了创造世界纪录的大规模赛马比赛。这一次，来自呼伦贝尔的驯马师芒来调教的骏马取得了第一名，芒来也同样借此名声大噪，并且由一位播音员兼职的驯马师，成为一名驯马专业人士。

这次比赛不光举行传统的30公里的长距离越野赛，还举行了人和马一起参加的选美比赛，牧民穿上华丽的蒙古袍，拿上套马杆，和自己心爱的坐骑并肩站在一起，比赛谁和自己的坐骑一起最和谐、最漂亮。浩毕斯嘎拉图回忆说："那次比赛之前，牧民把自己的习惯都丢了，蒙古袍也不穿了，蒙古包也不扎了，马也不骑了。比赛时要求每个牧民骑上马，穿上袍子，拿着套马杆，比谁的形象更和谐。"这些措施不光对马文化有影响，牧民对蒙古传统文化的自豪感也被唤醒了，情况开始好转。

2014 年 9 月，我又一次到西乌珠穆沁旗，我知道我们的联系人叫浩毕斯嘎拉图，我只是没有想到他就是达布希拉图的哥哥，因为这个名字的意思就是"革命"，草原上四五十岁的人很多人都叫这个名字。

浩毕斯嘎拉图敲开我们宾馆房间的门，进来的人也不是十年前那个穿着肥大的蒙古袍的富态敦厚的旅游局局长，而是一个黑瘦的、穿着运动衣、戴着棒球帽、好像从体委退役的教练员一样的人。西乌珠穆沁旗这几年民族体育特别发达，蒙古族传统的男儿三艺——摔跤、赛马、射箭都得到政府的大力支持，或许是经常做和马有关的工作的人也经常和搞体育的人一起混的结果。不过，这样我就没认出他来。聊了好一会儿，他说他弟弟家就有马群，可以去看，我才突然发现他是我认识的浩毕斯嘎拉图，我说出他和他弟弟的名字，他也兴奋地用双手指着自己的胸口说："对对！是我！去我弟弟家吧！他家现在盖了二层楼了！"我的心里忽然像一块石头落了地一样。

第二天，我们就去达布希拉图家。这一次只用了一个多小时，柏油路的路况非常好。都说公路是马的敌人、汽车是马的敌人，有了公路和汽车，人们要马做什么？不过从全球角度看，"马口"一直在增长，并且超过马作为主要劳动力的时代，可见人们对马的喜爱本身是有价值的。到了达布希拉图家附近，汽车下了公路，在草原上盘绕了一会儿，就看见一座二层的漂亮的草原别墅，不仅房子，达布希拉图家附近的草场也特别好，长着多年生的各种牧草，到冬天也不可能再光秃秃的。浩毕斯嘎拉图指给我当年房子和羊圈的位置，都已经看不出来了，只有原来那口井还在。

家里窗明几净，地板锃亮，女主人看上去变化不大，达布希拉图却明显老了，满头银发，身材消瘦了不少，背有一点弯，脸上挂着轻松的微笑。现在，他的马群已经长到 300 多匹，而且大部分是白马，不仅如此，他还和附近的五家牧民建立了合作社，把五家的马放在一起养，租了一万亩草场。他正在成为一个真正的牧马人，从前有过的马倌。从前，蒙古人各家的马放在一起，由几个马倌轮流管理，主人要骑的时候到马群里来抓，抓了马，就把自己正在骑的马放回马群，让它放假休息，和自己的亲朋好友一起玩几天。这种养马方式随着草场分到各户也不多见了，即使有家庭是养马大户，也不过自家养一大群。但是达布希拉图已经开始恢复这种共同生产的方式，这样五家人只要一个马倌就够了。达布希拉图现在管着这么多马一定非常过瘾。

浩毕斯嘎拉图在旗里这十年换了好几个工作，都是平级调动，没有再升迁，他忙活更多的是为养马的牧民争取政策支持。浩毕斯嘎拉图整天为这些事忙活，旗领导问他："这到底是你的想法，还是牧民的想法？"浩毕斯嘎拉图说："不信我找五六个牧民来跟你说！"领导连忙说："好啦好啦，还是你说吧！"好政策确实带来了牧民收入的变化，旗里、盟里的那达慕大会都要用仪仗队，白马仪仗队特别漂亮，每次一匹马差不多用上七八天就能挣 2000 元，对牧民来说是一笔不小的收入，如果有四五匹马去参加，就能挣一万元。他们还卖种公马、卖赛马、卖马奶。养马户的经济也不再那么艰难了。

在达布希拉图的房子里小坐，他开上车带我们去看他的马群，300 匹马正站在一个水泡子里休息，过了一会儿，就在草原上跑起来。达布希拉图在马群中心满意足地穿行，他的灵魂和马都是在一起的。十年前，我来他家的时候，觉得他特别纯粹，他哥哥是太配合采访的人，但现在我知道幸好有他这个懂得配合外面世界的哥哥，给马找到了各种出路，才让弟弟的灵魂可以继续与骏马为伴。

回到北京，我看到网上，一个小伙子在卖酸马奶，我买了几瓶，竟然是从西乌珠穆沁旗拿来的。想起远方这两位兄弟的努力，浩毕斯嘎拉图的千方百计，和达布希拉图的默默坚守，我才得以在北京享用这样的美食。

达布希拉图不是最后的牧马人，他儿子已经长大，就要结婚了，在草原上跟父亲在一起，附近放弃过养马的牧马人也重新开始养马了。现在西乌珠穆沁旗的那达慕上，雪白的马队声势浩大。这个故事还在继续。

在阿尔泰山的深山里，有一位老先生，他会一种神奇的音乐——呼麦。那是由人来演唱，从人的喉咙中可以同时发出两个、三个、甚至四个不同声部的声音，不仅使用真声带还可以调用假声带发音。这种音乐刚刚被发现的时候，人们惊呼它是天籁之音。当时很多媒体上报道会这种唱法的人的时候用的标题是《最后的呼麦手》。

30 年前，呼麦濒临灭绝的情况不仅在中国，在蒙古国也同样进入低迷期。蒙古国呼麦大师敖都苏荣在 20 世纪 90 年代开始到中国传播呼麦。在内蒙古，他先后教了很多批学生，在呼麦已经失传的内蒙古地区，把它恢复起来。现在杭盖乐队、安达组合等以呼麦见长的年轻音乐人都是他的学生。他的学生又教了很多学生，现在在内蒙古，任何一个演出中都有可能听到呼麦，甚至在小酒吧唱歌的年轻演员也会呼麦。

阿尔泰山里的那位老先生非常幸运，他不是最后一个呼麦手，那些被媒体争相报道过的、早期学会呼麦的前辈老师，也都不是最后一个呼麦手，呼麦在年轻的蒙古族音乐人中遍地开花已经没有悬念。

克什克腾旗的百岔铁蹄马，一度陷入危机，两位牧民——宝音达来和阿拉腾德力格尔，赌上最后的家业，举债收购铁蹄马。他们的行动，感动了很多人，在各方的帮助下，他们还了债，还成功养育了几小群铁蹄马。现在这些马，正自由地在草原上奔跑。当初很多报道这两位牧民的文章，标题都叫作《最后的铁蹄马》，但是现在，牧民们有信心让铁蹄马继续在草原上奔跑。

骆驼曾经有过跟马相近的命运，在我看到的报道中，被称为“最后的驼倌”的，就有好几人，从东部的呼伦贝尔到西部的阿拉善，都有“最后的驼倌”。但是现在，他们都不同程度地挺过来了。呼伦贝尔的巴图苏和不仅保住了驼群，还因为骆驼开了特色的旅游点。克什克腾的毕力格图已经不再被骆驼经常走到别人地盘上的事情而困扰，当地政府开始支持他养骆驼，越来越多的牧民理解他养骆驼，而且和他一起养骆驼。在巴彦淖尔，红骆驼协会搞得风生水起，赢得了一系列比赛的冠军。在阿拉善，牧民开始探索驼奶和驼绒的经营，让骆驼在作为畜力退役以后，有新的经济价值。

我还看过很多关于“最后的什么什么”的报道，最后的弓箭手，最后的游牧人，还有人称哈扎布为最后的长调歌王。但是他们都不是最后的人，经历过最艰难的文化衰败期，他们都努力地挽救了自己所拥有的文化。

我想说，今天游牧文化还在衰败之中，还会有很多很多的事情看上去不能再承传了。但是，只要有人努力，他就可以不做最后一个人。我们的世界在不断地变化，有很多东西貌似会消亡，但是只要我们努力，有价值的东西就会存在。今天全世界养马的数量，比蒸汽机发明以前还要多。从十几年前开始，西方有些新移民国家已经拿着早期探险家写的笔记恢复当地的生态环境和传统文化。在工业起飞的时代，处于劣势的传统文化，价值被忽视了，但不是没有价值，只要我们将火种保存下来，它仍能照亮我们的生活。

套马——在创新中传承

2023 年，春天的草原上，冰雪消融，牧草返青还有一个多月，枯草和裸露的土地从冰雪下面显现，草原由银白色转变为土黄色。在大风把土地刮干之前，这种土黄还带着点潮湿，颜色比较深，等几场大风之后，大地的颜色就会变成发白的黄色。

4 月，锡林郭勒盟东北部的乌珠穆沁草原上，接羊羔的季节已经到了尾声，草原上到处响彻着羊的“咩咩”的叫声——母羊在找孩子，小羊也在喊妈妈。几个小伙子忙完了羊群的事情，开始互相打电话，相约去朝乐蒙家套马。今年第一次套马，大家都非常兴奋。

中午过后，那木斯人家的门口出现一辆破旧的银灰色二手捷达车，司机在坎坷不平的草原路上一手扶着方向盘，一手伸到窗外，举着两个套马杆，五米多长的套马杆的尾部拖着地，一颠一荡地开过来。那人来找那木斯人会和，一起去朝乐蒙家套马。那木斯人拿上自己的套马杆，上了来人的车，他把三个套马杆都接过来，仍旧一只手举在车窗外，三个套马杆头上是细细的皮绳套，在车顶颤动着，杆子越向尾部越粗，最后粗的部分有一点儿触地。不过那木斯人不用一心二用，他可以把手放在接近套马杆平衡点的地方，后面的尾巴就不用一直拖在地上了。

朝乐蒙家和现在很多定居的牧民一样，有一所孤立的房子，和一个带院子的棚圈。一会儿工夫，家住在“附近”（二十公里范围内）的小伙子们一个个出现在地平线上，有人骑马，有人骑摩托车，有人开着小皮卡，都拿着长长的套马杆。

朝乐蒙正骑着摩托车把马圈到棚圈前的院子里。等一会儿，马就从那个地方放出来，有人在背后刺激马群奔跑，来套马的小伙子们会站在门口挥舞着套马杆套马。朝乐蒙把马圈好，把棚圈的门关上。小伙子们有的进

屋，有的站在外面看马。在屋子里，朝乐蒙的妻子刚刚煮好了一大锅奶茶，正在给大家盛在碗中端上来。

“为什么要套马？”我问。

“他们就爱玩！”朝乐蒙的妻子回答。

“哎！不光是玩！”一位来套马的年轻牧民端起奶茶呷了一口说，“这马到了冬天，不能多出汗，容易生病，掉膘了会冻死。所以马一个冬天不让它用力跑，身体都僵硬了！现在不是暖和了吗？现在得让马跑起来，多出汗，把身体活动开，把一个冬天的浊气都排出来！”

朝乐蒙的妻子在旁边笑着，在她眼里这些小伙子都是长不大的孩子。她长得朴实健壮，五官端正，浓眉大眼高鼻梁，只是皮肤有些粗糙而且晒得有点黑，不过人们看到她这样的女人时，并不介意那些，美不美貌于她是话题之外，人们首先想到的是正直、能干、没有是非这样的美德。

喝完茶，小伙子们放下碗，一抹嘴，呼啦啦地起身，出了门，拿上各自的套马杆，准备上场了。我举起相机，寻找拍摄的角度，马就从刚打开的门里，猛力地冲出来。我刚开始有点紧张，但是立刻发现，马比我更紧张，它们不想冲撞我，或踩到我，而是躲着人跑。我的心里稍微平静了一点，站在飞奔的马匹面前也没有那么危险，但是也不可以掉以轻心。这些马不仅躲我，最主要的，是要躲避小伙子们手中的那些套马杆。

套马的小伙子们在棚圈的门前站成不规则的两排，挥舞着长长的套马杆。棚圈里另有两个人。马不能一次都冲出来，要几匹几匹地冲出来，如果马群都往外冲，他们一个人要把后面的马拦住，另一个人在马的背后用力地大声呼喊并挥动鞭子，让马以最快的速度冲出来。这样套马的人才能有挑战，才会觉得有意思。马冲出来之后，就从站在马圈门口的两排小伙子们中间冲过去，小伙子们从两边挥动套马杆。

并不是每一匹马都可以被套。现在是早春，小马驹刚刚出生，如果他们再大一点儿，就让他们跟着母马一起奔跑，但是现在两匹刚出生的小马驹已经被提前分出来，放在另一个围栏里。母马不是快生了，就是刚刚分娩，所以只是刺激它们跑一跑，出出汗。今天没有骟马，也不打算训练刚满两岁的小马。今天，来朝乐蒙家的小伙子们只套种公马——马群的首领。

朝乐蒙家的种公马是一匹长着黑色马鬃和马尾的健壮的枣红马。这匹马特别漂亮，比马群中其他的马都高出半头。但它仍是一匹蒙古马，所以长得不像西方的马那样瘦长秀美，而是非常粗壮，胸部宽阔，棱角几乎是方的，四蹄也很粗壮。它在每次套马中都是很难被套住的，附近喜欢套马的小伙子们都知道这匹马，也都喜欢挑战这匹马，所以今天来的人才特别多。

这匹公马是那样健硕，相比之下，来套马的小伙子看上去都显得瘦小了，小伙子们只拿着一根细长的颤颤悠悠的套马杆，但每一个人都勇敢地挑战这匹公马，他们自己甚至不觉得自己勇敢，只是觉得好玩儿。

公马出来的时候，每个小伙子都精神饱满，“出来了！出来了！”他们大呼小叫，然后挥动起套马杆，一个一个地向公马的头上套去。有的套马杆刚套上马头，公马猛烈地向前一冲，“啪”的一声皮套就断了，有的人套住了，被公马拖着走了，被拖住的小伙子也早有准备地蹲下身往后坐，这样，他们的结实的蒙古靴就变成了滑板，被马拖着，在地上滑行。这时候，如果有另一个人在前面把马套住，就能帮助他解困，但是如果没有，这样拉上一会儿，杆子就会脱手，连杆被马带跑了。但是，还算套住的那个小伙子就输了，因为他丢了套马杆。其实大部分人根本套不住马。

这种激烈的套马活动是一种新兴的运动，以前的套马并不是这样的。我也是看了这种套马活动很多次之后才确定，这就是一种纯粹的娱乐，是牧民小伙子之间在打擂台，看谁家的种公马最厉害，看哪个牧民套马的能力最强。

我在城市里接触到了一些动物保护主义者的言论，有点儿紧张，我觉得他们把马搞得太紧张了，就问牧民这样子对马是不是好？

牧民说：“当然好！”

我问："为什么？马不是太紧张了吗？马会不会受伤？"

牧民说："马结实得很！现在的马没有"大活"可干，整天在草原上就剩养膘了，这样不是废了吗？所以要让它们跑起来。"

"大活"是指骑着马出远门，或者参加战斗之类的，现在的马已经没有这种事可做了。原来是马需要这样激烈的带有对抗性的运动，以保持他们的运动能力和蒙古马作为战马的能力。

蒙古马是世界战争史上表现最优秀的战马，它们以体力充沛、冲击力强、耐力出众而著名。据说西方人到达蒙古高原的时候，发现如此名声在外的蒙古马竟然能够被一根细长的颤颤悠悠的套马杆制服，非常惊讶。

西乌珠穆沁旗的牧民苏木雅如今做着一项特殊的工作——压生个子。蒙古人管没有经过训练的马叫生个子，训练这种马需要高超的技术，而且十分危险，并不是每个人都能做到，而年轻的苏木雅就是这方面的高手。

他现在住在西乌珠穆沁政府所在地巴拉嘎尔高勒镇边上一个当初为养奶牛建立的村子里。奶牛项目失败后，这里被租给了生活在城市边缘的牧民。苏木雅就在这里帮别人训练生马。骑生马，就是骑在没有经过训练的两岁的小马背上，把它压熟，压听话，这个工作很危险，很容易被马摔下来。除了训练生马，苏木雅把大量的时间用来做套马杆，他的院子里面堆满了做套马杆用的木材。

套马杆由两节或三节组成，下面长的部分，使用的是一种灌木——稠李的枝条。稠李老百姓又叫它"臭李子"，它的果实可以吃，呼伦贝尔的布里亚特人用它做果酱夹在点心里，而更多地方的牧民需要它又长又有弹性的枝条来做套马杆。这个主干部分就有两人高。在整个大兴安岭山脉都有生长。这根杆在熟化的过程中要在夏天新鲜的牛粪里泡上两个小时。现在天然的稠李已经禁止砍伐，所以很多人用人工种植的灌木——柳树杆代替。乌珠穆沁离大兴安岭山脉相对比较近，向西的阿巴嘎旗、苏尼特旗、乌拉特旗等的套马杆原料还不一样，但大多是高大的灌木而非乔木，因为灌木才能保证弹性。有些地区的套马杆尾部还有个大木头疙瘩，可以防止它套住马之后脱手。

在稠李的杆子上面要接一节柳树杆，把两根杆的接口反向削成很长的斜切口后对在一起，再用皮绳紧紧地捆上。皮绳也非常讲究，用牛皮鞣制而成，还要使用牛筋、羊肠子等编在一起，拧成麻花绳。便宜的套马杆是用塑料绳拧成的麻花绳。现在，越来越多的牧民使用塑料绳捆扎两节套马杆的连接处。在朝乐蒙家套马那天，有两三个人的套马杆被公马抢跑后折断了，有的牧民当场就用透明胶带反复缠绕把两节断了的套马杆连起来。

套马杆顶端的木头叫蒙古荚蒾，这是一种长得不太高的灌木，很细很有韧性，很少有替代品。把它和下一节柳条分别削出一个牙，反咬住，再用皮绳绑在一起，套马杆的皮绳套就套在这一节上。如今越来越多的人用塑料绳代替。

在东乌珠穆沁旗，我认识的牧民宝音都兰，也是套马高手。他去朋友家串门时，发现朋友把拉断的套马绳套丢弃了，就要过来，收集了好几个，用一种很复杂的编绳方法，两根、两根地接起来，这样就有了好几个传统绳套。苏木雅的套马杆尖端还系着一点儿马鬃，这是为了防止皮绳套向后滑。

套马杆曾经是蒙古族牧民最重要的生产工具，牧民们对套马杆怀有虔诚的敬意，这是因为它在放牧生产中的作用非常重要。套马原本是草原上的蒙古族重要的生产劳动，它是必须完成的生产任务，而且极富挑战性。在汽车和摩托车取代马匹，成为草原上最主要的交通工具之前，养马是畜牧业第一大产业。那时候不仅军队需要大量的马匹装备，普通的运输、交通、放牧，也需要大量的马匹，邮局、税务局、政府工作人员下乡、教师家访、学生上学、乌兰牧骑演出都需要依靠马匹，不仅放牧要用。

牧民的工作不同于农民，牲口只要喘气就需要伺候它，即使在寒冬腊月也得不到休息。但蒙古马的待遇却不一样，蒙古马三天上班，两天休息。蒙古马上班的时候就要从大马群里套出来，拉到牧民家放羊的放羊，放牛的放牛，去邮局、去政府、去马队。工作几天以后，再放回马群休养几天。马放出去容易，要再抓回来就难了，就需要套马。

那时候套马都是骑在马背上套，不像现在。一直到20世纪七八十年代，草原上还很少有固定建筑，不要说网围栏，房子，棚圈，就是几根固定的铁杆子、铁桩子都很少。所以不可能把马赶到一个院子里，再从院门口把马一匹匹放出来。要抓住哪匹马，只能马倌骑在马背上，挥舞着套马杆，到马群里去，把那匹马追上，然后套住。

把马套住之后，套马杆轻轻地一转就勒紧了，然后拉着这匹马离开马群，给它上笼头、缰绳，上鞍子，再稍微地重新驯化一下。马跑两天就跑野了，马倌骑一骑它又想起来它是经过驯化的，很快能想起来怎么工作。

除此之外，还有很多的生产劳动需要套马，例如，春天给马剪鬃，以前马鬃有很多用处，尤其是编拴蒙古包的绳子，结实、防雨、不易腐坏，是很重要的物资。现在这些也多被尼龙绳取代了。还有就是马放在马群里，马群是马的家，它的家庭关系跟牧民和马的家庭关系不一样，哪一匹马是谁生的？生在哪一家？那家是不是出好马的人家？为了证明这个，要在马两岁的时候打上马印。打马印也需要马倌骑上马，从马群中把两岁的小马套出来。拉到工作的场地，把马放倒，然后在屁股上烙个印。

苏尼特左旗的牧民吴全祖上是东北的蒙古族，他们那里的人名字比较早地汉化了，所以起了个汉名。他现在不仅养蒙古马，也养半血的英国马和纯血的阿拉伯马，因为这些马的经济效益高。朝乐蒙家那里，到秋天马该养膘了，就不套了。可是吴全每年秋天举行套马比赛，因为他的马驹当年就要出售，所以要在秋天打印。打印的同时，他们会举行一个小型的那达慕，比赛套马。他们主要套生马，而不是种公马。套完了，骟马或者驯马。

种马每年会打架争夺妻子，每个种公马大约可以带二三十匹母马，所以不需要太多的种公马。马群里的公马如果是准备让它干活的，不准备留种的，要在两岁的时候骟掉，防止马群整天打斗、太过混乱。骟马，也需要把马套出来。

宝音都兰告诉我，骑着马套马是为了把马抓住，所以套马杆的尖端向上微微翘起，这样绳套一转就勒住了马脖子，马就不跑了。走着套马是一种游戏，套住以后，要把马放了，才能算赢，如果被马抢了杆子就算输，所以套马杆的尖端微微向下压，这样马一转身，套马杆容易脱出来。不仅如此，为了防止公马抢走套马杆带着跑的时候把它折断，牧民们还在套马杆尖端的部分加了一小节另一种灌木的枝条，这种枝条容易断，如果马抢跑了套马杆，拖着跑一会儿，套马杆就会从这里断开，这就相当于给套马杆上了保险丝。“如果这里不断，也从中间柳条那断，保护下面这段。”宝音都兰说。一个皮绳、稠李杆的套马杆价值五百多元，这里面最贵、最难找的是稠李杆，所以要特别保护它。

对现在的人来说，最不可思议的是，过去挤马奶也需要把母马套住，然后才能挤，不像现在，只要把马赶进一个铁栅栏的圈子，然后把母马一匹一匹地赶到一个方形的铁围栏里，就可以完成挤奶。

过去套马是一项又挑战又非常重要、不可或缺的工作，这也就能解释套马杆为什么对于蒙古族牧民来说就是一件值得崇敬的工具。不允许平放在地上，或者从上面跨过去，有的地方甚至不许女人拿。宝音都兰说：“男人的三条命，一个是自己，一个是腰带，一个是套马杆。”

如今，除了娱乐活动，套马杆仍然主要被用来放牧牛羊。尤其是在赶大群的牛羊的时候，横过来一扫就是一大片，可以把一大群都拢住。如果遇到狼，套马杆也是打狼的好工具，俗话说“一寸长，一寸强”用套马杆对付狼，人和马都不容易受伤。所以草原上的狼很少攻击人，很怕人。

平时人骑在马上拿套马杆，要拿在重心的中点，这样比较容易拿稳，像一个天平。套马杆还可以作为上马的支撑，用它一撑，就很容易翻上马背，岁数大的人尤其需要。套马杆也有很多种不同的长短，老人用的套马杆要短粗一些，这样比较容易做支撑。

现在那达慕上出现了套马杆的秀场。牧民穿上妻子或者母亲亲手缝制的蒙古袍，拉上自己最心爱的坐骑，扛着套马杆，站在众人面前，看哪一位小伙子最帅。

现在马匹的实用价值已经越来越低，但人类对马的热爱却是深入骨髓的，所以也有很多人在努力把套马活动商业化。通过摄影基地拍摄套马活动，或者自己穿上蒙古袍，举着套马杆拍艺术照，这样的活动，让套马这一文化能够换取一些经济收入，得到传承的动力。不过，这方面的努力目前还鲜有成功者。偶然几次得到收入还可以，长期持续成为一项产业，目前还没有太成功的。

我问苏木雅，他做套马杆的收入怎么样？他说："没有收入，不挣这个钱。现在会做套马杆的年轻朋友越来越少，他希望每个朋友都有一根或几根漂亮的套马杆。所以就帮大家买木头做杆子，看到朋友们都有好杆子，他也觉得特别高兴，所以就收买原料的钱。"套马杆看着简单，削杆子、熟杆子、把杆子拉直、捆扎，还不少工序呢！我问了他好几遍，他说："这是文化，也是我喜欢的，真的不挣钱。经济收入主要靠压生马。"

我问他："压生马多危险？摔了怎么办？"

他得意地笑起来说："问题是没摔过呀！"

套马杆仍然是年轻的牧民最重要、最喜爱的工具。在朝乐蒙家套完马之后，我问他今年有什么新打算？他居然告诉我，他想弄两个新的套马杆。他今年的愿望不是摩托车、汽车、打草机、发电机……是新的套马杆！

把根留住

和乌力吉木仁聊天的那个下午已经是五六年以前的事情了，现在他已经不是蒙古语言文化班的副会长了。这些年来，我一直没有动笔写蒙古语言文化班的发展历程，因为我总觉得这件事挺大的，不容易开始，可我竟然把当时谈话的录音和笔记都丢失了。也就只好这样了，我只能拼凑一些记忆碎片，它不是蒙古语言文化班完整的发展历程，但它是我的记忆，也是许多朋友的共同记忆。

2009 年，有人告诉我，北京有一个蒙古语言文化班，建议我去学习蒙古语。我在网上查了一下资料，他们像模像样地弄出了一个班子体系和教学课程，还聘请了很多蒙文系的老师作为顾问。

我就去上了一个学期的课，那时候我上课还挺认真的，一个教室里济济一堂的同学，都是成年人，有各种秉性、各种不同的背景。有的人对蒙古语有特别特殊的热情，有的人对蒙古文化很迷茫。虽然那个学期我还获得了优秀学员的奖状，但是以后就没有再坚持上课。后来又断断续续去过几次，但是因为出差太多，课程完全保证不了，也就停下来了。

我起初对业余文化班这种形式很怀疑。我们都学过英语，我们学英语时，每天上一到两节课，有时候三节，学十年、十几年也还是没有达到自由对话的程度，那学另外一门语言，只靠周末上一天、半天的课，一个星期把它扔在脑后，有可能学好吗？

这个问题我问过乌力吉木仁，我问他的时候，文化班已经办了六七年了，乌力吉木仁非常真诚地睁大眼睛跟我说：“当然有了！有好几个人能说得来、说得很流利了！”这真的很不容易。蒙古语言文化班前后应该有上千学员了，能说得很流利的并不多，但我还是特别羡慕他们。

因为蒙古语流失得非常快，让很多蒙古族青年倍感可惜、倍感心焦，所以几个年轻人决定努力一下，蒙古语言文化班是按照一个公益组织的组织框架建立的，会长叫萨茹拉，是一个非常可爱的年轻姑娘，她的冲击力很强，想干的事儿就能干下去，也善于和很多人交朋友，所以这个文化班从一开始就排兵布阵做得很完善。

文化班有两位副会长，一位就是乌力吉木仁，另外一位是额尔敦巴特，他们两个就像文化班的两根柱子，把这个工作抬了起来。

很多年以来，我看着萨茹拉张罗着文化班，跟赞助的大哥们一起吃饭，向他们汇报文化班的情况，张罗各方面支持者相互联络，我也经常看到乌力吉木仁和额尔敦巴特在中央民族大学的教学楼里走来走去，组织学员们上课。但其实我并不了解他们的付出，我觉得能坚持很不容易，但是可能他们没想着要坚持，只是做着做着就好多年了。

我自己不是一个很努力的学生，而且我学语言好像没什么天赋，看着其他的同学我也不知道大家能学成什么样子。但有些同学比我努力，我有一个大学同学叫宝贵敏，她是一位年轻的作家，她父母都是讲蒙古语的，但是到她这一辈子，兄弟姊妹一个比一个蒙古语说得不好。她那时只会说大约一半蒙古语，有了文化班和她自己的努力，她的蒙古语水平飙升，有些后认识她的朋友跟我说起她竟然不知道她以前不太会蒙古语。

乌力吉木仁给我讲了很多他们当时办这个文化班的初衷和努力，他也没有贪功，他说："我们的文化班不能把大家都教会，我们只是从基础教起，争取一段时间之后让大家达到能够自学的水平，就可以毕业了。"文化班的基础班，就是学字母的那个班是反复循环上课的，加入文化班的学员随时有基础课可以上。高级班要少一些，但是也听、说、读、写、语法、音乐等各个班齐全。我听了他的话，觉得还好，看来我拖班的时间也还可以忍受，因为我觉得我达到了可以自学的水平，这样好像是毕业了，而不是逃学了。

除了上语言课，文化班还开了音乐课、舞蹈课、马头琴课，大家学习唱民歌、学习蒙古族传统舞蹈，甚至学习扎蒙古包。有一天，他们在民族大学的教学楼里扎了一个大大的蒙古包。学员们直观地学习了蒙古包的结构和搭建方法。

我上大学的时候，发现蒙古族的语言文化流失得非常快，特别地遗憾。那时候，学校里的朝鲜族同学、哈萨克族同学、维吾尔族同学、藏族同学、彝族同学，他们一般都还会使用自己民族的语言，只有个别人遗失了，但是我认识的蒙古族同学，在蒙古语言文学专业以外上学的，十个人里有八个人不会蒙古语，即使还会使用蒙古语的同学也可能不会熟练地使用文字，还有的蒙古族同学从小在学校上了蒙古语的课，但是一直是当外语学的，所以使用得很不熟练。

这样的文化流失让我觉得特别心疼，有一次在京蒙古族举办那达慕的时候，我和一个同学聊这件事，他非常认真而惊奇地问我：“学蒙古语有什么用?”我也不知道……在城市里尤其不知道。但对我来说后来学习蒙古语很有用，因为我要到牧区工作，但我是个奇葩，连蒙古族大学生都很少有回牧区工作的，所以学蒙古语有什么用?

其实这个问题我现在有很多答案了，但是我并不想回答，因为我觉得我找到的答案可能很多人都并不关心，所以即使这样回答他们，他们听了也无所谓。但总有一件事是重要的，那就是为什么不学呢?我们学的东西都有用吗?

母语是什么东西呢?其实我觉得，它像阳光、空气和水一样没用，只有在你失去了它以后才有用。当孩子们在城里找不到工作的时候，就会觉得蒙古语没用，但是当他们完全不能听懂自己的奶奶在说什么的时候，它会没用吗?退一万步讲，我经常去锡林浩特出差，我觉得学好蒙古语对我来说，肯定比学好英语有用，我的英语一般两年左右有一次使用机会。而每次我去锡林浩特之前，都希望我的蒙古语水平能提高一点。因为餐馆里有蒙古族服务员，他们的汉语可能生涩，我的蒙古族朋友可能和他的朋友聊天，我完全插不上嘴，我觉得好多事情让我很尴尬。最起码我一年碰到的有朋友在旁边讲蒙古语的时候比碰到有朋友在旁边讲英语的时候多，所以怎么会没用呢？但是有一位在锡林浩特当地生活的蒙古族朋友，竟然没有让她的孩子学一句蒙古语，就是因为她觉得没用。我很奇怪，她说她自己从工作以后从来就没有用过，但是我说："你上个月才帮我跟牧民联系过，如果没有你，我没办法和牧民说清那些事！""啊！"她说，"对！就用过那一次。"但是我想肯定不止这一次，因为她在苏木上工作，那里不会讲汉语的人还是挺多的。她是没有感觉到自己的母语有用。

不过，这些真的不是最重要的，很多来蒙古语言文化班学习蒙古语的人，都不是为了有用而学的。他们是想寻找自己文化的根，希望跟自己的祖先建立联系。在北京的蒙古人据说也有10万人了，他们的祖辈从清朝时进入北京，有些家族直到清朝末年还能满蒙汉藏兼通，这批人的文化到后来就断裂了，只剩下一些情感。当然，更多的在京蒙古族人是因为工作关系进入北京的，民族大学的老师、出版社的编辑、民委各部门的工作人员。他们的孩子或者他们自己正在疏离自己的文化，这种疏离让他们不舒服。所以文化班有时候不需要有用，它只是大家的心灵安慰剂。能和很多的本民族同胞相聚在一个平台上，大家一起唱蒙古歌、一起学习拉马头琴、学几句母语，这本身就让大家快乐舒适，片刻地找回自己的根，而很多其他民族的蒙古文化爱好者也可以有个交流的窗口。

我总觉得，有这个作用，蒙古语言文化班就已经没有白忙了，不大在乎其中有多少人真的能把蒙古语捡起来，捡到把母语说成母语的水平。

不过在北京也不是所有人都能理解这种行为，包括在京的蒙古族人士。乌力吉木仁给我讲过一个故事：有一个学员学了蒙古语以后，非常想用蒙古语交流，他在一个蒙古族餐馆里，非常努力地用母语跟他的伙伴交流，突然一个在旁边桌上吃饭的人过来打断了他，冲他吼道："像你这样说蒙古语就不要说了！"这句话给那个学员的打击很大，本来他练习的热情很高，水平也在迅速提高。这种态度有一种非常矛盾的心理：一方面把自己的文化视为珍宝，希望它好；另一方面对没有传承好文化的人产生一种特别强烈的心理优势，阻止别人去学习。这些质疑、不同意见，混乱的情感反应，都是文化班的管理者们要面对的。

但是，总的来说，我觉得他们还是挺幸运的，他们有特别多的支持者，除了学员、赞助人，还有很多蒙文系的大学生来做志愿者，充当老师，一届毕业了就又来一届。这些孩子们的教学水平不是太高，但是学员们完全能够宽容，能学什么就是什么。很多毕业的志愿者，有不少留在了北京工作，在新闻媒体、出版机构等地方成为自己单位的佼佼者。

“现在我们没钱也能把文化班办下去。”那天乌力吉木仁说，“钱已经不是最重要的问题，现在我们不想办都不行，那么多人推动着我们在做这件事。”我也相信是这样。每一个周末，有小朋友被家长带着，也有些成年人放弃休息来到文化班。他们不管学了多少都很高兴，还能唱动听的蒙古歌。

有时候我觉得我还比较幸运，因为我学蒙古语真的有用，我需要和牧民沟通，我也不必因为在蒙古族餐馆里说蒙古语结结巴巴而难为情，我可以在草原上和完全不会讲汉语的老人聊天。但是我发现，我的进步其实没有那些“脸皮厚”的人快，文化班里那些充满热情、不太顾及其他人看法的人，比我进步快得多。

现在，乌力吉木仁和额尔敦巴特都离开了文化班，但文化班仍在进步，现在已经有2000多名学生了。这几年，蒙古语言文化班，这种模式在很多城市被复制，上海、沈阳，甚至秦皇岛。他们让散落在外地的蒙古人，有一个通往家乡的精神跳板。

在城市里的蒙古人如此顽强地传承自己的文化，这么做的人虽然不是太多，也可能作用不太大，但他们仍有力量前行。

北京还有一个蒙古族幼儿园，他们的园长叫高娃。那也是个年轻姑娘，她当初刚当上园长的时候，我还挺怀疑的。但是她真的把小幼儿园办得很好，甚至有不少蒙古族家长，把家搬到幼儿园附近了。我去过几次她的幼儿园，有非常完善的普通幼儿园的设施，老师带着孩子们都说蒙古语，有更多户外活动，有一些蒙古族传统游戏。有的孩子刚进园不会讲蒙古语，非常着急，但三四天之后，孩子的情况就迅速地转变了，孩子学语言的速度要快得多。我看到，晚上有奶奶来接孩子，一路领着孩子用蒙古语问这问那，孩子一一回答，那种感觉真好。

从前年开始，我开始关注一个微信公众号，它叫“母语”，是一群蒙古族研究生办的，这些年轻人都是理工科研究生，研究很深奥的科学，但是他们居然办了这个平台，每天更新一个单词或一句话。这个平台我很喜欢，因为它和我以前学过的教材不一样，我学过好几个蒙古语教材，都是初级班的，学到的句子和单词都差不多，这让我觉得很挫败，学来学去还是离对话特别遥远。但是这个平台上发布的语音和单词不是系统的教材，而是他们的日常生活，比如考公务员、找导师、打球之类的。这就让我一下子扩展了好大的空间，虽然发现那个更深更广的空间更难以掌握，但是却有眼界开阔了的快乐感。

这三个小的民间机构，每年都会参加在京蒙古族那达慕，他们在那达慕上有代表队、有展台，其他参加的代表队，以机关为主，出版社、电台、翻译局等，但这三家就显得非常活泼有生趣。在 2018 年的那达慕上，母语团队的年轻人甚至做了一次快闪，朗诵《蒙古人》那首歌原诗的全篇，令在场很多人感动。

这些志愿机构，教了一千个人中或许只能有三五个人最后学会了蒙古语，但是大家也愿意做，每一个人有一点提高，每一个对蒙古语无知的人有了一点认知，都是成功。如今这些年轻人已经不能再走祖先那么远的路了，但是他们还是可以往前多走一点。

我的鄂温克朋友

携手向未来

飞鸟穿过浩瀚的天空，
穿过无数过往的恩恩怨怨，
天空没有痕迹，
但你和我的心微微颤抖。

白鹿穿过茫茫雪原，
迷雾中的地平线上灯火通明，
那不是我们的未来，
那是我们为人类创造的港湾。

你轻轻地问我，
是否还记得？
我轻轻地摇头，
将回忆驱走，
我只是太忙，

不想在此刻心碎。

天空把风送给森林，
森林就会歌唱，
歌声响起，
往事历历在目，
等森林的歌飘远了，
我们就携手向未来。

满族在古代曾经被称为“勿吉”，或者有一个支系叫“勿吉”，这个词也可以被音译成“文基”或“温克”，在北方的语言中，j 和 k 会通用。这个专有名词前面按照阿尔泰语系的习惯，加一个元音，就是埃文基或鄂温克。

蒙古民族起源于大兴安岭的蒙兀室韦，有位鄂伦春学者曾提出蒙古的意思不是“永恒之火”，而是今天使鹿鄂温克生活区的一座叫“孟”的高山和一条同名的河，蒙古语念出来也就是“孟乌拉”和“孟高勒”。而蒙古族很多部落都能追溯出源自“林中百姓”的历史。鄂温克文化其实也是蒙古文化的源流之一。

我认识的鄂温克朋友既不原始也不落后，他们都拥有独特的力量和智慧，让人着迷、让人喜爱，又让人心疼。

相识

我到布东霞家的时候，天色还早，游客还没有到。布东霞和老肖在等鹿群回家。在森林里二三十米开外的距离我就什么也看不见了，但是无论布东霞、老肖，还是古新军，他们的眼睛都极好，能发现森林里任何细微的动静。

一头顶着长角的鹿回来了，鹿铃发出清悦的响声，我没有发现任何异常。但布东霞和老肖都赶紧跑过来了，布东霞非常准确地在鹿的后臀部发现了一个爪印，她把手伸进爪印探了探深浅。老肖在一边说："这家伙挺厉害呀！碰上的东西不小呢！这还能回来！挺厉害呀！要就回不来了！"那时，我的反应也是：这是真的吗？

关于荒野，我们读过太多不靠谱的文艺作品，而荒野本身也正在剧变，和几十年前的甚至是几年前的书上写的不一样。以至于在我们亲近荒野的时候，太怀疑书上说的是不是真的。

我早起到他们家待到了下午，已经来了三四次旅游大客车，记者也来了三拨，一拨是中央电视台的，他们大约在准备一个国庆节目，要拍各地少数民族的原始风情，其实就是我们都能想象到的那种国庆歌舞节目。背景的大屏幕上出现的，是各地边疆多彩的少数民族生活。那天，布东霞和老肖都穿上了鄂温克长袍，老肖还大声呵斥在外上学刚回家的儿子："让你穿，你就穿上呗！怎么回事？你这孩子？"

陪我去的鄂温克干部古新军从辈分上论，他叫布东霞姑姑，他们非常亲密。在布东霞和老肖看来，古新军是"当官了"。古新军问起老肖前段时间来了几个大学生做调研的事情，老肖说："胡整！懂什么呀？什么也不懂！胡整！"

就在这个时候又来了一辆大巴车，布东霞从帐篷那里往公路边走一点，因为外人从公路到帐篷这 50 多米，就足够迷路了，她有必要去迎接。她站在小路边的一棵树下，一个熟人带着车上的乘客往帐篷和鹿群的方向走，那个人一边走一边指着布东霞说："这就是原始部落了！你们看！这就是原始部落的女首领。"布东霞默认着这种介绍。我都傻在那里了，一天见三拨记者，国家电视台拍过来拍过去的人，原始啥呀？

现在去过布东霞家的人已经挺多的了，我担心很多人都会对森林产生错觉，他们会觉得那片森林没什么。但实际上他们只走了很小的一个片区，并没有离开老肖的家。稍走远一点儿，他们就有可能在森林中迷路，也有可能碰到猞猁、貂熊或者熊。但通常情况下，大喊大叫着从旅游车上下来，扑进森林的人是感觉不到这些的。现在发达的交通，让更多人有机会到从前人迹罕至的地方，然后他们会盲目地得出某种结论，很多人并不知道，当自己搭帮结伙地闯入一片荒野的时候，他们已经改变了那个地方，至少在他们去的那个时间，那里短暂地不是荒野了，人声鼎沸，鸟兽匿行，连神灵都躲起来了。

就在那天，在我之后呼呼上山的人群里，没有人注意到鹿受伤这件事。当我和一位游客说有鹿被野兽袭击了的时候，他非常疑惑地看着我，好像我在蒙骗他，然后问了一句："真的吗?"

在我把那头受伤的鹿指给他之后，他皱着眉头看了一会儿，然后疑惑地看看我。因为鹿的身上并没有血迹，它臀部的松弛的皮毛上有几个暗点，那是被野兽抓伤的洞。布东霞能轻易地把手指探进去，显示出伤口很深，但是我摸一下它还是有点儿困难的，别提抓住，所以无法给游客展示。

一会儿我就听到老肖很生气地大声呵斥，因为有游客走到了山坡的顶端，并且翻过去了。老肖生气地说："你不怕迷山呀? 你迷了山我还得去救你! 一点都不懂事儿!"被喊回来的游客大声地顶嘴说："不会吧? 没走多远?"在他们的眼里这个地方真的就是森林公园，是一个和城市绿化带一样的公园。我在旁边说："这有熊，也有猞猁，昨天有头鹿受伤了。"那个女士更加疑惑。老肖说："你没瞧那个鹿一瘸一拐的。"她往鹿群的方向瞧了瞧，我很绝望，离开鹿群二十米，我就找不到那头受伤的鹿了，瞧不出哪头走路有毛病，更别说那位女游客了。

我离开布东霞的家时，她拉着我的手说："你下次再来! 你下次冬天来，我喜欢冬天，冬天没这么多人，就我们俩在家。”我被她暗暗吓了一跳，根河是“中国冷极”，冬天气温低至零下五十多度，邀请我冬天来这住帐篷的人一定是真心喜欢我的！这不是反话，是真的！

从布东霞家出来，古新军带我看了新建的敖鲁古雅乡的生态移民点和博物馆。他在布东霞家喝了点酒，很兴奋。他在博物馆里给我大讲桦皮船、撮罗子，在一张以北极为中心的地图前他站定说：“你看我们像不像？”这张地图告诉我们中国使鹿鄂温克是环北极文化圈的一部分。他们还有很多“亲戚”生活在北欧、俄罗斯远东和加拿大。

之后，我去了汗马保护区。汗马保护区被认为是大兴安岭最后一片真正的原始森林，保护区的杨琨知道我想见鄂温克人之后，就让一名司机带我去拜访玛丽亚·索老太太。她说那里还没开发旅游，比布东霞家那里纯粹。

司机开车先带我去了几个保护站，在山里转一圈不容易，顺路要拜访的人、要捎的东西全部都要见到、送到。正是采收都柿的季节，山里很热闹，一会儿就见一堆摩托车，扬着尘土在路上开，或者停在路边缺口处，到处都是收秋的林业工人。我们在一个看不到路的岔路口转向，那里停着一辆黑色的轿车，转向以后就往森林深处走，四周一下安静了，地面软绵绵的，没走多远我们的车就没法走了。司机说：“应该就是这，就在前面了。”我们下了车，在大兴安岭的密林里我有一点儿紧张，我看不到前面的路，很快也看不到后面的路了，四周都是树，两山中间有一片开阔地，这里树木稍少，隐隐地露出几个白尖，离我只有几十米远，但看上去像另一个世界，狗叫了，鹿铃的声音从旁边的森林里传来。

那天我第一次见到玛丽亚·索老额妮。她很老，她的脸像木刻一样，看上去不那么慈祥。她的儿子冲进来，和司机热情地打招呼，问司机有没有给他带啤酒？司机一边抢话一边抱怨他停车的位置太不明显，以至于差点错过了路口。那辆黑色轿车是玛丽亚·索的儿子的。他们俩又握手、又拥抱、又拉扯、又争吵的，一会儿就出去了。

帐篷里安静下来，玛丽亚·索老人坐在我对面的床上，对我不理不睬。那天我并没有采访玛丽亚·索，因为我们语言不通，当时能听懂她说话的人就是她的女儿得克沙，她们是一家人，天天在一起，我还不如直接和得克沙交谈。

得克沙坐在我侧面的角落里，正在洗鱼，旁边挂着一台新式的尼康照相机。她静静地看着我笑，笑容让我非常震撼，我觉得她好像我某一个前世的母亲，我跑过很多地方，见过很多人，但是这种感觉只有见到得克沙的时候才有。所以，虽然很多比我年轻的人都称得克沙“大姐”，关系更近的一些人多叫她“二姐”，但我一直叫她姨姨，我觉得她是我的长辈。

那一次去森林里，我有个很颠覆的印象，鄂温克人并不像外人想象的那样是与世隔绝的原始部落，他们什么都知道，他们有能力走出森林，但是他们是森林里的人，有多喜欢不知道，至少他们习惯森林。

有驯鹿的家

森林里只有两种人不知道害怕，一种是艺高人胆大的，一种是无知者无畏的，我两种都不是，我属于害怕的那种。我很想挑战我的害怕，想在森林里多住几天，因为第一次造访时我发现布东霞的家游客太多了，得克沙的家保存得更好，或者说是他们更自然地在过日子，所以第二次我决定去得克沙的家。

2014 年夏天，我再次进入大兴安岭森林，这一次没有去汗马保护区，而是直接去了阿龙山，从敖鲁古雅乡原来的方向进入使鹿鄂温克人的生活区。阿龙山在使鹿鄂温克人生活区的北边，而汗马保护区则在偏南的方向。

我到得克沙家的时候，他们家不在上次去的那个地方，他们搬家了。他们是森林里的游牧民族，他们放牧的就是驯鹿。这一次，他们的营地在一条沙石公路的边上，不像上次那样是森林里的一片洼地，脚踩下去都是软绵绵的苔藓。他们住在几座彩钢房里，不是住在帐篷里，更不是鄂温克人传统的撮罗子，这让我有点儿失望。我也还是有那种希望见到更“原汁原味”的原住民生活的愿望，但是生活早就改变了。得克沙告诉过我，帐篷是政府给他们引进的，因为新的帐篷有钢的骨架，每次搬家都要用拖拉机和汽车，在他们没有自己的拖拉机之前，他们搬家就需要找政府预约汽车，这样搬家的次数就减少了。这几座彩钢房也是林业部门帮助建立的，作为他们的几个宿营点之一。最近这次搬家刚两个星期。彩钢房周围的地已经被踩平了，是硬的。我在一座彩钢房里住下，这里没有信号，也没有任何对外交通联络的方式，就好像电影《甲方乙方》里演的那样，如果没有汽车沿着那条砂石路开进来，我就别指望能出去。

我在房子里睡了一会儿，午后下了一点儿雨，我起床后，推开门，突然之间好像进入了一个梦幻的世界，四周彩蝶纷飞。我惊讶地到处看，过了一会儿，发现是蝴蝶聚在下雨积的水坑边喝水，当我走过去，它们就被惊起了，所以在我的周围飞舞。而有水坑正是因为营地周围的土地被踩硬了。如果都是软绵绵的苔藓就没有水坑了。而我已经踩死了一小群蝴蝶，浪漫瞬间变得悲催。

鄂温克人的鹿点旁边，一般有一个木制的围栏，个别的小鹿会在里面，大部分驯鹿跑在周围，夏天的时候他们会在森林里用倒木沤烟，驯鹿就会围在烟的周围躲避蚊虫的骚扰。他们还会给驯鹿喂碱吃。得克沙看我睡醒了，就招呼我去看鹿，鹿点儿离住人的营地很近，也就 200 米左右，但是进入一条林间小径就既不能看见前面的鹿也不能看见后面的家了。

所谓路就是两条拖拉机的车辙，路的尽头有一个绿帐篷，再往上就是鹿群活动的地方。在那里，树的旁边拴着许多小鹿，还有一些小鹿在附近跑来跑去。得克沙和她的一位表姐的工作就是这样每天把一些小鹿放掉，让它们在周围吃苔藓，或找妈妈吃奶，再把另外一些小鹿拴起来，让它们的母亲能够留在周围，不至于走得太远。

我们总是习惯性地觉得鹿都是野生动物，驯鹿只是被驯化的野生动物。有一次，我问得克沙马鹿和驯鹿怎么区别？她说“这还不知道？驯鹿是家畜呀？马鹿是野生动物！”我才开始琢磨家畜这个词之于驯鹿的意义。驯鹿是鄂温克人的马，是他们的绵羊、他们的骆驼。但它们是非凡的家畜，它们也能自己翻山越岭去寻找食物。得克沙家的一位男性，她的表弟叫剑客（这是他的外号），他的工作就是每天在山里寻找出走的鹿群，有时候徒步，有时候骑自行车，山里最好的路是上下坡的砂石路，离开路，就只剩拖拉机辙。他竟然能骑得挺自如。

猎民点上还住着得克沙的另一位堂姐妹和他的儿子伊列，当然还有玛丽亚·索老太太。我有两个坏习惯，我喜欢站在门口，会不小心从圣母玛利亚的圣牌前走过，这两个习惯让老奶奶很不满意。家里还有其他几个人，我上山那天，正好遇到他们开着那辆黑色的轿车下山了。

营地还有三条狗，一条属于玛丽亚·索奶奶，它叫长毛。还有两条属于伊列，伊列的狗很快就接纳了我，但是长毛不喜欢我，它总是在我返回营地的时候站在入口处使劲叫。我在营地的几天里一直都要防备它咬我。

我是带着一点儿发掘民族文化的想法来的，但我不想做得太刻意，所以没有进行认真的采访，只是跟得克沙闲聊天，听她随便说几句她的故事。她很忙，老是要去鹿那边，我看她一会儿把鹿拴上、一会儿放开，我不是很理解。问她为什么？她也只是说：“鹿要是都跑了，这日子还有什么意思呀？”直到几年以后，我在草原上待的时间长了，看牧民拴小骆驼、套马，才开始对拴小鹿有一点点认识。牧民拴小骆驼、套马是为了训练这些动物从小熟悉与人类的接触，不然它们在草原上真的会跑成野兽，完全无法被人类役使。也许得克沙拴小鹿也有这个意思，让小鹿从小熟悉人类，这样长大以后它们就会很听话，不然它们说不定走到森林里就不回来了。我并没问过得克沙。

我也不能老跟着得克沙，她还要做饭、洗衣、劈柴，忙活很多家里的事。我就显得无所事事。总是从营地走到鹿点儿，再走回来，而我又非常害怕。伊列的两条狗从我到的第一天就喜欢跟着我上山去鹿点。走在我不熟悉的小道上，我也喜欢这两条狗跑前跑后。猎民点上，我看见得克沙正在拴鹿，就跟她聊天儿。狗就围着小鹿不紧不慢地溜达，但实际上它溜达的圈儿就是小鹿活动的最外圈儿。它在守护这些小鹿。过了一会儿，两条狗突然都朝一个方向用力地吠叫，得克沙抬起头往那边看看，狗不叫了，但是一会儿，又叫起来。得克沙说好像有什么东西。那时候，我并不知道，她说的“东西”是什么，知道了，我恐怕就不敢在森林里瞎溜达了。而几天后，这东西的骚扰越来越厉害。

得克沙

不知不觉地，我就知道了得克沙很多的故事。她给我回忆起她第一次见到火车的情景，那时候山里修的铁路通车了，她们正坐在鹿背上搬家，一辆蒸汽机车冒着烟，发出“汪呜——”的叫声，沿着山谷往前开，把她吓得大哭起来，以为山里来了妖怪。她说那个时候她们的驯鹿还比较健康，能骑，现在她们的驯鹿因为每年锯鹿茸，身体都孱弱了，不能再骑了。

后来她就出去上学了。得克沙说，学校是林业单位的。她上学的时候又瘦又小，和林业工人的孩子一起上课，经常受欺负。有一天，她找一位高年级的鄂温克族大哥哥诉苦，那个人就带了好多人替她报仇，于是她站在讲台桌上面，拿着一根教鞭，指那些欺负过她的人，她的几个大哥哥就去打那些人。她讲这个故事的时候，还挺起身板一手背后，一手指指点点，做出当年那种又幼稚又霸道的姿态。这件事让她父亲很生气，她爸爸说：“你能耐呀！竟然能干出这样的事了？还指着让打人？”

得克沙其实是很早就走出山林的鄂温克，她后来当了林业干部，和一个满族人结了婚，她女儿已经上大学了。她在林业单位一直干到退休，退休以后回到已经破旧不堪的家里，照顾母亲扶持兄弟姐妹，她的母亲是著名的玛丽亚·索老人。

我时常觉得得克沙真正的人生是从回到森林开始的，之前她一直在默默地做准备，她要彻底熟悉外面的世界，熟悉进入森林的林业大军，直到和他们混得游刃有余。得克沙回到森林的理由就是玛丽亚·索老了，她不愿离开森林，得克沙要陪她，要照顾她，这一点连得克沙的丈夫和女儿都不完全理解。因为玛丽亚·索还有其他的孩子，他们有些人一辈子都生活在森林里，而得克沙已经生活在外面那么久了。她女儿时常会撒娇地问她：“妈妈，你不要我和我爸了？”但是现在得克沙的丈夫也是她重要的助手了。

鄂温克族在中国一共有三万多人口，分为三大部落，索伦鄂温克部落、通古斯鄂温克部落、使鹿鄂温克部落，使鹿鄂温克又叫敖鲁古雅鄂温克。因为他们本来生活在满归、阿龙山一带的敖鲁古雅河畔。索伦鄂温克部落是人数最多的，他们就是呼伦贝尔草原上的鄂温克族自治旗生活的鄂温克。他们非常彪悍，曾经在中国历史上战果辉煌，是清朝政府统治疆域、征战四方的重要力量，也因此他们的人口衰减得很严重，但仍然是中国境内鄂温克族最大的一支。通古斯鄂温克生活在陈巴尔虎旗的莫尔格勒河源头，人数要少一些，他们也是在草原上游牧的鄂温克。使鹿鄂温克就是得克沙所在的这个部落，他们只有 200 多人生活在大山里、大森林里，因为文化独特，反而被外面的人知道得更多。

得克沙说，他们这支鄂温克不是从贝加尔湖迁过来的，他们和黑龙江以北的埃文基人本来就是同一支。她小的时候，他们还可以过黑龙江。根河是他们最南端的狩猎场，也就是他们现在住的位置，再往南他们就不走了。但是现在在黑龙江划定国防线，他们就不能过去了，他们的活动范围就被限制在这一带。他们和通古斯鄂温克、索伦鄂温克的差异还是挺大的，主要是生产方式不一样。而他们和兴安岭对面的鄂伦春人语言是通的，生产方式也一样，只不过鄂伦春人是骑马的，他们是养鹿的。

而鄂伦春族的文化传承人，额尔登挂奶奶告诉我，他们鄂伦春人原来也是骑鹿的，是在清朝康熙年间学会在森林里骑马。沿着黑龙江往下游走还有一个民族赫哲族，他们的语言也差不多是相通的，只不过赫哲族在黑龙江更宽的地方生活，以捕鱼为生。

所有这些民族和黑龙江以北的埃文基人都曾经是连通的，埃文基只是Evanki这个词的另外一种转译方式。而俄罗斯远东地区还有涅涅茨人、楚科奇人、雅库特人，等等，生活在极寒的森林苔原地区。鄂伦春族学者刘小春曾经向我介绍说：这是一个环北极文化圈。得克沙、古新军他们许多使鹿鄂温克的人都去参加过国际养鹿者大会，和这些环北极的民族、部落相互交流。一想到自己是那么大的家庭的一个成员，这些生活在边远地区的民族就会觉得生活不那么绝望。

得克沙完全不是一个在文化萎缩中等待灭亡的人，她是一个非常有活力的人，这种活力让她在森林人当中和在外面的世界里都一定程度地被质疑，但是也都被无可奈何地接受。

有一天得克沙问我："你喜欢看顾桃拍的片子吗？"确切地说，我没有完整地看过，只看过一些片段，特别痛的影像和文字，我都看不了，不过，鄂温克人的影像近年来大部分是通过顾桃的片子传递出来的。我不置可否。得克沙说："我不喜欢！他把我们鄂温克人拍成什么了？人家维佳把他都当亲兄弟一样，他怎么能拍维佳喝醉了酒在地上打滚呢？"

维佳是鄂温克的另外一个家族的孩子，是"神鹿的女儿"柳芭的弟弟，也是一位诗人。他确实嗜酒很严重，我在敖鲁古雅移民村的时候，古新军曾经想带我去见他，但是过了一会儿，古新军嘬着牙苦笑着说：“诗人朋友喝多了，见不成了，咱们走吧！”

得克沙家在阿龙山的这个猎民点上是没有酒的，她不准家里人喝酒，只有偶尔上山的游客或者林业工人带来一两瓶酒，剑客一喝她就瞪他。剑客以前也喝酒而且喝得很严重，得克沙上山以后把已经喝得半死的剑客救起来，分了他鹿，帮他戒了酒，还帮他在林业单位找了个老婆，这样剑客的生活才重建起来。我见到剑客的时候，他是个正常人，说起话来像个大哥或大叔的样子。他对山林很熟悉，整天在巡山找鹿。

剑客喜欢教我劈柴，一边教一边嫌我笨。他看到水坑边踩死的蝴蝶，就说：“这坏事是你干的吧？哼！我就知道。我们打猎的人不干这种事！”我说：“我不小心踩死的。”他说：“你在山里走路要带着眼睛！”确实，我在山里是蒙着走路的，不知道周围有什么，也不知道会发生什么。而没机会酗酒的剑客，是森林里的一把好手。他一直在默默关注得克沙说的那个“东西”，那东西还在附近。

作为一个书呆子，我还是免不了会问那些文化方面的问题，例如“你对下山的事情到底怎么看？驯鹿文化还能传承吗？”

得克沙一边煮粥，一边从绳子上扯下一块风干肉给我，她说：“我觉得能传承呀！你说你有一大群鹿，你的孩子能说不要它了吗？”

“可是你的孩子在城里上学呢！”

“那你去跟伊列聊聊吧！”

伊列是猎民点上最年轻的小伙子，只有20岁上下，猎民点上原来还有两个年轻人，被得克沙安排到保护区去上班了。我很乐意与伊列聊天儿，其中一个原因是伊列的两条狗对我非常友好，这让我待在伊列的房间里的时候很放松。

我最近带外面的朋友去草原或者去山里，发现要多嘱咐大家一件事儿，就是要离狗远一点儿，尤其是在家养狗的城里人。有很多人现在已经不相信狗会攻击人。但是草原上的牧民曾经跟我说过一句话："养狗就是为了要咬人的!"这是真的，狗本来是用来看家的，所以他们一定会攻击陌生人，那才能是好狗。

鄂温克人和蒙古人不一样，蒙古人的狗是不能进房子或蒙古包的，所以如果主人家有条很凶的狗，你只要老实待在房间里就好了。但是鄂温克人的狗就住在主人的床底下，所以最好你能跟狗建立比较好的关系，或者像我和长毛一样一直相互观察，处在某种动态平衡之中。

在伊列的房子里，我就很放松，他的两条狗也是大狼狗，但是它们很乖地蹲在我脚边，让我捋它们的毛，帮它们挠痒痒。他们的皮肤上有草爬子叮在上面。但是我拔不下来，如果拔疼了，狗还是会咬我。不过它们喜欢我挠有草爬子的地方，这样它们会舒服一点。

我和伊列聊了一会儿，他告诉我，现在鹿大概分成了四群，有一大群在对面的山坡上拴小鹿的地方附近，它们每天都回来吃碱，也喂它们些吃的。还有一群顺着路往河的下游走了。还有一群在山的另一边，而另外有一大群已经过了河，到河对岸的另一条沟里去了，过几天要去把它们找回来。我很奇怪，伊列坐在房子里，看着手机电影，他是怎么知道这些事情的？森林对我来说是一片漆黑，除了我能看到的地方，其他地方什么样，我都不知道。开阔一点儿的地方我能看到 50 米远，林子密一点儿的地方只能看到 20 米，后面有什么我都不知道。

伊列对下山呀、文化传承那些事儿没什么想法，也不爱聊。所以我就随便听他说。他说差不多该搬家了，这儿的苔藓吃得差不多了，要是苔藓没了，鹿也不爱回来，更不好找。他还告诉我，我来的这时候，应该有蘑菇，但是今年蘑菇少，不知道为什么。

我把谈话的情况告诉得克沙，我说："伊列好像除了鹿、森林也不想什么别的事儿。"得克沙说："对呀！那就是小伙子该想的事儿!"

我到得克沙家两天以后，我陪她的一位表姐修驯鹿鞍子，她问我：“你这两天觉得怎么样?”我其实看到了很多令我意外的鄂温克人，产生了很多疑惑，就没说什么。她就接着问：“你觉不觉得她特别奸诈?”我虽然已经习惯了他们互相在背后议论，但是说到奸诈，还是觉得被戳了一下。

那天下午午休的时候，得克沙突然在床上打着滚笑，她对我说：“他们是不是都说我心眼儿特别多？特别坏?”我也没法回答她。不过我确实觉得她有点特异功能一样地能知道别人的想法，她确实能够见什么人说什么话，能摆平困扰多数鄂温克人的复杂关系。这是大部分鄂温克人做不到的，也让他们觉得不舒服，或者觉得让得克沙占了便宜。而她这样的“特异功能”——过于聪明，也会让和她交往的人多少有一点儿担心害怕，有点儿不信任。

在获得了茅盾文学奖的小说《额尔古纳河右岸》中，和得克沙同位的人物被描绘成积极安排鄂温克人下山的人。跟得克沙聊起十年前那次大规模下山定居，她说：“当时来劝我们下山，我们几个商量就想给市里出点难题，所以我们就说那要让我们下山行那，就过岭呗！到岭南根河附近给我们找个地方。其实我们也没想去那么远，本来在老敖乡这里也给我们建定居点了，建了很多年，都空着呢，我们不想去。可没想到，我们这么一说政府真的就答应了，很快就建好了。这我们就难办了。临到搬迁的时候，林业单位的人上山来征求我们的意见，额妮（玛利亚·索）岁数最大，当然要问问额妮的意见，我们就说那就把鹿先少拿过去一点试试，看能不能养活？根河那边根本没有多少苔藓，我琢磨着鹿养不成。结果弄过去几十只鹿，林业局的人、市里的机关干部全都加班去帮着割草，喂那几只鹿，还是死了不少，根本不是圈起来养的事，这么一来额妮就不用下山了。”

一个人要是精明得像个政客似的，实在很难让别人信任，但是只有200人的使鹿鄂温克需要一位这样的政客。大兴安岭西坡到额尔古纳河右岸的山林中零散地分布着四十几个这样的养鹿点儿，每个养鹿点上三五个到七八个人。然而这里已经有两个城市，根河市和额尔古纳市，加起来有数十万人口，还有许多林业局的小镇。得克沙他们家这个养鹿点活动的区域至少要跟三个部门打交道：一个是阿龙山林业局、一个是汗马自然保护区、一个是根河市的敖鲁古雅民族乡。

我去得克沙家之前本来想先去汗马保护区，但是杨琨告诉我，他们有工作，接待不了我，我辗转两天，到得克沙家之后，她却刚刚从保护区回来。有一位老画家于志学来汗马保护区立碑，他是中国冰雪画派的创始人，用国画的方法画北国的冰雪。他早年曾经跟得克沙的父亲一起在山里狩猎，进行采风，如今他想找中国冰雪画的诞生地。得克沙告诉他在汗马保护区，之后她笑着跟我说："我说在哪儿就在哪儿!"这话听起来让人觉得不靠谱，但是其实是她拥有对这片山林的发言权。

汗马保护区被认为是中国人为干扰最少的原始森林保护区，但是它的核心区牛耳湖边上有一个碱场，那里是鄂温克族传统的狩猎场，因为野生动物需要到那里舔碱，得克沙和她的父亲都曾经在那里打围。鄂温克人世世代代打猎的地方，如今是大兴安岭野生动物最后的避难所，这是非常有说服力的。汗马保护区的领导也非常高兴得到这个文化名片，他们也很乐意跟当地的鄂温克族合作，使用鄂温克向导帮他们在保护区巡视。保护区为于志学老先生开了笔会，这就是我来之前，杨琨忙的事。得克沙还在笔会上为每个孩子要了一幅画，这又是一件名利双收的事。这事儿还引起了阿龙山林业局的重视，副局长特地来找得克沙希望把相关的文化资源也介绍给他们。"我们也能给孩子安排工作。"副局长跟得克沙说。

其实，原本鄂温克人对保护区是有意见的，因为那里是非常重要的猎场，但是建了保护区以后一度不让他们进了。但是得克沙说："保护吧!保护起来总是好事!"对于得克沙如此的纵横捭阖，抓住各种资源，乡里乡亲们多少有点不舒服。

我愿意相信得克沙。虽然在我跟得克沙交流的过程中，她说的话特别有理念，句句说到我的心坎上，这让我也有点儿怀疑，但是有一句出乎我的意料，就是她说伊列的那句话："这就是小伙子该想的事……"我听到这句话时有一点儿感动，她知道鄂温克人该想什么、该做什么，她是这片森林的守护者，她想那么多复杂的事儿，跟林业局、保护区、旅游局的人打交道，其实她是在保护她的孩子，让小伙子想该想的事儿。

那东西来了

我进山的那天，狗叫的声音引起养鹿人的不安。我后来发现鄂温克人对于人与人之间的关系随便说话，这是他们并不熟悉政治的危险，而他们真正认为危险的事，他们是不谈论的，就像狗叫的原因。

我沿着拖拉机路往返养鹿点，因为拖拉机压开了草皮和苔藓包裹的地面，弄得我满脚都是泥。我想去刷鞋，得克沙说，他们的房子后面就是条河，我隐约能听见水响，河很近，但是去河边要穿过密林我不敢去。于是得克沙说往上走个 150 米，有一个过河的地方让我到那儿去刷鞋。其实我心里明白狗为什么叫，但是我想既然他们说能去那就去呗！

我去河边，周围特别安静，只有轰轰的河水声音，我在一片是鹅卵石的滩上故作镇定把鞋刷干净，然后慢慢往回走。长毛又站在营地口，拼命地叫，我一看它就是在对我表示不欢迎。虽然我恨不得飞奔回营地，但是还是放慢了脚步，避免让长毛变得更加警觉，变得有攻击性。我还仔细观察，看看营地里除了玛丽亚·索额妮之外还有没有其他人在，因为有其他人在的话，他们会喝止长毛。回到营地，我把鞋晾好，继续抡起斧头劈柴，劈柴是森林里永远不多余的活，所以我肯定不会捣乱，斧头让我有一点安全感，虽然我抡得很差很差，也不指望这一两天就抡好，它还是给我一点儿安全感。

得克沙过来跟我聊天儿，她说她小的时候见过一次熊，在森林里离得很近，当时她的腿都吓软了，整个人完全不能动，但是熊没理她们，走了，熊离开以后，她们几个骑上鹿飞跑，进入安全地带了。似乎只有我不忌讳这个话题，我看过敖鲁古雅舞台剧，猎人们先惹了熊，受到熊的攻击，然后猎杀了熊，他们吃熊肉的时候学乌鸦叫，我把这个情节告诉得克沙，希望得到证实，她说："怕熊知道呗，假装是乌鸦吃的。"跟剧情一样，我又忘了她是对森林有发言权的人，这个情节可能本来就是采风时从她那儿来的。

那天晚上，得克沙没有跟我住在同一个彩钢房里，她似乎没有在营地上，我猜她可能到养鹿点儿旁边的帐篷里去了。半夜的时候，我听见驯鹿在森林里奔跑的声音，他们从养鹿点的方向跑过森林，穿过公路，跑到营地上来了。我想是熊行动了。

第二天，剑客就问我："唉？你昨天晚上没出去看看？拿上家伙了没有？"

"开玩笑！有家伙我也不会使。"我说，"我可没出去。"

伊列呵呵地笑着，说："我昨晚上一听有动静，就把门开开，这俩家伙，一个也不出去。"他是说他的两条狗。

得克沙说："走吧！咱出去看看！"

"带上家伙呗！"剑客说。

于是，几个壮年的鄂温克人抄上利器都离开了营地，沿着公路向河下游的方向走（公路和河是并行的），一转眼就消失了，伊列的两条狗也走了，只剩下我、玛利亚·索额妮和长毛。长毛又到营地的入口处站着，我无法和额妮交流，就在营地里的一个木墩上坐一坐站一站，额妮面无表情地坐在门口的木墩上。好在我还不是手无寸铁，一把中号的长把斧子还在柴堆旁边，虽然在我手里不可能有实际用处，还是让我心安。我一会儿拿起斧子假装砍柴，一会儿坐下，营地很静，我还要时时地观察长毛。得克沙嘱咐过我，长毛看家，如果家里一个人也没有，让我不要和长毛独处，幸好额妮还在。

天空飘来一片云，把太阳遮住，森林暗了下来，风从猎人们离去的方向吹来，我突然想到“林暗草惊风”。就在我想到这句诗的那一瞬间，林子躁动起来，一阵杂乱的蹄子响，树木晃动，驯鹿从林子里冲出来，到了营地上。它们一到了开阔地，就和我一样故作镇定地四处溜达，我也稍微安了点心，因为我觉得，如果熊真的来了，应该有多个袭击目标，不至于只有我和额妮。

额妮仍然面无表情地坐在门口，朝远方看。鹿三三两两地靠近她，又溜达开了。我不再抡斧子，而是傻傻地看着鹿，它们也看着我。一会儿，猎人们回来了。他们谁也没说干什么去了，只是很高兴，拿出一些粮食来，说：“哎呀！给它们吃点吧！”好像帮他们的小孩压惊一样。他们也给我的上衣口袋里装满麦子，让我也去喂驯鹿。鹿特别乖，鼻子使劲顶我，舔我手里的粮食。伊列的妈妈笑着说：“可爱吧？”那天，他们每个人都显得特别精神。

又过了一天，我才知道，昨天他们去赶熊了。早上，剑客骑着自行车回来，说：“我看见印了，应该是过河了！”他们始终避免说出“熊”这个字眼。得克沙说：“那咱们今天再出去转转吧！”

我不想再和额妮留在营地里，就要求和他们一起去转，他们就带上我了。伊列走在最前面，得克沙第二，然后是我，后面是剑客。我们沿着砂石的公路走了大约一公里，顺着一条拖拉机路上了山，我有点儿后悔，担心自己脚没有他们硬，会半途跟不上，但是我又不敢一个人往回走。

进入森林，蚊虫变得特别多，我的注意力很快就都在赶蚊子上，我用双手不停地在耳边画圈，这样蚊子就不大可能踏实地咬到我的手和脸了。剑客问我：“看见印了吗？”我不知道他说什么，我只看到一条泥泞的拖拉机路。“刚才的印子没看见？”剑客有点奇怪，后来我才想明白，对他来说认识动物的脚印和我们认识公共汽车站牌一样，是天经地义的事情。但是我确实没看见。剑客一路都在说他要打只狍子，如果有鹿的脚印或者狍子的脚印他都直接说，所以刚才他没直接说，那就是熊的脚印。剑客问我：“你害怕不？”伊列的两条狗走在最前面。一会儿低头走，一会儿东张西望。我说：“不害怕，狗不害怕，我就不害怕！”剑客不屑地说：“狗害怕到跟前了！要提前害怕！”提前怎么害怕？这实在太奥妙了，我可想不明白。

林子里稍微开阔一点儿的地方，有几个汽车轮胎，还有一个撮罗子的架子。鄂温克人搬家，是不搬撮罗子的木骨架的，只搬外面那层皮，冬天是兽皮，夏天是桦树皮。很轻，只要卷成卷放在驯鹿背上就能搬走。而鄂温克人有公约，谁在森林里碰到这种木架子都不可以破坏。得克沙开始商量要不要过几天把营地搬到这里来，她说，她们那个地方苔藓吃得差不多了，该搬了，这边这个地方不错，还有条拖拉机道，好运东西。剑客没说同意，而伊列嘟囔了一句，似乎谁家刚用过这个营地，周围不一定好。得克沙竟然问我喜欢不喜欢，我完全没有判断标准！

剑客又发现了一次熊印，得克沙说：“不是过河了吗？”

“过了！”剑客说，“对了！”他转向我说：“就是从你刷鞋的地方过的河。”

我看了剑客一眼，心想：“我一贯相信我命大。”

“真的！”剑客还在那补充。而我在想，我刷鞋的地方是一片鹅卵石滩，剑客是怎么看到脚印的？这个问题确实很神秘，一时半会儿，我别指望学会。

我还是有一点野外经验的，我在汗马保护区里做过一整天的徒步，完全离开人工道路，在森林里走，进去的时候，跟着几个野生动物学家，走到下午两点，带队的老师嫌人多，看不见动物，就希望有人先出去，我就和一个保护区工作人员先往外走，一路上，山在哪、河在哪我都记得，哪有棵倒木，哪有个大蘑菇，哪有一片都柿，哪有泉眼，哪有蚁穴，我都知道，一一找到了，而且还能告诉同伴，再走多远，我们还能找到什么。跟着我的那个保护区巡护员，一直在我的旁边说话，然后突然佩服我又找到了一个东西，还一边说："我进山就好迷山，我以前收秋的时候总迷山!"我真是泄气呀！和一个整天迷山的巡山员走在深山老林里，还得靠自己认路。

后来，我们遇到了一个乌林鸮，我只看到两只巨大的猫头鹰在森林里呼的飞过去，但那位巡山员用力给我指点，说树上还蹲着一个，我找了半天找不到。他说："那么大个还瞧不见?"我看了好久，终于看到和松树皮完全同样颜色的乌林鸮宝宝，它已经长大了足有半米高，就是比成鸟傻，所以我那么看它，还拍照，它都不跑，刚才飞走那两个是它的父母。乌林鸮是猫头鹰中体型较大的。后来在他的指引下，我又看到了松鼠和大黑啄木鸟，比后面的动物学家看到的还多。所以我自己觉得我还是挺认路的，但是还是剑客的那句话，"在山里走路要带着眼睛"，我的眼睛还是不行。

伊列走路很快，尤其是回来的时候，剑客就不一样，得克沙跟我说，她喜欢和剑客一起走路，剑客知道照顾人，伊列就不懂。我也喜欢，跟他在林子里走很有安全感。剑客有点嗜酒，所以在营地里，他总让人觉得不安全，怕他又翻出酒来，但是在森林里就不一样了。

剑客路上老问我看见什么东西没有，我开始努力看，终于我看到远远的森林深处有个灰黄色的影子轻轻地飘，特别静谧可爱，是一头驯鹿在穿过森林，太远了，颜色变得不真实，也没有一点声音。"有点儿进步，"剑客说，"别当狍子啊！那是我们家鹿!"驯鹿一头接一头地从树林间飘过，原来是靠近营地了，突然听到鹿蹄敲打地面的声音，一头有角的大鹿就在眼前，好像从电影银幕中走出来一样。

劈柴

海子有一首流传甚广的诗，诗中表达他希望去做一个农民：从明天起，做一个幸福的人，喂马、劈柴……马不是人人都调教得了的，这个很多人都知道，而劈柴只是看上去容易。劈开一块木头对我来说一直很难，我没法让自己两斧砍在同一个地方，也没法一斧子砍下去，正对木头的纹理，把它劈开。好在我有很多时间劈柴，虽然采访的机会非常难得，但我真的没有必要缠着每个人问一大堆问题，生活就是生活，可以用眼睛看，也可以和他们一起过日子慢慢体会，如果我用力问问题，就把生活打乱了。那我还不如约电话采访。山里的生活很闲，没有太多的事情做，所以我就练习劈柴。

有个朋友问我，世界各地的原住民都遇到类似的问题，就是陷在酒精里，她问我从我的观察，怎么想这件事？据我观察，至少一个原因是因为他们太闲了，森林里的人对生活的要求很低，他们不需要特别奢华的生活，也没有努力挣钱的那种意识，他们只要能维系下自己的生活所需就够了，而过去维系生活所需也是很辛苦的。

得克沙给我看了画家于志学写的回忆自己和得克沙的父亲在森林里生活的一段故事。于志学和得克沙的父亲在冰雪开化之前去山里打猎，回来的时候河流开冻了，过不了河了。得克沙的父亲到附近去把挂在树上的一只桦树皮船拿下来，但是船一个冬天没用，破了个大洞。他手里只有一把斧子，没有刀，不能修船。他就让于志学一个人在河边等他，自己花了两天时间修船。在这两天的时间里他用斧子砍柴，用柴点火，用火把斧子烧红，再把斧子打成一把刀，用刀剥下桦树皮，把船补好，才和于志学两个人坐船回的家。

从前生活在山里的人要做很多事，他们用的每一件东西都是取材于山林，用双手做出来的，所以他们很忙。但现在就不同了，得克沙家的锅碗瓢盆全是从商店里买来的，而买这些锅碗瓢盆不需要花很多钱，他们卖一头鹿，家里的日常用品就有了。没有太多的在外面消费的习惯，对金钱没有欲望，廉价的工业品很容易满足他们的生活，他们家那些桦树皮的盐罐、糖果盒都至少有几十年了，这几十年里没有做新的，他们穿的衣服也多是迷彩服、林业工人的工作服，他们也不用一冬一春地忙着给一家人做衣服，真的没有什么事情做。养鹿对他们来说没有太多的挑战，既便是沿着山沟去巡山对他们来说也还不算太辛苦，所以这几天真正地让他们精神一下的就是熊来了。要是没有熊，他们的生活实在是有点无聊了。

不过玛丽亚·索不一样，老人毕竟还是不同。熊赶走之后的那个下午，玛利亚·索和了一盘面，面稀得像浆糊一样。她用一个特别的木棒把面打匀，然后把面放在炉火的边上发酵。之后她就离开彩钢房，到旁边的唯一一个撮罗子里去了，我惊讶地发现，90 岁的额妮居然是劈柴高手。她坐在地上，把一根小木头竖起来，用两只脚夹住，然后举起小斧头，喀地落下，柴从头到脚就劈开了。换了我一定劈在自己脚上了。我把这个珍贵的镜头拍下来，额妮却一直向我用力地挥手，意思是让我不要拍她。我只好躲得远远的偷偷地拍。她动作太帅太麻利了。斧头高举过头，木头顺势劈成一小条一小条的。她用这些木头生火，然后把调好的面放入一个平锅，之后把平锅捅进火炉子。一会儿，一个俄罗斯式的面包——列巴就烤好了。我这几天在他们家吃得也非常简单，他们基本上就是用米煮粥放一点肉，然后把外面买来的牛奶兑在里面，也有些馒头面条之类的，很多也是从山外买来的半成品。此刻，列巴的香味儿在营地里弥漫，额妮虽然老了，但是她的生活不那么无聊。

老是有人说，让鄂温克人生活在森林里对他们是不公平的，为什么不让他们享受现代化？但是，确实是现代化破坏了他们的生活。得克沙在列巴的香味里问我：“你们在城里的生活有什么好？”

我说："还是挺好的。"

她说："呼吸着那么脏的空气，喝着下水道里的水，有什么好？"听了这话，我有点儿恶心，但是和山里的甘泉相比，我们的自来水真的不如他们泼掉的水。而且我们那儿的河是臭的。

得克沙突然想起什么，她跟我说："你那天刷鞋的时候，有没有把鞋泡到河里？"我想了想，还好吧，我毕竟在草原上走过那么久了，不习惯在河里直接洗东西了，但是也没有完全注意不让脏水流到河里。得克沙说："我们鄂温克人的河水都是能喝的，我们刷鞋、洗衣服是不会把脏水放到河里的。要打水到岸上洗。那天我想嘱咐你来着，不过一想到你毕竟不是我们鄂温克人，算了吧！不说那么多了！反正现在森林里那些人（外来人）也挺多的，我们也疲沓了，也惯了。"

我听得克沙说："我们疲沓了，我们惯了"不是第一次。她说起那些钢架的帐篷时也说过这样的话。她说，原来他们鄂温克人没有什么垃圾，没有塑料袋之类的。她说，他们不在一个地方长待，时间长了，容易生病，自从换了钢架的帐篷，他们搬家的次数就少了时，也这样说。

为了她这句话，我还和一个杂志社的编辑发生过争执，把人家数落了一顿。因为她要采用一张玛丽亚·索坐在一堆被柴熏得黑黑的锅碗瓢盆中的照片。我非常有意见，我认为那些铝制锅碗本来就不是鄂温克人的东西。这张照片并不能反映鄂温克人真实的面貌，只会增加外人的偏见。但是鄂温克人究竟有多少事疲沓了，惯了？一位17世纪到达西伯利亚地区的英国探险家记载那时的鄂温克人根本没有见过酒，是一群生活得特别快乐的人。现在呢？他们是不是对酒也疲沓了，惯了？所以疲沓了、惯了的状态也很现实？

我后来和顾桃聊过这个问题，我说："您拍的鄂温克人是否太痛苦，活得太差了？有一句话叫：'存在就是美丽'，我们担心鄂温克人的生存方式消失，从那次大搬迁算起也十多年了，但是他们仍然存在。他们只有两百多人，但他们的遭遇，全国甚至全世界很多人都知道，有些几万人口的族群文化消失得都没有动静，是否我们应该换个角度看鄂温克人？”顾桃说：“你可以自己去做，我们可能看到了鄂温克人不同的断面，我不反对你这个角度，但是，我最初做这件事是为了还我父亲的愿，他那样惦念那些鄂温克人，惦念得我们都不理解，我就决定替他做这件事，我再次走进山林，我去拍摄这些人。但是他们和我父亲拍到的影像已经产生了那么巨大的差别，这就是我的角度形成的原因。你是从北京出发去看他们的，你出发的角度就和我不一样，你可以自己做。”

后来，我想了一下，确实，我从小生活在北京，我见过现代文明的巨大力量，一座数千万人口的城市拔地而起，把一座古城摔得不剩下什么，我天经地义地认为这种文明是历史进程的方向，不可阻挡。但是，面对这么巨大的力量，鄂温克人在遥远的山林里仍然存在，他们只有两百多人，所以我觉得他们很了不起，这是我跟顾桃的不同。主观的观察角度不同，会影响客观记述的不同。

列巴烤好之后，林业工人胡玉良带着一些朋友上山了，他是一个身材高大却有点娘娘腔的非常可爱的人。玛丽亚·索特别喜欢他，他来了就讨走了两个列巴，弄得我很嫉妒。和胡玉良一起来的，还有几个林业工人，他们开了一辆小皮卡。胡玉良给剑客带来了很多礼物，都是些小食品，说是他老婆带给他的。剑客看到了非常沮丧。他说：“我老婆这啥意思呀？不让我下去呗！”得克沙和她的姐妹们又忙起来，他们到鹿群里去挑鹿，勉强选出两头还比较健壮的装上了车，我就跟着他们的车一起出了山。

我们先停在山林里的一座小房子边上，那里住着一家林业工人。他们的房子也和得克沙的彩钢房一样在路边，但是开了一个小卖部。他们也把鹿圈放在对面的山林里的木栅栏里，已经有三头鹿了，现在是五头了。得克沙认为驯鹿文化是不会消失的，就算鄂温克人不住在山里养鹿，别的住在山里的人也要养。我还跟她聊起过蒙古国的查腾人，他们也只有两百多人，我问她，查腾人跟他们是不是一样的？得克沙说，不是，他们是养驯鹿的蒙古人。因为他们生活在深山老林里，森林里满地都是苔藓。“地面这么软，林子又密，那蒙古人的勒勒车那么大轱辘怎么走的呀？所以也得养鹿呀？”得克沙说，有这个环境就会有养驯鹿的文化。这位林业工人也是，在深山里开个小店，收入有限，不管怎么说，一头驯鹿能卖不少钱，对于生活在山里的人来说，是一个挺好的收入。他一旦要养鹿就要遵循驯鹿生存的规律，让他们处于半散养状态，如果数量大了，就不能定居，他就也得进山找鹿，还得给鹿搬家。离开林业工人的鹿圈，我们回到了阿龙山的小镇上，我们在镇边的一户林业工人家住下，我觉得他们家也不比得克沙家更现代化，得克沙的生活谈不上比林业工人更原始，你也许可以觉得这个地区没有北京现代化，但林业工人和鄂温克人彼此间的差距没有那么大。他们和林业的关系，矛盾是有，也不像外面传得那么紧张。

守望兴安岭

离开森林，一转眼就好几年。得克沙一直和我有个约定，我们想一起去国境线对面的阿穆尔省，去看那里的埃文基人。但这个事情一直没有成行，弄得我也不好意思去见她。而她经常在深山里手机信号不好，我们也很难联络。有一天我的微信上跳上来一个人叫“守望兴安岭”，她加了我好多次，我都没理。后来她说是得克沙，我赶紧把她加上了。但是她也经常不在线。有一次，我们在微信上聊天，我问她最近怎么样，她说：“没什么，又老了几岁。”我说：“没事，兴安岭是不会老的！”她就发来很多笑脸，我知道，我说到她心里了。

我听一些朋友说，他们现在在哪个旅游点，玛丽亚・索老太太经常被游客叫着拍照，拍一张照片就会打搅老人休息，所以老人的精神不太好。

我很疑惑，我不是很相信得克沙会为一点儿钱干这样的事，但是，我又觉得得克沙有可能做得出来。

2016年年初，我在《传承者》节目上看到了她们母女，她们又带来了一头驯鹿，这头驯鹿长得还挺健壮的。在节目上，玛利亚·索唱了几句民歌，然后用双手遮住脸笑，得克沙搂着她说："额妮不好意思了!"这是我见到的玛利亚·索和外面的世界最顺畅的一次交流。

不过，我没能去她们在北京的住处见面，她们很快就回到山里了，因为老人和鹿都受不了大城市。关于他们在旅游点的传闻很多，让我也有一点儿担心，我在阿龙山的时候，得克沙多少有些羡慕布东霞家有个旅游点。她说，阿龙山比较偏，游客太少，要是能办旅游还是挺好的，能多赚好多钱，多赚钱的话，就不用割鹿茸，鹿也能舒服一些。

2016年夏天，我的很多朋友被乌日娜和布仁巴雅尔老师主创的舞台剧《敖鲁古雅》打动，一定要去拜访玛利亚·索。我带他们先去根河敖鲁古雅乡生态移民村的博物馆。到博物馆的时候，快关门了，我们匆匆忙忙地看了一遍，一大帮人大声喧哗，问不着边际的问题。我的朋友们在根河市郊的生态移民点儿就已经非常开心了，但是我还是希望他们见一下真正的森林。所以我在猎民点上一家一家地寻找布东霞的家，终于找到了老肖的兄弟，我请他带我们大家去看布东霞的猎民点，但是他特别实在地跟我说，要是明天下雨鹿就不会回来，鹿要是不回来，我们就看不成，我们看不成他就不想带我们去，怕我们有意见。我只好盼着第二天不下雨，因为关于得克沙办旅游点的传闻，让我有些担心在她那边看不到什么了。

第二天清晨，肖三给我们打电话，带我们到密林深处的布冬霞家去。这一次因为没有古新军或保护区的人在车上带路，我们的车跟着肖三的车在森林里转，我也觉得我们走到了一个云深不知处的地方。到布东霞家以后，我下了车就直接进了林间小径，去和布东霞打招呼，没想到，我的同伴都没跟上来，原来他们都没看见我从哪条小径进去的，只是觉得我突然消失了，他们还在顺着公路瞎溜达。

我把他们领进森林，他们见到了驯鹿，还采摘了满地的蓝莓、杜香，大人孩子都特别高兴。布东霞和老肖居然还记得我，记得我上次和古新军一起来的，还喝了不少酒。他们还为我们烤了鹿肉。他们烤鹿肉不是像烤羊肉串那样，而是在地上生堆火，把鹿肉钎子直接斜插在周围的地面上，侧向火焰。孩子们看得比吃得来劲。

老肖和布东霞的性情都比前几年随和了很多，我想这是旅游业对他们的一些打磨。老肖还主动地给我的侄子讲他在森林里打猎的时候怎么样烤肉，像一个爷爷给孙子讲故事那样，但我听着却总是觉得有点儿不自然。我还记得上次老肖大声地喝呼他自己的孩子，大声地抱怨那些来调查的学生的情景。我发现和根河附近的生态移民点相比，这里的游客稀少了很多，绝大部分游客千里迢迢来到根河，却仍然无法见到，哪怕是被他们暂时改变的森林养鹿人的家。

我打听来打听去，根河的人都不知道得克沙在哪里，就硬着头皮去莫尔道嘎。寻找玛丽亚·索老人和得克沙对我来说真的挺挑战的。因为我已经不习惯没和别人事先约定，只知道一个地址，也没有熟人带着就开着车找人。同行的一个朋友说莫尔道嘎森林公园不算太好玩，就和我们这几天开着车在森林里转的地方差不多，我们走的地方哪里都是森林公园。但我们还是花了很多的门票钱开车进去了，门票上印着曲折的道路，和玛利亚·索喂养驯鹿的照片。我们走了很久，我都有一点儿没信心了，突然看到了一个指路牌“玛利亚·索原始部落”，一下子人就变得多了。又是原始部落，这是公园和鄂温克人的一个协议吧？

下了车，我怕找错了地方一会天黑了，就赶紧去找得克沙。和布东霞那里不一样，那边下了车以后就是一条林间小径，然后就踩在软软的苔藓上了。这边全都是木栈道，一圈一圈地往上走，每一个木栈道的拐角处都有一个鄂温克人在卖工艺品。我走了好久走到尽头，看到不远处的森林里有一条细细的铁丝围栏，我知道走错了，我又退回来，找到卖东西的人打听，他们让我从一个栅栏的豁口下到地面，往森林里走，得克沙在那边，还让我小心狗。因为有狗的缘故，我只好离得远远的，在森林里大喊："得克沙！得克沙！"得克沙见到我特别高兴，似乎不意外，还说我每次回来就长胖一圈。我注意到她说我"回来"的时候，是脱口而出，之后还有点儿不好意思。我其实真的没在她家住多久，但是我心里特别高兴，我一直悄悄觉得我们是一家人。她拉着我去和玛丽亚·索见面，还跟她合影。上次我去她家的时候，她是没有这个行为的。看来她现在已经很习惯这件事了。之后我把我的朋友们带过来，她拿了苔藓让他们去喂鹿。那些鹿都围在一个木栅栏里，栅栏里的地面已经踏平了，没有一点儿绿色，鹿一见到人就拼命地追着游人跑，这让我有点儿不舒服。不过这些鹿被人喂得倒是膘肥体壮，毛色油亮。

在森林里鹿对我们爱搭不理，它们有的是吃的，只有人沤的那一点儿烟对它们有点儿帮助。它们只有在吃碱的时候才会奔跑过来。可是现在，它们已经丧失了"鹿格"。苔藓五元钱一碗卖给游客，不是自然生长的，而是在地面上堆了一大堆，得克沙说是从阿龙山整来的。鹿圈挺臭的，肯定是很久没有搬过家了，森林里也有臭味，但不是这种动物园一样的臭味儿。这一回大家都觉得得克沙家不如布东霞家了，和上次相反。我们同行的一个小姑娘甚至哭了，因为她听说跟玛丽亚合影要交 200 元钱，虽然我觉得那也是减少对额妮的打扰的一种方式，但是每个人的想法不一样。她看到的也是鄂温克人的一个断面，觉得他们不纯粹了。但是她看不到为了维护这种变味的生活，得克沙做出的努力。

我在这儿没有见到伊列，也没有见到剑客，还有猎民点上其他那几个壮年人。我问得克沙，他们在哪儿？得克沙说，他们还在阿龙山，阿龙山的猎民点没撤，大部分鹿也没过来，只有她和额妮过来了。这个猎民点上的年轻人都是她一个一个找回来的，是那些进城的鄂温克人，她和她亲戚的孩子们。他们在城市里面工作得也很一般，她把他们找回来，在这个猎民点上让他们白天卖工艺品，管吃管住，自己赚钱，晚上都要到额妮的房间里去跟着额妮学鄂温克语。这样，他们又形成了一个小聚落。他们一起做手工、养鹿，甚至一起对付猛兽。我想就算得克沙精通见什么人说什么话，她至少非常清楚见到我应该说文化承传的话题，而且她心里对文化传承想得很明白。

得克沙听说莫尔道嘎森林公园非常好，就和丈夫开着车去玩儿，车在森林公园里转，她就对丈夫说："我觉得这里就是我的家。"于是他们就去找公园的领导，希望能给他们一块地方，让她们搬过来。公园领导立刻就同意了，而且主动来找他们推动。现在，玛丽亚·索老人成了这个森林公园的一张新名片，打印在了公园的门票上。这里也就真的来了我们这种远道而来专程拜访玛利亚·索的人。

同行的朋友果然对他们的所见不满意，我帮得克沙解释说："伊列还在阿龙山上。"但我的朋友们又怎么知道什么叫作："伊列还在阿龙山上?"阿龙山上那些真正生活在森林里的鄂温克人还在。这个旅游点聚过来的是走向城市远离本民族文化的年轻人，这不能不说是得克沙用心良苦。但不管怎么说，我们都无法回避跟奶奶照相需要花钱，也没有办法回避鹿圈里的臭味。生活已经被破坏了，为了把重建它的力量拉动起来，有时还要从坚守的圈子里走出来。

从莫尔道嘎回来以后，我又在微信上看到了得克沙的动态，她又和当地旅游局的领导去了老敖乡。一定是阿龙山、满归那边的领导们坐不住了。实施天然林资源保护工程以后，大兴安岭禁采，林业工人只能靠养殖狐狸和采收漫山遍野的野果、蘑菇过日子。谁不需要旅游名片呢？哪有比鄂温克人更好的旅游名片呢？

大兴安岭中原来充满了鄂温克、鄂伦春人崇拜的神树，都是几人合抱的，现在没有了，而在 20 世纪 50、60 甚至 70 年代，中国几乎没有一个煤矿没有大兴安岭的木头，产自大兴安岭的枕木从兰州一直铺到新疆。那时候，鄂温克人要为国家建设出力。20 世纪 80 年代后，人们到深山里找钱，鄂温克人无法抵挡。得克沙等了半辈子，终于等到鄂温克文化重新被重视的日子，即使是为了旅游，她也得做。要做，就得做得像个政治家，左右逢源、不辞辛苦、百口莫辩。

在大山之外

我真心认为鄂温克人很聪明，也很能干，只要找到努力的增长点，他们就会做得很好。我在深山里的时候，得克沙的表姐向我讲述她的母亲年轻时候的一些事儿。那时候山里面还能聚集起很多鄂温克族的年轻女人，她妈妈喜欢围着火堆唱歌跳舞，后来这样的生活消失了。鄂温克人越来越少，猎民点的距离越来越远，大家的关系变得越来越疏远，无法再聚在一起歌舞了。我一直都在为鄂温克人的歌舞失传感到遗憾——他们的口弦、鼓，他们的打击乐。直到有一天，我突然眼前一亮。

著名歌唱家乌日娜老师是鄂温克人。2005 年，她和丈夫布仁巴雅尔以及侄女英格玛录制的一首蒙古语原创的歌曲《吉祥三宝》突然间走红了。这首歌带来启示：好听的歌曲不一定要语言相通才能够被接受，民歌应该有广阔的生存空间。

这首歌的走红还给他们夫妇带来很多意想不到的资源，使他们有机会为家乡的文化艺术做更多的事情。我们经常为民族文化的萎缩、失传担忧，但除了担忧和呼吁，也可以自己做工作，这就是乌日娜的选择。《吉祥三宝》带来的知名度让她有了话语权、资金、技术、媒体平台。因此，他们没有把努力的方向放在接很多演出和继续出专辑上，而是转向做一直梦寐以求的民族文化抢救和发掘工作。

他们夫妻和朋友一起创办了五彩呼伦贝尔合唱团，让孩子们自带民歌报考，通过互相教歌的形式让更多孩子学会了很多已经变得陌生的民歌，通过舞台演出承传和传播民歌。之后，他们又编创排演了《敖鲁古雅》舞台剧。这个舞台剧无论在商业上还是艺术上都十分成功，曾经每年夏天在海拉尔驻场演出，还在智利获得过“国际舞蹈艺术特殊贡献奖”。

他们夫妻在创办呼伦贝尔五彩儿童合唱团的时候尊重孩子天性、尊重艺术本真等，他们有非常精彩的教育理念。我曾邀请他们去参加一个教育方面的会议——第四届全国乡土教材研讨会，并且希望他们带自己的节目。

他们带去了一个业余团体——小鹿艺术团，这个艺术团是《敖鲁古雅》舞台剧成功以后，当地的孩子们特别迫切地要模仿舞台剧里的歌舞的产物。艺术团有很多孩子，但由于经费所限，那次他们只带了五六个孩子。这五六个孩子的气场如何了得，在舞台上疯了一样地歌舞，把全场的观众都震住了。他们弹口弦、敲鼓、跳各种舞蹈……那些舞蹈的动作那样纯朴、自然，是所有孩子高兴时会手舞足蹈的动作，又那么夸张、艺术，是森林民族独特的动作。小鹿艺术团的指导老师乌娜老师和乌日娜老师一样是索伦鄂温克部落的。索伦鄂温克虽然今天生活在草原上，但他们对森林的记忆并不遥远，只有近百年的时间，所以他们一直认为森林是他们的根，他们热爱森林，喜欢森林里的人，和森林血脉相连。

当我看到小鹿艺术团的孩子们并排站在舞台上弹口弦，看见他们敲鼓，我就知道这些古老的鄂温克艺术形式、我整天担心失传的那些东西安全了。我们总是为文化传承做各种呼吁，但是乌娜老师他们做的事情就比我们简单直接得多，他们把那些要失传的东西教给孩子们，不仅要传承，还要创新。乌娜老师教孩子们一边弹口弦，一边用喉咙发出更复杂的声音，先加一个，成功之后再加更复杂的。森林里的鄂温克人因为要模仿鹿等各种动物的叫声，玩喉咙就成为他们的一个古老的技艺，这个技艺也在萎缩。今天乌娜老师教孩子们玩喉咙、弹口弦，而她自己还不会，她说给孩子们，孩子们就能弄出来。这种创新实际上是对古老文化的一种发掘，它既是创新又是传承，是活的传承、是基因密码帮助下的传承。

有一次，小鹿艺术团演出结束后，有位老师非要拉着我，问我这样的艺术和鄂温克人的真实生活有多大距离，我说："生活是什么，对每个人来说是不一样的，今天也可能很多鄂温克人没机会生活在森林里了，但是他们还能这样歌舞，那就是真的，即使在舞台上也是真的，对他们来说，可能跑关系、在超市买菜是为了生活不得不演的戏。"

最近，乌日娜老师在"第四届中国乡村文明发展论坛"上获得"有根的乡村教育创新奖"。国家行政学院的张孝德老师在点评时说："乌日娜的工作多么令人感动啊！一部歌舞剧，救了一个民族!"为了做这个舞台剧，乌日娜、布仁巴雅尔和其他创作人员去采风，看到敖鲁古雅的鄂温克人穿着迷彩服，聚众喝酒。他们说："政府要面给面，要衣服送衣服，他们什么事情都没有。"为了这个舞台剧，乌日娜四处找资料，去俄罗斯的鄂温克族地区采风，寻找自己的民族服装，这部歌舞剧不光增强了民族的自信、让大家又重新唱歌跳舞了，还把当地的手工艺也带起来了，让大家的生活又有了新的面貌。

乌日娜老师是中央民族大学音乐学院的教授，她同时也是鄂温克叙事民歌的传承人，她和她的丈夫布仁巴雅尔带着学生一起录制过《历史的声音》的MV，这首歌是介乎于长调和短调之间的民歌，就像介乎于森林和草原之间的鄂温克，是反映鄂温克人从贝加尔湖一路向南迁徙的历程的。拍摄这首歌的MV的时候，乌日娜老师集中了上万匹马，比一个电影大制作还要恢宏，一开始这首歌由布仁巴雅尔老师演唱，他是一位巴尔虎蒙古族人，不过他是鄂温克人的女婿。巴尔虎蒙古人也有从贝加尔湖一路南迁的经历。

后来，我有机会听到一位鄂温克小伙子乌日特在一个更自然的环境——酒桌上唱这首歌。乌日特是中央民族大学的博士，研究民族学。他私下里总是信心满满、得意洋洋，我们叫他小拽哥。我们也拜访了他在深山里的家。他的家在比呼伦贝尔草原更南的阿荣旗深山里，整个家族坐拥上百万亩土地，拥有森林、草原和农田。乌日特告诉我，他能在中央民族大学的校园里看到很多动物，看到黄鼠狼、兔子和刺猬，他说他亲眼看到黄鼠狼从一个同学的两条腿中间钻过去，那个同学都不知道。他保持着猎人本色。很奇怪，乌日特在演唱《历史的声音》的时候，我居然听懂了他的歌词，他的歌词就是：鄂温克人走过一座山、一条河、又一座山、又一条河，歌唱的是那些山河的名字，而且他们把家乡的山和河的名字带到了新到达的地方……乌日特说："说得对！"

鄂温克一直在变动中迁徙，曾经跨着战马驰骋四方，不仅是东北，中国的大西北、大西南都遍布他们的足迹。原生态其实也没有纯粹的，把自己的精气神活出来就是了。我去过世界上其他一些国家的原住民部落，我发现，保持传统和积极融入现代社会并不矛盾，真正的矛盾是又丧失传统又融入不了现代社会。而积极发掘保持传统优势的人往往也能积极融入现代社会，在现代社会中游刃有余的人，也常常更重视自己的民族文化。

乌日娜老师去玛利亚·索那里采集民歌，老人说："别人的孩子翅膀硬了就飞走了，我的孩子翅膀硬了飞回来了。"虽然这话经过乌日娜老师翻译，让它和汉语文化更贴近一些，但也是老人的心声。

得克沙的表姐给我讲起过得克沙的名字的来历，她的名字是一种小鸭子，森林里的小野鸭，也是一个女神的名字，当时得克沙生病了，柳芭的姥姥来看她，并且给她起了名字，说这种小鸭子能保护她，还用布给她做了一对儿小鸭子。我问："得克沙的小鸭子呢？能看看吗？"她说捐给博物馆了。但是我在敖鲁古雅乡定居点的博物馆并没有见过小鸭子，有点遗憾。

后来我又看了一遍柳芭的纪录片《神鹿的女儿》，惊讶地发现柳芭还谈到这件事，她说，她的姥姥，每救一个别人家的孩子，就会失去一个自己的孩子。有一次她为救一个小孩儿，心爱的小儿子死去了，她明知道会发生这样的事情，还是去救了，之后她还给这个孩子起名叫得克沙，是一种小鸭子的名字。

我后来在鄂温克旗的博物馆里看到了那对儿小鸭子，博物馆的说明上写着是一种神灵，用来保佑孩子的，从根河的敖鲁古雅乡收来的。我想那对儿小鸭子就是得克沙的小鸭子，但是在见面的时候我忘了告诉她了。